작은 섬 소록도의 아침

군도

群島

문호준 장편소설

청어 도서출판

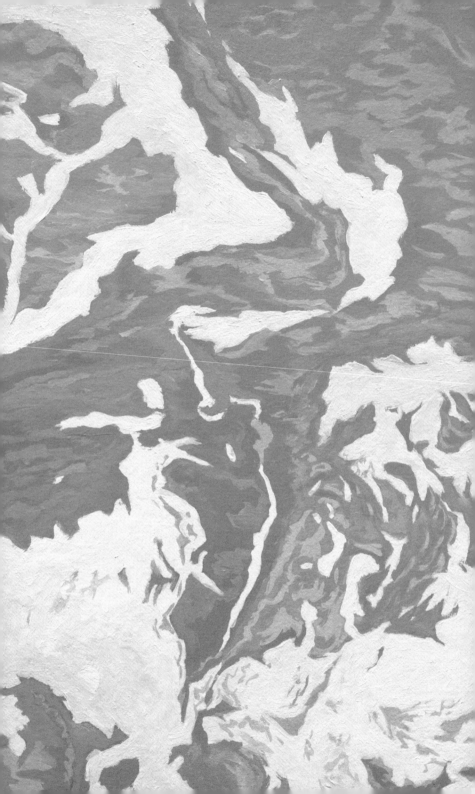

군도

문호준 장편소설

일본이 2차 대전 중에 생체실험을 했다는 소문은 들었지만 조선 땅에서 그런 엄청난 일을 저질렀으리라고는 상상도 못했다. 일본은 자손대대로 용서를 빌며 살아도 부족한 치욕의 사건을 저질렀다. 이제 부디 선한 민족으로 살기를 바란다.

−노경민
아산병원, 산부인과 전문의

이 책은 소설이라기보다 제2의 안중근이라고 불리는 소록도 영웅 '이춘상 열사'의 삶을 그린 한편의 대서사시이다. 일제가 소록도에서 저지른 만행을 심층 취재하여 역사적 사실을 작품 속에 잘 녹여낸 르포르타주다. 인영과 춘상의 가슴 사무치는 절절한 사랑이야기에 빠져 단숨에 읽어 내려갔다. 일본정부를 상대로 오랜 기간 소록도 주민들의 피해자들을 대리하여 보상청구소송을 진행하면서 가슴을 먹먹하게 했던 주민들의 아픔과 고통이 다시금 아프게 다가왔다. 이 책을 통해 소록도에서 저지른 일제의 만행이 세상에 드러나고, 이춘상 열사의 영웅적 삶이 널리 알려지기를 기대한다.

−박영립
(前)법무법인 화우 대표변호사
소록도 한센병피해자보상청구 한국변호인단 대표
(現)화우공익재단 이사장

일본군 731부대, 난징대학살 등으로 알려진 극악무도했던 일제의 만행. 그런 만행이 우리나라의 아름다운 섬 소록도에서도 일어났었다. 『가도가도 붉은 황톳길』, 『군도의 아침』의 저자 문호준은 철저한 고증에 의해 소록도의 역사를 재현하고 있다. 한센인 피해자들을 가둬 놓은 섬, 소록도. 폐쇄적인 공간에서 아무렇지도 않게 자행되었던 그들의 만행이 이제서야 밝혀진다.

실존인물인 춘상을 등장시켜 소록도에서의 만행을 소설 속에 녹아내고 있다. 원치 않지만 소록도로 가게 되는 춘상, 그리고 그 곳에서 만난 인영과의 가슴 아픈, 절절한 사랑이야기를 통해 실제 소록도민들이 겪은 일들을 마치 눈앞에서 보는 것처럼 생생하게 우리에게도 알려준다.

또한 이 책은 국민들에게 많이 알려진 '안중근 의사'에 빗대어 '제2의 안중근, 이춘상 열사'의 삶을 다뤘다. 독립운동가의 후손으로, 조선인으로서의 자긍심을 갖고 끝까지 희망을 잃지 않는 모습은 우리에게 큰 울림을 준다.

문호준 장편소설 『군도』를 통해 더 많은 분들이 '이춘상 열사'에 대해 알아야하고, 당시 소록도에서 벌어진 일제의 처절한 만행, 하지만 잊혀져 있던 그 이야기를 통해 새로운 역사적 조명이 이뤄지길 희망한다.

-박원하

서울특별시체육회(회장)
서울삼성병원 정형외과 교수

소록도란 섬에 그런 놀라운 역사가 숨겨져 있는 줄 몰랐다. 이 책을 통해 은밀히 숨겨졌던 일본의 악랄성이 새롭게 조명되기를 바란다. 일본의 사과를 받아내는 일도 중요하지만 일제로부터 상처 입은 영혼들을 먼저 위로하는 것이 순서일 것이다. 편히 잠들지 못하고 떠돌고 있을 영혼들의 넋에 고개를 숙인다.

－박철수
법무법인 정도 대표변호사

이 작품은 결코 소설이란 생각이 들지 않았다. 마치 일제치하 당시 그때로 회귀하여 내가 직접 목격한 참상인 것처럼 느껴졌기 때문이다. 작자의 역사인식과 사명의식이 글로 더하여 잘 녹여낸 결과 일 것이다. 민족적 자존심을 무참히 짓밟고 유린한 잔인무도한 일제에 저항하는 조선 영웅들의 숭고한 애국 애족정신을 엿볼 수 있었고 우리 인간에게 자유가 얼마나 소중한 것인지를 새삼 이 책을 통해 느끼고 생각해보는 좋은 기회였다. 또한 일제로부터 나라의 주권을 빼앗긴 채 인간으로서 당연히 누려야할 최소한의 자유와 법적보호절차를 철저히 무시당한 우리나라의 수치스런 지난 역사를 마주하면서 국력(國力)의 중요성을 다시 한번 새기게 된다.

－박충근
(前)대구지방검찰청 서부지청장 / 특별검사
(現)법무법인 엘케이비앤파트너스 대표변호사

수많은 영혼들이 소리 한번 질러보지 못하고 바닷물에 수장되고 어둠속에서 사라지던 무수한 영혼들, 칼날에 배를 갈리우고 짐승처럼 다리를 벌려 새끼를 꺼내 알코올 속 유리관에 거꾸로 처박혀 있는 아들, 딸들아 세상의 한 가닥 빛살도 보지 못하고 사라진 영혼들을 추모하며 일본의 악랄성이 새롭게 조명되기를 바란다.

-박흥석

기업인
㈜금성하이텍 대표이사

『군도(群島)』는 주인공이 그토록 원했던 외출마저 금지 당했던 일제 당시 소록도 주민들의 피맺힌 생활상을 그린 장편소설이다. 그들의 울분과 목숨을 맞바꾼 이춘상이란 인물을 책에서 접하며 절로 고개가 숙여졌다. 엄격한 통제 속에 유폐된 그들의 자유와 권리를 죽어서라도 찾아주어야 한다는 생각이 들었으며 우리가 겪어보지 못한 일제치하 시대상을 재조명하여 한일 역사왜곡을 바로잡고 민족정기를 북돋기 위한 작은 밀알이 되었으면 좋겠다.

이 책을 엮기까지 수많은 사람들의 증언, 기록을 발췌하고 정리하였을 저자의 열정에 박수를 보낸다. 법조인의 한사람으로서 아직 풀지 못한 일본과의 법적 문제가 남아 있다면 힘을 합쳐 대처해야 후세의 당연한 도리라고 본다. 지난 수치스런 역사를 통해 이 책이 보내는 울림과 메시지는 그만큼 크다.

-임정혁

㈜서울고검장 / 제45대 대검찰청 차장검사
법무법인 산우 대표변호사

역사를 기억하지 못하는 민족은 훗날을 기약하기 어렵다는 말이 있다. 이 작품을 읽고 문득 그런 생각이 들었다. 일본과의 얽힌 역사는 그 어떤 역사보다 우리가 잊어서는 안 될 역사이다. 오래 전 소록도에서 일어난 일본군의 만행을 우리가 반드시 기억해야 한다.

－장병홍
병원장
재활의학과 전문의

───────────────────────────────

이 책은 지금으로부터 100여 년 전 1920년부터 해방 전까지 일제가 소록도에서 저지른 수많은 만행 가운데 차마 입에 담지 못할 숱한 참상을 생생한 증언과 취재로 밝혀진 실존인물 이춘상이라는 영웅적 인물의 삶의 궤적을 통해 간접적이나마 글로 당시의 처참함과 일제의 만행을 여과 없이 있는 그대로 독자에게 전하여 역사적 교훈을 얻게 하고자 하는 서사 소설이다는 생각이 든다.

소록도의 처참한 상황에 공분을 금치 못해 울분을 토하며 일본인 최고관리자를 저격한 주인공 이춘상이라는 인물을 책에서 접하며 그 숭고한 업적에 절로 고개가 숙여진다. 또한 많은 사람들의 증언과 기록을 발췌하고 오랫동안 먼 그곳까지 수 없이 답사했을 저자의 열정에도 박수를 보낸다. 이 책이 여러 사람들에게 많이 읽혀져 우리가 미처 다 몰랐던 일제의 소록도 만행을 널리 알리는 좋은 계기가 되고 역사왜곡을 바로잡는 큰 울림이 있기를 바란다.

－정동일
(前)서울특별시 중구청장

우리나라는 그동안 비약적인 경제성장을 이룩했습니다. 멀지 않은 미래에 1인당 GDP가 일본을 추월할 수도 있다는 낙관적인 전망이 나오기도 합니다. 이제 우리 사회에서 일본콤플렉스를 찾기가 쉽지 않을 정도로 일제강점기라는 아픈 역사는 극복되고 있습니다. 하지만 이러한 성장의 이면에 아직도 치유되지 않은 역사의 상처가 있습니다. 〈소록도〉 주민들의 상처가 그 것입니다.

일제강점기 우리 민족에게도 천시되었던 한센병 환자들 외 일반인들은 일본군이 세운 병원에서 치료라는 명분하에 처참한 인권유린을 당했습니다. 하지만 피부질환 환자들이 우리나라에서도 정당한 대우를 받지 못하다 보니 이들이 겪은 인권유린에 대한 국내외의 관심은 크지 못합니다. 이들을 대변할 인권단체도 미미합니다. 작가는 이 소설을 통해 한센병 환자에 대한 일제의 만행 그리고 우리의 무관심을 질타하고자 합니다. 일제강점기 역사의 가장 아픈 손가락, 소록도 한센병 환자들에 대한 기록 중에 이 소설보다 더 나은 글을 찾기는 어렵다 할 것입니다.

－주창범

(現)동국대학교 행정학 교수

머리말

우리의 역사에서 〈소록도〉는 반드시 밝혀야 합니다

전라남도 고흥군 소재 〈소록도〉를 소재로 한 장편소설 『가도가도 붉은 황톳길』(2016. 8. 출간), 『군도의 아침』(2017. 5. 출간) 그리고 이번에 출간한 『군도(群島)』(2022. 2. 출간)를 쓰기까지 35여 년, 1986년부터 소록도의 숨겨진 실상을 잠입 취재하여 최초로 세상에 내놓게 된 것입니다.

우리는 지난 시간 나라 안팎으로 위기를 맞았습니다. 대통령이 유례없이 탄핵 및 구속되고, 국민은 진보와 보수로 급격히 양분되고, 코로나19로 정치, 경제, 사회적 혼란이 거듭되고 있는 사이 북한 '김정은'은 로켓을 쏘아 올리며 우리의 숨통을 조여 오고 있습니다. 여기에 중국(中國)은 우리에게 쇄국의 울타리를 견고히 치고 있으며, 일본은 헌법까지 개정하면서 제국주의 시대로 회귀하고 있습니다.

우리는 지난 세월을 돌이켜 볼 필요가 있습니다.
IMF와 미국 발 금융위기, 국가원수의 탄핵과 수감, 코로나 사태 등의 위기에 처한 까닭은 무엇이겠습니까. 누구 때문에,

무엇 때문에 우리는 이토록 극단적인 상황에 내몰리고 있는 것입니까. 하지만 되돌아보면 그 누구의 탓도 아닌 우리 국민 모두의 탓이라고 감히 말씀드릴 수 있을 것입니다. 우리는 여태 정신적 해이함 안에서 오직 자신의 이익에 안주하며 나만 탈 없이 잘 살면 그만이란 이기주의에 빠져 있었던 것은 아니었을까요. 정치권만 하더라도 협의와 협치는 없고 오직 자당의 목소리에 날을 세우고 나와 다른 생각은 각을 세워 대립하는 어리석음을 지금 이 순간에도 저지르고 있습니다.

더는 분열되고 대립의 각을 높이 세우면 파멸의 길에 이른다는 것을 이제 우리는 깨달아야 할 때라고 생각합니다. 우리는 인류사에서 가장 짧은 시기에 위대한 역사를 세운 민족이 아닙니까. 전쟁의 폐허 속에서 불과 반세기도 전에 경제 대국을 이루었고, 문화적으로도 K-pop(BTS 외)이나 오징어 게임, 한글 등 세계적으로 두각을 나타내고 있습니다.

이때 〈소록도〉를 소재로 한 장편소설 『군도』는 지난 1920년부터~해방 전까지 일본이 〈소록도〉에서 조선인 6,000~9,000여 명에게 가한 강간 및 폭행, 감금 및 단종, 착취와 생체실험 그리고 임산부의 여성을 상대로 생살을 찢고 아기를 꺼내 '포르말린' 병 속에 넣고 전시하는 등의 숨겨진 죄악상을 밝혀낸 것입니다. 또 일본군 731부대는 중국으로 진출하여 인간으로서는 할 수 없는 악행(난징사건 등)을 일삼았고, 이들 부대는 소록도로 들어와 수백 명의 주민들에게 생체실험을 실시하였습니다.

이런 처참한 상황을 목격한 주민 이춘상은 1942년 6월 20일, 소록도 '수호'원장을 저격하였습니다. 당시 국내에서는 가장 높은 일본인 관리를 제거한 '이춘상'의 업적을 다시 상기시켜야 합니다. 우리가 이제 지난 70여 년 동안 잊혀진 역사를 오롯이 국민 앞에 재조명할 수 있도록 힘을 보태야 합니다. 또한 군함도(하시마)의 치욕스런 역사를 숨기고 유네스코 세계문화유산에 등재한 일본의 도발과 엽기적 행각에 대항하고자 〈소록도〉를 유네스코 세계문화유산에 등재하기 위해 우리 모두가 철저히 준비해야 할 것입니다.

일본은 지난 식민지하에 벌였던 치욕의 역사를 반성하지 않고 왜곡하고 있으며, 진정한 사과 한 번 하지 않고 있는 실정입니다. 위안부 문제만 해도 일본이 보여준 분명한 사례라고 생각합니다. 또한 일본은 '독도'를 일본의 땅이라고 교과서에 명시, 명약관화(明若觀火)한 역사적 실체마저 부정하고 있을 뿐 아니라 조선인 수백 명을 징용으로 '군함도'에 잡아다가 노예처럼 부리고 병사, 익사, 수장 되어 조선으로 돌아오지 못했는데, 이런 '군함도'를 2015년에 유네스코 세계문화유산에 등재하는 엽기적인 행각을 벌였습니다. 장차 이런 상황에서 우리 후손들이 겪게 될 역사적 위기는 생각만 해도 끔찍하지 않습니까?

따라서 〈소록도〉를 소재로 한 장편소설 『군도(群島)』는 역사적으로도 의미가 매우 깊다고 할 수 있습니다. 책 한 권을 제작해서 전 세계인들에게 일본군의 못된 만행을 알려야 하고, 후손들이 대대손손 조상의 잘못을 사죄하도록 해야 합니다. 〈소록도〉는 첨예한 한·일간의 대립된 역사가 숨어 있는 현존하는 역사의 공간입니다. 우리 대한민국의 역사는 일제와의 역사적 관계를 옳게 정립하지 않고서는 결코 똑바로 설 수가 없다는 것을 누구나 잘 알고 있을 것입니다.

끝으로 전남 고흥군 소재 소록도 거주 주민들을 당사자로, 박영립(법무법인 화우 前 대표변호사)께서 일본국 변호사와 함께 일본 정부를 상대로 수년간 소송을 진행하여 위로금으로 1인당 수천만 원에서 1억 원 이상을 받아 냈습니다. 박영립(변호사)님께 감사를 드리며, 소록도 유네스코 세계문화유산 등재를 위해 임정혁(前 서울고검장, 대검차장)님께서 앞장을 섰습니다. 그 외에도 많은 분이 참여하고 계십니다.

그리고 장편소설『가도가도 붉은 황톳길』(2016. 8. 출간), 『군도의 아침』(2017. 5. 출간), 『군도(群島)』의 작품을 상재할 수 있었던 것은 남겨진 저작물(30%)과 고인이 된 어르신들의 생생한 증언(70%)이 있어서 가능했음을 밝힙니다. 특히 김용덕 할머니와 유인석 할아버지, 장인심 할머니 외(外) 수많은 어르신들의 증언이 있었기에 더욱 빛을 발휘할 수 있었던 것입니다. 다시 한 번 고인이 된 임들의 영혼에 편안한 영면이 있기를 바랍니다.

일본군의 만행은 끝이 없습니다. 일본군(731특수부대)은 중일 전쟁 때 철저한 계획을 세워 아주 흉악한 '중국의 난징사건'을 벌이기도 했습니다. 731부대의 난징사건과 소록도에서 일어난 생체실험 사이에는 많은 공통점이 있다는 것을 알고 저자는 '일본 731부대'의 진실을 전 세계에 알리기 위해 그동안 많은 자료를 수집, 취재하여 역사 장편을 쓰기 시작하였고, 2022년 3월에 탈고할 예정입니다.

사랑하는 나의 친구 겸(謙)이와 담(潭)이가 이 책을 읽고 민족적인 힘을 기르는 일이 얼마나 중요한 일인가 생각하기를 바라며 머리말을 마칩니다.

2022. 1.
장편소설『군도(群島)』의 저자
문호준 올림

차례

프롤로그

조선총독부령은 조선인에게 몹시 가혹했다. 몸에 상처가 있거나, 몸이 아픈 조선인들을 빠짐없이 잡아들이라는 총독의 명령이었다. 조선 천지에 피부질환자들이 증가하면서 조선총독은 긴급히 회의를 시작했다. 그리하여 아픈 사람, 몸에 상처가 난 사람은 모두 잡아들이라는 총독의 명령이 떨어지자 일본 순사들의 발자국 소리가 방방곡곡을 쿵쿵 울렸다. 일본 순사를 태운 수많은 트럭이 조선팔도를 향해 거침없이 먼지바람을 일으키며 달렸다.

조선천지를 이 잡듯이 뒤져 서너 살부터 고령의 노인 할 것 없이 모두 잡아들이라는 명령이었던 것이다. 놀다가 넘어져 상처가 난 아이들이나 몸살감기를 앓고 있는 아이들조차도 트럭에 가득 실려 갔다. 골목에서 놀다 넘어져 상처가 난 아이들은 영문을 모른 채 울음을 터뜨리며 트럭에 태워졌다. 조선 천지에 한바탕 회오리바람이 거세게 불고 있었다. 영문을 모른 채 끌려가는 아이들이 울음을 터뜨리자 순사들이 시끄럽다며 사정없이 채찍을 휘둘렀다.

경성 거리에도 하루 종일 사나운 먼지바람이 불었다. 바람이 거세질수록 일장기(日章旗)는 보이는 조선의 모든 것을 삼켜버릴 듯이 사납게 펄럭이고 있었다. 조선의 하늘을 향해 치솟은 일장기가 펄럭일 때마다 제3대 조선총독 사이토 마코토의 이마에는 주름살이 심하게 흔들리고 있었다. 조선의 총독으로서 일흔 살의 나이가 늙은이 소리를 듣게 하였지만 총리가 되고자하는 꿈을 그는 접을 수가 없었다. 총리라는 생애의 꿈을 이루려면 오직 조선의 통치에 있어서 빼어난 업적을 쌓는 방법밖에는 없다고 그는 생각하고 있었다.

그런데 사이토 마코토에게 절호의 기회가 찾아오고 있었다. 조선 땅에 나병(癩病: 피부질환)이 급속도로 창궐하기 시작한 것이다. 나병에 대한 지식이 부족한 탓에 당시 사람들은 나환자들을 기피의 대상으로 여겼다. 또한 전염력이 아주 약한데도 정보가 부족해서 무서운 전염병으로 인식한 탓에 공포의 대상으로 여기고 있었다. 총독은 이처럼 위태로운 시점에 조선팔도에서 발생하고 있는 나병을 근절하기 위해 부하들과 머리를 맞대고 있었다. 회의 탁자 앞에는 조선전도(朝鮮全圖)가 벌을 서듯 온종일 걸려 있었다.

부관 하나가 총독의 집무실 문을 급히 열어젖히고 들어오면서 숨이 넘어가는 소리로 총독을 향해 입을 열었다. 총독은 부관의 입술을 뚫어지게 바라보았다.

"총독 각하, 큰일 났습니다."

"무슨 일인데 숨이 넘어가나. 무슨 폭동이라도 일어났나?"

사이토 마코토 총독은 침통한 표정으로 창밖을 바라보다가 고개를 돌리며 나무라듯 물었다. 총독의 표정은 더욱 굳어지고 있었다. 바람이 어찌나 세게 불고 있는지 창틀 사이로 펄럭이는 일장기 소리가 시끄럽게 스며들어오고 있었다. 숨을 한번 깊게 들이마신 부관이 소리치듯 보고를 올렸다.

"윤치호, 조만식 일당이 집회를 하고 있다 합니다."

부관의 말을 듣는 총독의 표정이 사정없이 일그러졌다. 총독부에 우호적인 윤치호 마저 집회를 하고 있다는 게 총독으로서 마음에 걸렸다. 윤치호는 당시 지식인들 중에 조선사회에서 일본의 편에 드는 영향력 있는 사람이었다.

"간이 아주 배[腹] 밖으로 튀어나왔구나. 어떤 경우에도 조선인의 집회를 허락할 수 없거늘…"

윤치호에 대한 말의 예의는 찾아보기 어려울 정도로 총독은 무례했다.

"총독 각하, 어떻게 하면 좋겠소?"

다른 부관이 입술을 말아 올리면서 총독의 의중을 물었다. 총독은 부관의 물음에 조금의 망설임도 없이 명령을 내리고 있었다.

"당장 놈들을 해산시키고 조선의 간디(조만식)라는 놈을 경무국으로 압송하라!"

"예."

총독의 명령은 단호했고, 부하들이 일제히 한 목소리로 대답했다. 총독의 명령이 떨어지자마자 부하들은 화다닥 일어나서 전열을 가다듬었다. 쏜살같이 달려나가는 부하들의 뒤통수에 대고 사이토 마코토 총독이 조심스럽지만 아주 단호하게 덧붙이고 있었다.

"윤치호 늙은 영감은 다치지 않게 잘 모셔오라."

"예."

윤치호에 대해 눈곱만큼도 예의를 갖추지 않는 총독을 향해 부하들이 일제히 머리를 조아리며 대답하고 있었다.

조선총독부의 차량들이 줄을 지어 정문을 빠져나오고 있었다. 어깨와 허리춤에 총과 칼을 맨 순사들이 트럭의 짐칸에 무표정하게 앉아 있었다. 바람은 여전히 사납게 기세를 더하고 있었다. 요란한 신호음을 내면서 조선총독부 정문을 빠져나오는 트럭들을 보며 거리의 백성들은 한숨을 몰아쉬고 있었다.

한편, 종로 구락부의 뒤편 낡은 건물 담벼락에는 〈조선나병근절책연구회 발족식〉이란 현수막이 펄럭이고 있었다. 조선나병근절책연구회는 조선의 지식인들이 중심이 되어 나병의 퇴치를 위한 발족식을 열고 있었던 것이다. 조선의 선각자들은 여수에서 한센병 구호사업을 하던 최흥종 목사와 윤치호, 안재홍, 조만식 등 조선의 지식인 39명을 중심으로 〈조선나병근절책연구회〉를 조직하였는데 이날이 그 합동모임의 첫날이었다.

"나병 근절책 취지문을 총독부에 먼저 제출합시다."

침통한 표정을 지으면서 윤치호가 말했다.

"총독이 눈 하나 깜짝할 사람 같소?"

윤치호의 말에 조만식이 우려스런 목소리로 물었다. 윤치호를 바라보는 조만식의 눈빛이 날카로웠다. 조만식 등은 일본에 우호적이던 윤치호의 태도에 우려 섞인 눈길들을 보내는 중이었다.

"하지만 조선의 명운이 걸린 문제 아니오?"

한용운이 곱게 깎은 머리를 손바닥으로 어루만지며 조심스럽게 말했다. 이때, 우당탕 출입문을 발로 차며 순사들이 들이닥쳤다. 순사들은 채찍과 곤봉으로 조선 지식인들의 기선을 제압하며 순식간에 연구회의 발족식을 아수라장으로 만들어버렸다. 조선의 지식인들은 순사들의 폭력에 속수무책으로 당할 수밖에 없었다. 몸부림을 치며 저항해 보았지만 채찍과 곤봉의 위력을 당해낼 수가 없었다. 특히나 순사들의 어깨에는 기다란 장총이 걸려 있었기 때문이다.

순사들은 조만식을 포박해 끌고 나가고 총독의 지시에 따라 윤치호를 정중히 모셔 지프차에 태우고 있었다. 이윽고 그들은 조만식을 경무국으로 압송하고 윤치호를 정중히 총독에게 데려가고 있었다. 총독은 부하들과 함께 여전히 조선의 나환자 때문에 골머리를 앓고 있었던 것이다.

"이 조선 땅에 창궐하는 나환자가 몇 명이나 되지?"

총독이 어두운 표정으로 부하들을 향해 물었다. 조선천지는 나환자로 들끓고 있는 상황이었던 것이다.

"일만 이천 명쯤으로 추산됩니다."

"꽤나 많은 수로구나."

총독의 목소리는 물을 머금은 솜처럼 가라앉아 있었다. 나환자의 증가는 총독의 출세를 가로막는 장애물이 될 수 있기 때문이었다. 총독의 장탄식에 몸집이 커서 가장 돋보이는 부하가 매우 진지한 목소리로 대꾸했다.

"속히 대책을 세우지 않으면 심각한 문제가 될 수 있습니다, 총독 각하."

부하들의 말을 듣고 있다가 자리에서 일어나 조선전도를 향해 다가가면서 총독은 지휘봉으로 남도지방을 가리키며 단호히 결심을 한 듯 입을 열었다.

"나환자들 때문에 대일본제국의 위대한 과업을 망칠 수야 없지. 지금부터 조선의 나환자들을 하나도 빠짐없이 전라도 이곳으로 잡아들인다! 알겠나?"

"예, 총독 각하!"

"문둥이 전염병이 조선 천지에 창궐하고 있으니 문둥이 씨를 말려야 한다! 당장 조선의 문둥이들을 한 놈도 남기지 말고 소탕하라!"

"예, 총독 각하!"

총독의 명령에 부하들이 일제히 대답했다. 조선전도를 향한 총독의 지시봉은 전라도 고흥의 소록도란 섬을 가리키고 있었다. 총독의 지시가 떨어지자 부하들이 쏜살같이 밖으로 빠져나갔다. 총독의 명령을 받고 종로 구락부로 향했던 부하들이 정중히 윤치호를 모시고 총독 앞에 나타났다.

"이게 얼마 만이오, 윤 사마(님, 존경의 의미)…"

총독이 입가에 미소를 지으며 윤치호를 반겼다. 윤치호는 아닌 밤중에 홍두깨라는 듯 입술이 퉁퉁 불어 있었다. 윤치호가 따지듯 물었다.

"어찌 이렇게 무례한 것이오?"

"자, 자 앉으시오. 내 긴히 윤 사마께 할 얘기가 있어서…"

마음이 급한 탓인지 총독은 몸소 윤치호의 어깨를 짚어 가죽 의자에 앉히고 있었다. 윤은 회장의 체면을 구긴 총독의 행동이 여전히 못마땅한지 입이 댓 발이나 나와 있었다. 윤치호가 총독을 향해 따지듯이 물었다.

"내게 할 얘기라니 대체 무엇이오?"

"윤 사마, 총독불 좀 도와주시오."

총독의 목소리에는 윤치호를 향한 간절함이 묻어 있었다. 윤을 붙들어야 조선 땅에서 나병을 근절하는데 선구적 역할을 하게 될 테고 이를 토대로 삼아 총리의 자리를 바라볼 수가 있을 것이었다. 총독의 입장에서는 조선인들이 나병환자를 치료하고 돕는 구라사업(救癩事業)이 못마땅했던 것이다.

"내가 민간 구라(나환자 구제)단체 회장을 맡고 있소. 내 체면을 이렇게 구겨도 되는 것이오?"

윤치호가 의자에 겨우 엉덩이를 부리면서 투덜거리듯 말했다. 조선의 동료 지식인들이 보는 가운데 총독부의 습격을 받아 혼비백산하고 말았으니 윤의 체면이 바닥으로 떨어진 셈이었다. 총독은 한참이나 멀뚱히 윤치호를 바라보았다.

"윤 사마, 너무 섭섭하게 생각하지 마시오. 대신 윤 사마께 중추원 의원직을 내릴 생각이오."

총독의 혀가 뱀의 혀처럼 간사하게 윤치호의 귓바퀴 속으로 파고들었다. 중추원 의원직이라니 흡족하지는 않지만 구미(口

味)가 당겼다. 그러나 총독의 이런 달콤한 말에도 윤치호의 기분은 여전히 풀리지 않은 모양이었다.

"아니 뭐? 고작 총독부 의원직이라니… 엎드려 절 받기 싫소!"

"미국은 인종차별이 심해서 싫고, 중국은 지독한 냄새가 나서 싫다…"

뱀의 혀 같은 총독의 입에서 거침없는 말이 튀어나왔다. 윤치호는 순간 온몸을 파르르 떨었다. 친일(親日)을 위한 글을 써서 발표한 이력이 있는 것이 윤의 최대의 약점이었다. 미국과 중국을 부정하고 일본을 찬양한 것이 조선인들에게는 치욕적인 일이었던 것이다.

"아니 이 양반이…"

윤치호의 손이 황급히 총독의 입을 틀어막았다. 하지만 총독은 윤의 약점을 세게 물었다는 듯 혀를 날름거렸다.

"동양의 낙원이자 세계의 정원인 축복받은 일본에서 살고 싶다. 아주 그냥 명문 중의 명문을 쓰셨더군요."

총독이 쐐기를 박듯 말을 뱉어내자 윤치호는 더 이상 버틸 재간이 없었다. 총독부를 상대로 겨루기를 한다는 것은 계란으로 바위치기를 하듯 뻔한 결과를 가져올 도리밖에 없는 일이었다. 윤치호의 어깨가 힘없이 주저앉고 말았다. 윤이 꼬리를 내리며 맥 빠진 소리로 물었다.

"총독, 내가 뭘 어찌하면 되겠소?"

총독은 이번에도 윤치호를 물끄러미 쳐다보았다.

"윤 사마, 총독부의 명예가 걸린 문제요. 민간 구라사업에서 당장 손을 떼시오."

총독의 다부진 말이었다. 총독은 조선 땅에서 자신의 힘으로 나병을 근절하고 싶었다. 그래서 대일본제국의 위상을 아주 높이 올려놓고 싶었던 것이다. 대일본제국의 위상을 위해서는 오직 총독부의 힘으로 나병을 물리치는 것이 최상의 방식이었다. 이런 업적을 통해서 자신이 총리의 자리에 올라설 수 있을 것이라고 사이토 마코토 총독은 거창한 계획을 세우고 있었던 것이다.

1장

수상한 소문

1

달포 전부터 평양 일대에는 무서운 소문이 떠돌기 시작했다. 조선 곳곳에 십여 년 전부터 나병(문둥병)이 늘어나서 조선총독부에서 급기야 조선의 나환자들을 모조리 잡아들인다는 소문이었다. 나병은 결핵, 매독과 함께 당시 조선의 3대 질병에 속할 정도로 무서운 병이었다. 그래서 사람들은 지레 겁에 질려 나돌아다니지 않으려 했고 몸이 아파도 이웃에게조차 드러내지 못했다. 혹여 나병으로 의심하여 조선총독부 순사들에게 짐승처럼 끌려갈지도 모르기 때문이었다.

정씨는 마을 사람들이 눈치채지 못하도록 딸애 인영의 손을 잡고 은밀히 새벽에 집을 나섰다. 주재소나 체신소, 의원 등이 있는 소재지까지 꼬박 세 시간을 걸었다.

"어떻게 오셨습니까?"

"의원나리, 우리 딸애 눈썹이 이상하오. 간혹 코피도 조금씩 흐른다오."

정씨는 딸애의 코에서 코피가 흐른 시점을 솔직하게 털어놓았다. 나이 지긋한 의원나리는 딸애의 몸을 구석구석 살펴보기 시작했다.

"코피가 자주 흘렀습니까?"

"예."

의원은 인영의 턱을 쳐들어 콧속을 주의 깊게 살폈다. 그리고 거즈에 알코올을 적시더니 인영의 눈썹 부위를 닦아내기 시작했다. 눈썹 역시 하루가 다르게 빠져서 알코올 적신 거즈로 닦아내자 인영의 이마가 휑하니 넓어보였다.

"으음..."

"의원나리, 우리 딸애가 어째 그렇소?"

정씨의 가슴이 불이 붙는 듯이 화들짝 타올랐다. 제발 그 병만은 아니기를 생애 태어나서 가장 애타게 빌었을 것이다.

"아가, 너 저기로 좀 나가 있거라."

"예, 나리."

인영이 밖으로 나간 다음, 의원 나리는 냉큼 덤벼들 듯 물었다.

"딸애가 몇 살입니까?"

"열두 살이에요. 에믄 열두 살 먹었다오."

"쯧, 쯧, 그저 조선의 스물 이짝 저짝 먹은 아이들이 요새 많이 걸린다는 병인데 일찍 걸렸습니다. 문둥병(나병, 한센병)이 맞습지요."

문둥병은 단순한 피부질환이었다. 하지만 당시에는 지식의 부족으로 얼굴이 일그러지고 찌그러지는 모습을 보고 유행어처럼 만들어진 이름이었다. 얼굴에 결절이 생기면 사람들은 된장을 발랐는데 된장 바른 자리에 헝겊을 동여매니 피부가 더욱 찌그러지고 흉측스럽게 보였던 것이다.

"아이 에그나! 문둥이라니… 이 일을 어쩐다니…"

정씨의 눈에서 뜨거운 눈물이 흘러내리고 있었다. 그러나 이럴 겨를도 없이 정씨는 퍼뜩 정신을 가다듬어야 했다.

"어느 골에 사는 누구의 자제입니까?"

"아, 아니오. 우린 그저 떠돌이 신세라오."

정씨는 후다닥 계산을 치른 다음 딸애의 손을 잡고 부리나케 밖으로 내달렸다. 인영 역시 아무런 영문을 모른 채로 엄마의 손에 자신의 손회목을 잡힌 채로 끌려가다시피 하고 있었다. 의원 나리가 후다닥 뒤따라 나왔지만 목숨을 내걸고 딸애의 손을 잡고 뛰는 정씨의 걸음을 따라잡을 수가 없었다.

정씨는 한 식경 남짓 뒤도 돌아보지 않고 뛰었다. 의원 나리의 걸음이 더 이상 따라오지 못하게 되었을 때에야 정씨는 숨을 헐떡거리며 뒤를 돌아보았다. 인영의 이마에는 굵은 땀방울이 방울방울 맺혀 흘렀다.

"아이구나, 이쁜 내 새끼…"

"엄마, 이제 뛰지 말고 걸어가면 안 되오?"

정씨는 보자기에서 무명 손수건을 꺼내 딸애의 이마에 송알송알 맺힌 물 땀을 닦아주었다. 그리고 사람들의 눈에 띄지 않은 곳으로 딸애의 손을 잡아끌어 목탄으로 갸름하게 눈썹을 그려 넣었다.

"엄마, 인영이 예쁘다면서 어째 우시오?"

"아, 아니다. 엄마가 울다니, 아 아니다."

정씨는 인영의 손을 잡고 새벽에 걸었던 길을 거슬러 걸었다. 정씨는 들판을 지나고 내[川]를 건너고 산길을 에돌아 마을에 당도할 때까지 한 번도 인영의 손을 놓지 못했다. 인영의 손을 결코 놓을 수가 없었다. 인영이가 어디로 몰래 달아날 것 같아서가 아니라 거친 누군가의 손이 인영의 손목을 날름 낚아챌것만 같았기 때문이다. 세 시간을 넘게 땀을 뻘뻘 흘리며 집으로 돌아오는 내내 정씨는 마음속으로 한없이 울었다.

인영은 집에 돌아온 이후 후원 뜰아랫방에 갇혀 지냈다. 동무가 보고 싶어도 문 밖으로 한 걸음 나가지 못했다. 정씨가 안채와 사랑채, 아랫방을 은밀히 드나들며 인영을 보살피고 있었다.

"엄마, 인영이 어디 있어요?"

세 살 터울인 인영의 오빠 인후가 물었다. 인영의 모습이 며칠 전부터 보이지 않았기 때문이다. 인후는 집안에 분명 무슨 문제가 일어난 모양이라고 생각했다.

"인영이 저기 산속 절에 보내버렸으니 인후 너 절대 인영이 찾지 말거라."

"동생을 왜 산속 절에 보냈습니까?"

인후는 사랑스런 인영을 갑자기 산속 절에 보냈다는 어머니의 말이 곧이들리지 않았다. 집안 어른들은 인영에 대해 뭔가 숨기고 있는 모양이었다. 어른들에게 인영에 대해 물었을 때 난데없이 손가락으로 쉬, 쉬 하며 인영이 이름을 절대 꺼내지 말라고 당부했던 것이다.

2

　정씨는 덜컥 목을 짓누르는 소문을 들었다. 일본 총독부에서 감찰이 나와 주재소에 들렀다는 소문이었다. 인영이 치료를 받았던 의원 나리가 상부에 문둥병 환자가 발생했다고 보고를 했기 때문이다. 인영의 가족은 쥐도 새도 모르게 인영을 치료하고자 백방으로 날뛰었다. 한의원에 은밀히 사람을 넣어 문둥병에 좋다는 약재를 구해 절간에서 받아온 석간수로 달여 먹었다. 장터에 나가 그 병에 특효라는 민간요법을 알아와 정성들여 인영에게 적용해 보았다. 하지만 인영의 병세는 차도가 없고 시간이 갈수록 얼굴마저 붓기 시작했다. 인영은 급기야 피로가 쌓여 걷는 것조차 힘들어 했다.
　"인영아, 눈 좀 떠봐라."
　"엄마, 인영이 죽는 거예요?"
　"아이 에그나, 못하는 소리가 없구나. 누가 그러나? 이렇게 예쁜 울 인영이 죽는다구. 자, 좀 먹자. 그래야 인후 오빠도 볼 수 있지~ 어서 인영아, 일어나 먹자."
　인영은 정씨의 말에 귀가 솔깃해서 자리에서 천천히 윗몸을 일으켜 세웠다. 오랜만에 인후 오빠에 대해 듣게 되니 힘이 불끈 솟는 느낌이었다. 후원 뒤뜰 방에는 오직 정씨만 드나들었다. 가족들도 문둥병에 옮을까 두려워 정씨 외에는 얼씬하지 못했다.

인영은 자신의 병이 무엇인지 내내 몰랐다. 그러다가 부모의 다투는 소리를 문득 듣고서야 알게 되었다. 하늘이 무너지는 것 같았다. 아버지 입에서 '문둥이'라는 말이 튀어나오고 나서야 인영은 자신이 문둥병에 걸렸다는 사실을 알게 되었던 것이다.

평양 인근 북쪽에는 당시 나병을 치료하는 요양소가 설립되지 않았다. 남쪽에는 여러 지방에 나병 요양소가 설립되어 문둥병 환자들이 거기에서 기거도 하고 치료도 받았지만, 북쪽에는 해방 이후 원산 능도라는 섬에 설립되었으나 평양 인근 북쪽에는 나병을 치료하는 요양소가 없었다.

인영은 뒤뜰 방에 갇혀 죽을 것만 같았다. 동무들과 뛰어놀지도 못하고 인후 오빠를 만날 수가 없으니 감옥이나 다름없었다. 몸에 붉은 반점이 올라오기 시작했다. 얼굴은 이전보다 더 퉁, 퉁 부었다. 정씨가 물을 가득 담아온 세숫대야에 코를 풀면 코피까지 줄줄 흘렀다. 아버지는 문둥병에 좋다는 약을 구하러 백방으로 돌아다녔다. 그러더니 어느 날 그 병에 좋다는 약을 구해서 돌아왔다. '대풍자유'라는 약으로, 대풍자, 라는 나무에서 기름을 내린 것이 대풍자유였다. 불포화성 기름으로 된 그 약을 복용하니 코피가 멈추고 얼굴 부기도 거짓처럼 가라앉았다. 인영은 이제 조금 살 것 같았다.

인영은 엄마를 졸라 거울을 손에 쥐었다. 날이 밝으면 거울

앞에서 하루 종일 얼굴을 들여다보았다. 이렇게 아팠는데도 인영이 보기에 얼굴은 여전히 예뻤다. 목탄으로 눈썹먹을 만들어 갸름한 눈썹을 그려주던 엄마의 손은 요술쟁이였다. 인영은 엄마가 눈썹을 그려주기 전에는 자기 모습을 똑바로 들여다보지 못했다. 눈썹 빠진 인영의 모습은 자기 모습이 아니라고 생각했던 것이다.

인영은 수없이 마주했던 들판의 허수아비들이 가장 싫어졌다. 봄을 알리는 부드러운 샛바람조차 싫어진 느낌이었다. 인영은 엄마를 하루 종일 졸랐다. 단 한 번만이라도 오빠와 동무들과 놀고 싶었다. 그러나 정씨는 인영의 외출을 전혀 허락할 수가 없었던 것이다.

"엄마, 딱 한 번만 밖에 나가 놀게 해주오."

"안 된다. 누가 너하고 놀아 주겠느냐?"

마을에는 이미 흉흉한 소문들이 무성했다. 인영이가 죽어 뒷산 숲속에 묻고 돌무덤을 만들어 놓았다는 둥, 어린 애기 간을 꺼내 먹으려고 어느 호밀 밭에 숨어 있다는 둥, 뒤뜰 방에 자물쇠를 잠그고 가뒀는데 밤에만 달밤에 잠깐 나왔다가 들어간다는 둥, 별의별 소문들이 잔치집의 나물접시들처럼 요란했던 것이다.

"엄마, 내가 문둥이가 되는 거야?"

"에그 망측해라. 누가 그딴 소릴…"

정씨는 자신도 모르게 딸애의 뺨에 철썩 손이 올라가려다 화들짝 놀라며 손을 거두어들였다.

"문둥인 갓난애기 간을 꺼내 먹어야 낫을 수 있는 거야?"

"세상에… 울 딸애 그저 문둥병 우물에 빠졌구나."

정씨는 말을 내뱉으며 화들짝 놀랐다. 딸애의 입에서 그런 소리가 튀어나오다니 기가 막힐 노릇이었다. 소문이 무성하면 횡액이 끼게 마련이라는데… 정씨는 딸애의 입에서 다시 그런 말이 나오지 않도록 입단속을 했다. 그러면서 또한 생각했다. 저토록 바깥구경을 하고 싶은 딸애를 무작정 가두어 둘 수는 없는 노릇인데~

정씨는 캄캄한 밤에 뒤뜰 방에 들어가 인영을 데리고 나왔다. 남포등도 밝히지 않고 딸애를 등에 업고 마당을 걸었다. 등에 업힌 딸애가 자꾸 대문 밖으로 나가자고 졸라대서 신발을 신겨서 집 밖으로 나왔다.

인영은 밖에 나오는 순간 뛸 듯이 기뻐했다. 에고, 불쌍한 것. 정씨는 딸애가 걸어가는 길을 바람처럼 뒤에서 따라 걸었다. 깜깜한 밤에 깡충깡충 뛰는 딸애의 모습을 보고 정씨는 풀린 옷고름으로 눈물을 찍었다. 하염없이 나오는 눈물, 어미의 마음을 아는지 모르는지 인영은 영락 갇혀 지낸 토끼마냥 좋아 폴짝 폴짝 뛰고 있었다.

그러던 어느 날, 딸애의 성화에 못 이겨 이웃의 눈을 피해 집 밖으로 나왔다. 인영은 뒷산으로 향하는 길을 따라 깡충깡충 한정 없이 뛰어갔다. 대풍자유, 라는 약제를 복용하면서 한결 나아지는 것을 정씨는 느끼고 있었다. 그런데 정씨 모녀를 부리나케 따르는 그림자가 있었다. 아들 인후였다. 정씨는 인후가 뒤

따르고 있음을 한참 뒤에 알아차렸다. 정씨는 아들 인후를 나무랄 수가 없었다. 달포 만에 남매끼리 얼굴을 마주한 순간이기 때문이었다. 세상에, 저들 핏줄이라고… 정씨는 가슴이 먹먹해졌다.

인영은 인후와 마주하자 기뻐 어쩔 줄을 몰라 펄쩍펄쩍 뛰었다. 너무 반가운 나머지 인영이가 인후에게 손을 뻗었다. 하지만 인후는 선뜻 인영에게 손을 잡혀주지 않았다. 문둥병을 앓는다는 동생의 손을 인후는 설불리 잡을 수가 없었던 것이다.

"인후야, 안 된다!"

"엄마 왜 오빠 손 잡으면 안 되오?"

인영의 철없는 물음에 당혹스러운 건 인후였다. 달포 만에 기적처럼 만난 동생의 손을 뿌리치는 자신의 모습이 싫었다.

"인후야, 어서 저리 가거라."

"엄마, 그냥 인영이 옆에 있고 싶소."

인후는 눈물을 글썽이고 있었다. 오랜만에 이렇게 동생을 보니 좋았지만, 손을 잡을 수도 없고 가까이 다가갈 수도 없다는 게 너무 안타까웠다. 정씨의 말에 인영이 갑자기 울면서 내달리기 시작했다. 정씨는 인영이 열 두 살이면 결코 어린애가 아니라고 생각했다. 혼인이 무엇인지도 알고 있는 애요, 자식 간호하는 어미 심정을 헤아릴 줄도 아는 속이 꽉 찬 아이였다.

인영이 숲속으로 뻗은 비탈진 자갈길을 뛰어 올라갔다. 인영은 마치 자신이 살아온 십여 년이란 짧은 세월을 악착같이 뒤로 밀어내려는 듯이 앞만 보고 뛰고 있었다. 누런 먼지투성이의 자갈길에 가녀린 바람 따라 송홧가루가 날려 쌓이는지 진한 송진 냄새가 코를 먹먹하게 만들었다. 인영은 마침내 기운이 다했던 지 자갈길 모퉁이에 빙그르 쓰러져서 경사진 돌 틈새로 굴러 내렸다. 인영의 무릎에서 시뻘건 피가 뚝, 뚝 떨어졌다. 인영이 무릎을 움켜잡으며 엉, 엉 울었다.

정씨는 차마 인영의 상처를 어루만지지 못했다. 인영이 하염 없이 울면서 말했다.

"엄마, 인영이 무릎에 피가 나잖소."

"에그, 어찌하면 좋니?"

정씨는 인영에게 다가서지 못하고 발을 동동 굴렀다. 그런데 인후가 불쑥 인영에게 다가가더니 인영의 무릎에 박힌 자갈과 흙가루를 맨손으로 털어내고 있었다.

"에그 인후야…"

정씨의 표정이 일그러졌다.

"인영아, 조금만 기다려라. 오빠가 치료해 줄게."

인후의 모습에 정씨는 발을 동동 구를 뿐이었다. 인후는 망설이지 않고 숲속으로 뛰어들고 있었다. 정씨는 놀란 나머지 입만 벌린 채로 아무 말을 내뱉지 못했다.

"들판에만 있으라는 법이 있나? 호랑이가 도와주는구나."

"호랑이가 돕다니 무슨 말이냐?"

정씨는 영문을 모른 채 아들 인후를 바라보았다. 숲속 어디 쯤에선지 산새들이 후루룩 울고 있었다.

"엄마, 이 호랑이풀이 병 풀이랍니다. 문둥이 병도 낫게 한다는 말을 마을 사람들한테 들었어요."

　인후는 돌멩이 위에 호랑이풀을 올려놓고 단단한 돌로 짓이기기 시작했다. 호랑이풀은 쓰디쓴 냄새를 화르르 풍기었다. 짓무른 초록색 이파리에서 파릇한 물감까지 흘렸다. 인후는 호랑이풀을 다져 인영의 상처 부위에 정성껏 발랐다.

　"인영아, 이제 피도 멈추고 아픈 것도 나을 거야. 이게 호랑이풀 아니냐? 호랑이가 아플 때 이 병 풀만 한번 먹으면 죄 낫는다는데…"

　정씨는 이런 인후를 나무랄 수가 없었다. 천륜이 맺어준 동기간의 각별한 정을 무슨 수로 막을 수가 있단 말인가. 정씨는 모든 것을 체념한 사람처럼 딸애에게 다가가서 정성껏 상처를 어루만지기 시작했다. 당장 살이 썩어 죽는다 하더라도 딸애에 대한 각별한 정을 단념할 수는 없는 노릇이었다. 정씨의 눈에서 뜨거운 눈물이 흘러내렸다. 이제 함께 죽는 한이 있더라도 딸애를 자신의 곁에서 떼어놓지 않으리라 다짐하고 있었다.

　3

　마을 앞이 소란스러워 정씨는 가슴을 짓누르듯 긴장하고 있었다. 이웃들이 왁자지껄하며 순사가 마을에 들어온다고 외치고 있기 때문이었다. 정씨는 헐레벌떡 마당을 달려서 마을 앞에 나가보았다. 당꼬바지에 허리에는 장총을 차고 차양 있는 모자를 쓴 일본 순사들이 동구 밖에 들어오고 있었다. 순사들 곁에는 도리우찌를 눌러쓴 조선의 밀정(당시 일본군은 조선인을 협박하여 일본군 앞잡이 노릇을 시켰는데 그 앞잡이 노릇한 조선인을 밀정이라 불렀다)이 붙어 있었다.

그들은 모두 장갑을 끼고 흰 천으로 만들어진 마스크를 착용하고 있었다. 정씨는 파랗게 질려 집으로 달려와서 회색 대문 빗장을 질렀다. 인영을 뒷산 움막에 숨긴 사실을 아는 사람은 가족들밖에 없었다. 일본 순사들은 마을의 집집마다 닥치는 대로 들어가 몸수색을 하고 있었다. 밀정이 순사들을 앞장세우고 정씨네에 들이닥쳤다. 정씨는 대문의 빗장을 단단히 질러두었다.

"어서 대문을 여시오!"

밀정을 앞세운 일본 순사가 소리쳤다. 강 초시가 허리를 굽히며 대문을 빠끔 열어보았다.

"어, 어쩐 일루 순사 나리께서 우리 집에 오셨소?"

강 초시의 입이 덜덜 떨렸다. 정 씨는 벌써 인영이 숨어 있는 움막을 향해 떠났다.

"애들을 당장 데려오시오. 몸수색을 해야겠소."

"왜 내 아이들 몸수색을 한단 말이오?"

강 초시는 시치미를 떼듯 되물었다.

"고을에 문둥병이 돌고 있다는 첩보가 들어왔소."

"예끼, 그런 망측한 말을 내 집에서 함부로 내뱉지 마시오."

강 초시는 두 발로 땅바닥을 굴러 펄쩍 뛰었다.

"집안을 샅샅이 뒤져라!"

순사들의 발자국 소리가 정씨의 집안에 철걱철걱 울려 퍼졌다. 강 초시는 뒤뜰 방으로 순사들을 안내했다. 순사들은 텅 빈 뒤뜰 방을 훑어보았다.

"당신 애들을 어디로 빼돌렸나?"

"…"

강 초시는 아예 입을 다물어버렸다.

"고래아(이 거) 덴노(천황) 무시하면 당장 총살이야!"

순사의 총개머리판이 강 초시의 머리를 찍었다. 강 초시는 제자리에 풀썩 고꾸라지고 말았다. 목숨을 버리는 한이 있더라도 딸애의 행방을 누설하지 않으리라 그는 작정하고 있었던 것이다.

순사들이 돌아가고 강 초시는 겨우 몸을 일으켜서 뒷산 움막으로 향했다. 저녁의 어둠 속에 초롱불이 빨갛게 빛을 내고 있었다. 인영의 몸은 하루 종일 고열에 시달리고 있었다. 인영의 몸에 처방한 대풍자유라는 약이 떨어졌기 때문이다. 일본을 통해 조선에 들어온 대풍자유라는 치료약은 풍족하지 않았다. 그리고 값이 싸지도 않고 비싸기가 이를 데가 없었다. 대풍자유의 치료약이 바닥나자 인영의 몸에 결절성 홍반이 돌고 오한이 일어나기 시작했다. 손과 발 즉, 사지(四肢)에 다시 통증까지 나타나기 시작했던 것이다.

강 초시는 하는 수 없이 늦은 자시(子時)인 한밤중에 집을 나설 수밖에 없었다. 밤새 거리를 좁혀 새벽 무렵이 되어서야 소재지 의원 문을 두드릴 수 있었다.

"꼭두새벽에 무슨 일이오?"

"의원 나리, 나 대동강 사는 강 초시라 하오."

"대동강변 석암 사는 강 초시 말이오?"

의원나리는 강 초시를 기억하고 있었다. 강 초시는 대동강변의 석암 마을에 사는 젊은이로 유학에 밝고 한자에 능통하여 근동 사람들 사이에 강 초시라는 별호로 불리고 있었다.

"그러 하오. 의원 나리, 제발 한번 도와주십쇼."

"관절(대관절) 무슨 일이오? 지체 높은 양반께서 이렇게…"

의원나리는 강 초시를 확인한 다음 경계를 풀면서 문을 활짝 열었다. 의원나리는 강 초시의 얼굴을 이윽히 쳐다보았다.

"나리, 한번 도와주시오."

"아니 무슨 일인데 용건을 대지 않고 도와달란 말만 하오?"

"우리 딸애가 나병에 걸린 듯하오."

강 초시는 체면을 불구하고 허리를 굽실거렸다.

"증세가 어떠합니까?"

"오한이 심하고 고열에다 사지통증도 시작된 듯하오. 손을 좀 써 주시오."

"에구 이를 어찌 한단 말인가. 문둥병에 감염된 사람들이 늘어나서 처방약도 간당간당 한데…"

의원나리는 처음에는 마뜩잖은 태도를 보이더니 강 초시가 일본 돈을 뇌물처럼 꺼내 보이자 순순히 외진(外診)가방을 챙겨 들었다. 의원나리는 마스크와 장갑을 착용하고 두툼한 돋보기에 청진기를 목에 걸고 강 초시를 앞장세우고 걷기 시작했다.

강 초시가 대동강변 석암 마을에 의원을 대동하고 당도한 것은 아침 해가 동쪽 하늘에 성큼 떠오른 다음이었다. 마을 입구에 당도하자 강 씨는 의원나리의 모습을 마을 사람들이 되도록 보지 못하도록 조바심 나게 걸었다. 의원을 대동하고 뒷산을 향하는 강 초시의 발걸음은 안절부절못했다. 한 식경을 걸어서 숲속 움막에 당도하여 의원나리의 행장을 풀었다. 의원나리가 놀라듯 중얼거렸다.

　"옳아… 이제 보니 일전에 의원에 들렀던 아주머니가 강 초시 댁이었구려."

　정씨는 딸애의 몸을 보살피느라 의원나리에게 수줍은 목례만 올렸다. 인영의 몸은 여전히 팔팔 끓고 있었다. 의원나리는 망설임 없이 인영의 옷을 벗겨낸 다음 외진(外診) 가방에서 주사기를 꺼냈다. 의원은 이미 모든 과정을 꿰뚫고 있는 듯이 인영의 엉덩이 근육에 주사바늘부터 꽂았다.

　"이 게 나병 다스리는 데는 제일이지요. 복어의 독이 여기 들어 있습니다."

　"아니 복어의 독이란 말이오? 이 거 잘 못 먹으면 사람이 죽는다질 않소?"

　정씨는 의원나리의 말에 놀라고 있었다.

　"염려할 거 없소. 전라도 땅 여수에서 윌슨이란 선교사가 나환자들을 치료해서 효과를 보았다는 소문이 조선팔도 파다하단 말이오. 통증도 가라앉고 진정 작용도 하고 수술실에서 마취를 할 때도 이 약을 사용한다오."

의원나리의 대답을 듣자 정씨의 마음이 진정 되었다.

강 초시는 인영이 누워있는 움막에 들어가지 않았다. 모든 것이 정씨의 판단 때문으로 전염이 된다면 정씨는 자신이 전염이 되어 딸애와 함께 하는 것이 낫다고 생각했다. 부모 중에 누군가는 건강한 몸으로 딸애를 보살펴야 한다는 깊은 생각까지 하고 있었던 것이다.

정씨는 딸애를 위해 앞뒤 가릴 여건이 되지 못했다. 당장 끙, 끙 앓고 있는 인영의 상태부터 손을 써야 했다. 의원나리는 인영의 몸에 주사를 놓으며 간단히 처방 약물에 대해 설명해 주었다. 그리고 정씨에게 딸애의 환부에 주사바늘을 직접 삽입하는 방법까지 알려주었다.

육 개월에서 일 년여 정도를 꾸준히 치료하면 회복할 가능성이 있다는 희망적인 말을 남겨놓고 의원나리는 떠났다. 정씨는 미리 준비한 일본 돈 50엔을 넘게 주면서 결코 총독부에 알리지 말라는 입막음용으로 10엔을 더 얹어주었다. 당시 일본 순사의 한 달 급여가 47엔 49전, 여성 한 달 급여 약 30~35엔, 백미 10킬로그램이 1엔 60전 임을 감안하면 결코 적지 않은 돈이었다.

그러나 이런 정씨의 노력에도 인영의 상황은 막다른 골목길로 접어들고 있었다. 일본 총독부는 나병에 대해 보다 치열하게 접근했다. 일제에게 조선이란 나라는 중국이나 시베리아로 진출하기 위한 중요한 교두보의 의미를 지니고 있었다. 조선총독의 말이었다.

"대 일본제국이 전 세계를 겨냥해 식민지 확대를 시도하면서 조선의 문둥이들 때문에 열등한 나라로 오해 받아서 되겠는가?"

식민지 시기 나병은 결핵, 매독과 더불어 3대 전염병이었다. 하지만 나병은 매우 심한 피부질환으로 손과 발, 얼굴 등이 처참하게 일그러지는 특성 때문에 다른 질병과 달리 일반인들에게는 혐오감과 공포감의 대상으로 인식되었다. 총독부는 병에 걸린 환자들을 일제히 잡아들여 안전한 사회체제를 유지하고자 하였다. 그리고 나병으로 부랑하는 환자들을 철저히 배제하여 사회질서가 흔들리지 않도록 하였다. 이런 모든 정책은 일본이 식민지 권력의 정당성이란 명목을 확보하고자 함이었다. 조선 총독부는 일선에 강력하게 하달했다. 조선의 나환자를 단 한 명도 남김없이 모두 파악하고 격리 조치를 취할 것이며 궁극적으로 잡아들이라!

평양 경찰부 소속 경시부장 역시 즉각 일선 분서와 순사주재소 등 모든 기관에 총독의 훈시를 하달했다. 평양부의 모든 관서는 비상이 걸렸다. 경시청 제도의 실시와 함께 감옥업무가 분리되고 위생업무가 추가되면서 경시청 산하 평양 경찰부에도 비상이 걸렸다. 따라서 평양부의 모든 관서는 부와 군, 면 단위를 샅샅이 파악하고 일체의 병원, 의원 등에 연통을 넣었다. 인영의 상처를 치료했던 의원 역시 예외가 아니었다. 의원 나리는 굳은 결심을 하고 순사주재소에 들러 대동강 부근 석성 마을에 사는 강 초시네 딸애에 대해 사실대로 보고했다. 무엇보다 제대로 된 시설에 가서 치료를 받는 것이 환자에게도 옳은 선택이라는 확신이 있었다. 따라서 정씨네에도 현명한 선택이란 명분을 내세우면서 소록도의 시설로 보내 딸애를 치료하도록 권유했던 것이다.

4

조선의 모든 지역에서 백성들의 고통소리가 하늘을 찔렀다. 일본의 순사들에게 채찍과 곤봉을 맞으며 강제로 붙들려갔다. 일본 순사들은 닥치는 대로 폭력을 행사하며 나병환자들을 붙들어 자동차에 실었다. 나병환자 가운데는 멀쩡한 사람들도 많이 섞여 있었다. 총독부가 전국적으로 문둥이 및 부랑자 소탕작전을 개시한 것이었다. 상처가 보이는 사람들을 어린애에서부터 어른, 남녀노소 가리지 않고 마구 잡아들였다. 한약방이나 약제소에서 진료를 받거나 증상을 문의한 자들을 색출한 다음 무조건 트럭에 태우고 소록도를 향하고 있었다.

평양 대동부 거리에도 도망치는 아이들을 순사들이 뒤쫓아가서 사정없이 채찍을 휘둘렀다. 마구잡이로 붙잡혀 트럭에 태워지는 어린 자식들을 보면서 부모들은 발을 동동 구르며 통곡을 하고 있었다.

"순사나리, 제발 우리 애를 돌려주시오."

"조선을 문둥이 나라로 만들 수 없다!"

일본 순사들은 무릎 꿇고 애원하는 애들의 부모에게도 채찍을 휘둘렀다. 한 마을 전체를 이 잡듯이 뒤져 쑥대밭으로 만들어놓았다. 부모들은 몸에 상처가 돋은 아이를 몰래 산속에 숨겨놓고 깜깜한 밤에 밥과 반찬을 배달했다.

"조 달고마니! 조 달고마니!"

순사들이 사립문을 열고 들어가 아이들 이름을 불렀다. 순사들은 온 집을 헤집어 명부에 적힌 아이들을 찾아낸다. 변소에도 둘러보고 돼지우리에도 둘러본다. 장독 뚜껑을 열자 아이의 검은 머리가 드러난다. 순사들이 머리채를 질질 끌어 올린다. 아악, 아악, 아이들이 고함을 치며 끌려나와 트럭에 실리고 있었다. 트럭에 짐짝처럼 실려지는 아이들을 보며 부모들은 땅바닥에 주저앉아 망연자실 울고 있었다.

순사들은 밀정을 앞장 세워 숨은 정보까지 습득한 다음 산속에 숨어 있는 아이들을 추포해서 트럭에 태웠다. 바닷가에서 동냥하며 먹고사는 부랑자 집단을 일본 순사들이 채찍과 곤봉, 장총까지 동원해서 트럭에 가득 실었다. 어느 다리 밑에서 옹기종기 모여 살고 있는 부랑자 집단까지 일시에 급습해서 트럭에 실었다.

"아이고 우리가 무슨 죄가 있다고 이러오?"

"네놈들은 조선의 문둥이들이야!"

"아이고 순사 나리! 제발 한 번만 살려 주시오!"

힘이 없는 백성들은 손이 발이 되도록 빌었다. 하지만 순사들의 채찍이 더욱 거세질 뿐이었다. 깊은 숲속 벌목장에도 순사들이 나타났다. 벌목장에서 여럿이 힘을 합쳐 통나무를 떠메고 내려오는 사람들은 채찍과 곤봉을 휘두르며 다가오는 일본 순사들에게 저항도 하지 못하고 트럭에 태워졌다. 제법 체격이 우람한 사내는 순사의 폭력에 맞서 저항해 보았지만 탕, 탕, 탕 장총의 위협 앞에서는 순순히 투항하고 말았다.

영문도 모른 채 트럭에 태워져서 벌목장을 떠날 때 뿌연 황토먼지가 연기처럼 하얗게 일어났다. 끌려가는 남편을 향해 하염없이 부르짖는 아낙네의 목소리가 바람 따라 쫓아가다 이내 사라지고 말았다.

"여보, 나는 어찌 살란 말이오!"

아내의 목소리를 어렴풋이 들으면서 사내들이 트럭에 실려 끌려가고 있었다. 조선 전역에서 영문도 모른 채로 붙들린 사람들은 트럭에 실려 전라도 고흥 소록도를 향하고 있었다. 전라도 고흥으로 향하는 트럭들로 조선의 신작로는 모래먼지와 함께 종일 붐비었다.

일본 순사들에게 가족을 빼앗긴 사람들이 길거리에서 통곡을 하며 울었다. 땅바닥에 주저앉아 가족의 이름을 불러 보았지만 아무런 소용이 없었다. 소록도는 조선 천지에서 밀려드는 나환자들로 인산인해를 이루었고, 환자를 수용할 공간마저 턱없이 부족했다. 환자를 수용할 막사를 임시로 세우고 병사(病舍)를 서둘러서 지었지만 역부족이었다. 관리가 소홀한 틈을 타서 도망치는 사람도 있었고, 치료를 받으려고 소록도로 자원해서 들어오는 사람도 있었다.

2장

외출

1

인영이 발병하고 평양 일대에도 나병환자가 늘어나기 시작했다. 부모는 인영을 데리고 의원을 찾아가고 조심스럽게 질병을 치료했다. 하지만 전혀 나병의 상태는 나아지지 않았다. 뒷방에 숨어 지내다가 발각될까 두려워 깊은 산속에 간이로 움막을 만들어 지냈다. 급기야 일본 순사들이 밀정을 앞세워 나병을 앓은 사람들을 붙들어 가는데 혈안이 되었다. 인영의 부모는 심해지는 인영의 나병 상태를 보고 몹시 불안했다. 산속에 숨어 지내다가 무슨 큰일을 치르지는 않을지 걱정이었다. 치료받을 수 있는 시설에 들어가서 차라리 안전하게 치료를 받아야 하는 것은 아닌지 망설이고 있었다.

인영이가 이런 상황에 빠져 있을 때 훗날 인영을 만나 사랑하게 되는 춘상이는 아버지의 손을 잡고 고향의 강둑을 걷고 있었다. 강둑을 걸을 때 물결이 파랗게 일어나 눈이 부셨다. 고요한 강의 수면 위를 한 떨기 바람이 사르륵 사르륵 밟고 지나갔다. 한 길 높이에서 수평을 잡듯 묘기를 부리는 종달새가 봄을 재촉하고 있었다.

"삐르르 삐르르~."

아버지와 같이 타지를 향해 걷고 있는 순간이 믿어지지 않았지만 낯선 세상을 밟아보는 순간은 태어나 맛보는 최고의 감동이었다.

"삐르르 삐르르~."

하며 종달새가 수면을 향해 하강하여 부리로 물의 비늘을 한 번 쪼아댄 다음 상승하며 노래를 불렀다.

"아버지, 종달새가 물을 먹나 봅니다."

"물을 먹는 게 아이라. 저도 살라 저러는 기라….."

"예?"

아버지의 말이 얼른 이해되지 않아 춘상은 멀뚱히 아버지를 올려다보았다. 아버지의 이마에는 구슬땀이 매달려 있었다. 아버지가 강둑이 끝나는 데서 잠시 손을 놓고 풀숲에 앉았다.

"저기 보리밭 너멀 보거라."

"어디예?"

샛강 언덕 너머 앞쪽으로 넓게 개활지(평탄하고 가린 것이 없어 탁 트인 땅)가 펼쳐지고 있었다. 아버지의 시선을 따라가 보니 앞이 뻥 뚫려 있었고, 보리밭들이 줄을 지어 도열해 있는 신작로를 따라 파란 하늘이 쾌청하게 걸려 있었다.

"저 사람들 안 보이나."

"예, 보입니다. 저 보리밭에서 지금 일을 합니까?"

"기다려 보면 마 알 끼라."

"예…."

보리밭 사이로 펼쳐진 둑길을 따라 서너 명의 사람들 모습이 보였다. 춘상은 난생처음 보는 낯선 세계에 설레어 가슴이 뛰었다. 종달새 몇 마리가 여전히 강의 수면 위에서 날갯짓을 하고 있었다.

"종달새가 어째 물 위에 저래 떠 있습니까?"

"저 종달새들은 지혜가 뛰어난 놈들이라…."

춘상은 고개를 쳐들어 아버지를 쳐다보았다.

"지혜가 뛰어나다니예?"

"마, 기다려보마 너도 세상 물리라는 걸 깨닫게 될 기라."

"예…"

아버지의 말씀이 끝나기가 무섭게 탕, 하는 총소리가 들렸다. 총소리와 동시에 종달새들이 수면 위를 어지럽게 선회하고 있었다.

"밥 퍼먹고 허구지게 할 일 없는 놈들이지."

"아버지, 저거 사냥꾼들 아입니까?"

"맞다. 사냥을 하려면 쪽발이 사냥을 하든지…. 조선 들판에 저래 총소리 터뜨리는 놈들은 제대로 사상 박힌 놈들이 아니란 말이지."

보리밭에서 총을 쏘던 사냥꾼들이 강둑 끝으로 다가왔다. 서너 명의 건장한 사내들을 아버지는 은밀히 경계하는 모양이었다. 시선을 비끼며 자리에서 일어서는데 사내 중 턱수염 기른 사내가 시비를 걸었다.

"도망치던 노루를 보았을 텐데…. "

"노루커녕 쥐새끼 한 마리 못 보았습니다."

아버지의 대꾸가 있기 전에 춘상이 먼저 뼈딱하게 입을 열었
다. 사내의 모습이 불결해 보였고 아버지를 대하는 태도 또한
불량해 보였기 때문이다.

"나이 어린놈에 새끼가 어데서 어른들 말하는데 끼 들고 있
노."

"어리지 않습니다. 키도 아버지 턱밑을 넘었는데…. "

춘상은 사내한테 말싸움에서 지고 싶지 않았다.

"얌마. 키만 크면 다 어른인 줄 아나? 너 몇 살 묵었나?"

"열네 살 묵었으예. 하마 내년 이맘 땐 수염도 날 거라예."

춘상은 아버지를 믿고 의젓하게 대꾸했다.

"카, 요 마빡에 피도 안 마른 새끼 말하는 본새 보라. 보소,
거 애빈 모양인데 자식 교육을 어찌 시켰노?"

"죄송합니다. 제 아들이 철이 없어가 이렇습니다. 한데 노루
는 정말 보지 못했소."

"마 됐시다. 저 어린놈에 새끼 땜에 오늘 사냥 글렀다 카
이…. "

사내가 덥수룩한 턱수염을 쓸어내리며 빈정거렸다.

"춘상아, 어른들 말씀하시는데 끼 들지 말거라."

"예."

아버지의 말에 춘상은 입을 삐죽 말아 올렸다. 춘상은 공연
히 돌멩이를 발로 힘껏 걷어찼다. 돌멩이가 날아올라 강의 수면

으로 곤두박질치며 흰 포말을 만들고 있었다. 춘상은 다시 한번
발부리로 돌멩이를 힘껏 걷어찼다. 춘상의 이런 태도가 못마땅
했든지 아버지한테 시비를 붙던 사내가 갑자기 강의 수면 위로
한바탕 총질을 했다.

"탕! 탕! 탕!"

하는 총소리가 고압적으로 주위를 압도했다. 바로 곁에서 울
려 퍼지는 총소리에 아버지는 파르르 몸을 떨었다. 춘상 역시
총소리에 압도되어 가슴이 콩닥콩닥 뛰고 있었다.

"거 박 포순 말이라, 총알도 없는데 헛총질 그만 좀 하소. 저
종달새한테 속지 말란 말이다."

"종달새한테 속았단 말예요? 이 아저씨가⋯ 하하하, 종달새
한테 어떻게 속는단 말입니까?"

춘상이 저도 모르게 끼어들면서 비웃음마저 뿌리자 사내의
곱지 않은 시선이 다시 춘상에게 꽂혔다.

"박 포수, 종달새가 약 올리는데 흥분하지 말라켓제? 저⋯
저⋯ 종달새 절마 강물에 떨어진다, 저⋯."

"날개에 구멍이 뚫려 죽어도 고깃살 내어주지 않겠다는 종달
새 지조 아입니까? 가자, 춘상아, 여게서 해찰할 짬이 지금 어
데 있나? 퍼뜩 가자."

아버지한테 손회목을 잡혀 끌려가듯 하며 춘상은 뒤를 돌아
다보았다. 종달새의 지혜라는 것이 무엇인지 순간 머릿속을 스
치고 지나갔다. 총에 맞아 죽어도 포수의 손에 자기 몸을 내주
지 않겠다는 깊은 뜻에 열네 살 먹은 춘상의 가슴이 먹먹할 정

도였다. 보리밭을 저만치 떨쳐두고 강의 수면 위에서 최후의 날 갯짓을 하던 종달새의 처절한 몸부림이 마치 자기 일처럼 춘상의 가슴에 꽂혀 들었다. 사냥꾼들이 나타나면서 종달새는 보리밭 위를 떠나 강의 수면을 향해 비상(飛翔)했을 것이다. 종달새는 죽어서도 몸뚱일 빼앗기지 않으려는 기지(奇智)를 어린 춘상의 마음에도 또렷이 심어주었다.

춘상은 아버지의 손을 잡고 들판 길을 부지런히 가로질렀다. 아버지는 입을 다문 채로 묵묵히 걷고 있었다. 발바닥이 아프고 검정고무신이 헐렁해 자꾸 미끄러졌다. 그럴 때마다 아버지는 말없이 춘상의 손을 움켜쥐고 걸음을 재촉할 뿐이었다. 보리밭이 파랗게 펼쳐진 데다 햇빛이 고와서 눈이 시릴 정도였다.

"아버지, 소캉 말캉 싸우면 누가 이기지예?"

"난데없이 마소 싸움이라니… 아버지가 보니까 소가 세더라."

"글치예, 말은 내뛰는 것만 알지 들이받는 거는 황소가 제일 아입니까. 내사 다시 태어난다면 황소처럼 센 놈으로 태어나고 싶습니다."

"오늘 아침에 뭐 잘못 먹었드나? 앞길이 구만리 같은 놈이 우째 다시 태어난단 말을 한단 말이고…."

"히히, 괜히 아까 사냥꾼을 만나니까 힘센 소가 부럽더란 말이지예."

"참 싱거운 놈을 다 볼따."

아버지의 손이 춘상의 손을 더욱 세게 잡고 있었다. 춘상은 사냥꾼들을 보고 나서 공연히 힘에 대해 생각해보았다. 단번에 질리게 만드는 총소리가 가슴을 옥죄었지만 힘만 세면 총도 무섭지 않다는 생각이 들었기 때문이다.

　그들이 들판을 반나절도 넘게 걸어 거리를 좁혀들자 야트막한 야산이 눈앞에 펼쳐졌다. 드넓은 보리밭에서 흙냄새가 눅자하게 콧구멍을 간지럽히고 흙 묻은 신발을 툭, 툭 털 때 여태 머리맡에 따라오며 삐리삐리 울던 종달새들이 작별인사를 했다.
　"삐리리 삐리리~."
　"이놈들아, 너그들까지 그래 울면 우짜노?"
　아버지는 산길의 초입까지 따라온 종달새를 향해 혼잣말을 하며 궐련(담배) 하나를 피워 물었다.
　"종달새는 울면 안 됩니까?"
　"너한테 말했지? 일본 놈들한테 산천을 빼앗겼다고 정신까지 저당 잡힌 것은 아니라고…."
　"예…."
　하고 대답은 했지만 춘상은 아버지의 말씀이 무슨 의미인지 얼른 이해할 수 없었다. 다만 일본에 조선을 빼앗겼다는 말이 무슨 뜻인지는 알 수 있었다.
　"아버지, 여기서 조금 쉽시다."
　"종달새야, 우지 마라. 너희 엄마 불러 줄게."
　아버지가 잔디밭에 엉덩이를 부리며 종달새를 향해 혼잣소리로 말했다. 알아듣기라도 하듯, 종달새가 머리맡에서 삐리리 삐리리 선회하더니 저쪽으로 모습을 감춰버렸다. 아버지는 흡, 흡 소리가 나게 담배를 빨아들였다. 입술을 빠져나온 담배 연기에 춘상은 머리를 어지럽게 흔들어댔다. 코로 스미는 담배 연기가 춘상에게는 기분 나쁘게 싫었다.

"우째 담배 연기가 싫나?"

춘상은 대답 대신에 아버지를 물끄러미 올려다보았다. 집에서도 혼자 먼산바라기를 하며 손끝에 항상 담배를 매달고 있어서 감히 아버지의 말에 대꾸하지 못했다.

"네 나이 열네 살이면 이제 장가도 들겠구나."

"나는 그런 거 모릅니다."

"외양간에 소가 웃겠구나."

"수염도 날라면 아직 멀었고예."

"할할할… 어찌 터진 입으로 두 말을 하나? 사냥꾼들 앞에서 수염도 날 끼라고 아주 기세가 당당하더니만…."

"칫, 그야 아버지가 있으니까 거드름 한 번 피워본 것이지요. 퍼뜩 일어나 가십시다."

2

춘상은 자박자박 삐뚤삐뚤한 산길을 숨을 헐떡이며 쉼 없이 걸었다. 작은 재를 하나 넘어 굽어보니 저만치 높은 언덕에 난생처음 보는 기와집들이 무리 지어 있는 모습이 보였다. 조금씩 기와집들에 가까워질수록 춘상은 건물의 웅장함에 입이 쩍 벌어졌다. 웅장한 대문을 넘어 들어가자 흰 두루마기에 검은 갓을 쓰고 어른들이 한데 모여 책을 펼쳐놓고 글공부를 하고 있었다. 개구리 떼들이 어지럽게 울어대는 모양새가 아니라 절도 있게 리듬을 타듯 책 읽는 소리가 일사불란하게 여겨지는 것이었다.

"아버지, 여기는 뭐하는 데입니까?"

"향교라 하는 데다. 내가 널 데리고 여기 왜 왔는지 아느냐?

"모르겠습니다."

"이리 따라오너라."

춘상은 아버지의 재촉하는 말보다 이곳의 분위기에 압도되어 이미 한 풀은 기가 꺾여버렸다. 어딘지 모르게 엄숙하고 절도가 있었다. 아버지를 따라 명륜당을 지나 대성전을 우측에 끼고서 걸었다. 대성전 중앙을 지날 때 대청마루에서 글 읽는 소리가 절도 있게 들리고 있었다. 명륜당의 중앙마루로 고무신을 벗고 올라갈 때 흰 두루마기를 입고 갓을 쓴 어른들이 아버지를 보며 반갑게 인사하고 있었다. 춘상은 어른들이 귀엽다고 쓰다듬어주는 손바닥 세례를 받으며 아버지를 따라 끝 방 창호지 바른 문을 열고 들어갔다.

"어서 오시게, 이수봉 선생."

"선생님, 안녕하십니까? 춘상아, 인사 올리어라."

"안녕하십니까?"

춘상은 바짝 긴장하며 경황없이 허리를 숙였다. 수염이 반듯하게 자라 기름기 머금은 듯 윤기가 돌던 어른이 춘상을 그윽이 바라다보고 있었다. 어른의 눈과 마주치는 순간 강렬한 기세에 눌려 춘상은 숨이 막힐 지경이었다. 훗날 춘상이 존경하게 되고 지치고 힘든 삶의 뒤안길에서 항상 떠올리게 될 독립투사 심산 김창숙 선생이었다.

"너 이름이 무엇이냐?"

"이춘상이라 합니다."

"그놈, 참 똑똑하게 생겼구나. 네 나이가 올해 몇이냐?"

"예, 열네 살 묵었습니다."

춘상은 어른의 기세에 눌렸지만 또박또박 대답했다. 한참을 묵묵히 쏘아보시더니

"이수봉 선생, 아드님이 영특하게 생겼습니다. 조선에 이런 재목들이 많을수록 좋지요."

"예, 어르신. 이를 말씀입니까? 한데, 어인 일로 급한 전갈을 보낸 것이 온 지….”

아버지가 허리를 굽히며 어른을 쳐다보았다. 어른은 뒤를 돌아 문단속을 하느라 그러는 것인지 문고리를 잡아 걸었다.

"이 선생, 내가 총독부 놈들의 추적을 당하고 있소."

"심산 선생님, 그럼 장차 어찌해야 되겠습니까? 제가 뭘 도와드려야 할지….”

"염치가 없소만 자금이 필요하오. 나석주 동지가 동척(동양척식회사)을 폭파시킨 연후 자결을 했지만 놈들은 이 심산이 국내에 잠입했을 거라 확신을 했을 것이오. 내 은밀히 이 조선 땅을 빠져나가자면 급히 자금이 필요하단 말입니다. 여하튼 내가

살아남아야 영남지방 독립운동의 불씨를 꺼뜨리지 않을 것이기에, 내 이번에 망명을 결심하고 상해로 건너가야겠소.”

“이를 말씀입니까? 어쩌든지 강건하십쇼. 힘이 닿는 데까지 내가 은밀히 자금을 만들어 보겠습니다.”

춘상은 당시에는 이런 대화가 무엇을 의미하는지 잘은 몰랐지만, 나중에 심산이 독립운동 거목이라는 점과 나석주가 동양척식주식회사를 폭파하도록 은밀히 계획을 짠 것이 심산 선생이었다는 것을 알게 되었다.

“이 선생, 볼 면목이 없소.”

“심산 선생님, 그런 말씀 마시오. 나라 찾자고 하는 일인데 우리 같은 무지렁이들이 면목 없지요.”

나라를 빼앗긴 조선의 설움이란 것은 비록 열네 살밖에 먹지 않은 춘상이 모르지는 않았다. 심산 김창숙이 단재 신채호와 만해 한용운 등과 더불어 민족 운동가이며, 파리 만국평화회의에 독립청원서를 보낸 파리 장서사건의 주인공임을 나중에 알게 되었다.

“그나저나 독립운동의 열기가 식어가는 것 같아 애석할 뿐입니다.”

“같은 생각이오. 중국 광동정부가 붕괴되고 나서 유학생들을 이끌고 상해로 돌아왔는데 거기에서 사민일보를 만들어 만 부를 찍었소.”

“예, 알고 있습니다. 조선 국내로 들어온 2천 부 신문이 우리 정신적 지주 아니었습니까?”

"내 북경으로 건너가 단재 선생을 만났잖소."

"예, 어르신, 단재 선생님이야말로 우리 민족에 큰 스승 아입니까?"

"맞습니다. 그때 함께 잡지를 만들어 독립 열기를 불태울 때가 문득 그립습니다."

"그러시겠지요."

춘상은 어른들의 진지한 말씀 중에 한 마디 끼어들지 못하고 번갈아 두 분을 바라볼 뿐이었다. 아버지가 난데없이 새벽바람을 맞으며 왜 자신을 데리고 멀리 출타하게 되었는지는 어린 마음에 얼른 이해되지 않았지만, 독립운동, 어쩌고 하는 말을 들으니 심상찮은 자리임을 깨닫게 되었다.

"북경에서 우당(이회영) 선생하고 새로운 방안을 만든 것이 뭐냐니까 몽골 접경지역 황무지 3만 정보를 얻는데 성공했던 것이지요. 여기를 독립기지로 만들려면 20만 원의 독립자금이 필요해서 각자 흩어져 자금모금 각개전투를 벌이고 있는 게 아니겠소."

"예, 선생님, 우리 영남유림에도 모금액 달성을 위해 다양한 방법을 동원했잖습니까. 친일 부호들 강제 모금을 위해 동맹단까지 조직하고 말입니다."

"알고 있소. 다들 노고들이 많았지요. 전(全) 재산을 저당 잡히고 논밭을 팔아 자금을 마련한 동지들이 많은 것으로 알고 있습니다."

"예, 권총까지 꿰차고 반강제적으로 모금을 했으니 말입니다. 심산 선생님께서도 원치 않은 사고까지 당하셨잖습니까?"

"언양에서 자동차가 굴러 절상을 당했으니 죽을 뻔했지요. 모금액도 적고 독립은 먼 탓에 이렇게 목숨을 악착같이 생존부지하고 있나 봅니다."

아버지는 심산 김창숙과 조선의 독립에 대해 깊은 얘기를 나누셨다. 춘상은 잘은 모르지만, 조선인이 일본제국주의에 빼앗긴 나라를 위해 목숨을 바쳐 투쟁해야 한다는 뜻임을 넌지시 짐작할 수 있었다. 중요한 얘기를 마치고 아버지는 심산 김창숙으로부터 작은 상자 하나를 건네받았다.

"성주 번화가에 되도록 많이 붙여주시오."

"예, 선생님."

"춘상이라고 했더냐? 너 글은 읽었느냐?"

대뜸 심산 김창숙이 춘상을 향해 물었다. 춘상은 글이라면 한글서부터 천자문까지 읽었기에 크고 또렷한 목소리로 대답했다.

"예, 한글도 읽고 한자도 조금 읽을 줄 압니다."

"오냐, 그래야지. 난 네 나이에 사서를 읽었느니라. 그만 땐 사자소학 정도는 떼어야지."

"아버지 날 낳으시고 어머니 날 기르셨도다."

"아이고 요놈, 성미도 급하구나. 보아하니 이수봉 선생이 아들 하난 제대로 가르치는 모양입니다. 조선의 미래는 이런 아이들한테 나온다는 것을 우리가 명심해야지요."

"이를 말입니까, 선생님."

"누가 눈치채지 않게 각별히 주의해야 하오. 되도록 자정 넘은 시각에 격문을 붙이도록 하시고, 노출되면 나머지 격문들을 태워버려야 합니다."

"예, 선생님. 한데 아까 오는 길에 한 무리에 포수들을 만났습니다. 거 대가면 부잣집 하인들 같더란 말이지요."

"것들이 공연히 사냥을 다니지는 않을 것이오. 보이지 않게 일본 놈들 권세를 등에 업고 과시하는 것들이니 그냥 마주치지 말고 피하는 편이 옳지요."

아버지는 작은 상자를 열어 마치 전대(錢臺)를 허리에 매듯 보자기에 격문을 펴서 둘둘 말은 다음 허리춤에 잡아맸다.

3

해가 서산마루에 걸려 노을이 산비탈 아래로 흐릿하게 보였다. 향교에서 벗어나 왔던 길을 침묵하며 터벅터벅 걸어가는 아버지의 입에서 가끔씩 한숨 소리가 흘러나왔다. 춘상은 아버지한테 손회목을 잡혀 걸으면서 아무런 말도 묻지 않고 묵묵히 걸었다. 난생처음 향교라는 데를 데려온 연유도 물어보지 않았다. 야트막한 산자락을 돌아 나올 때는 해는 떨어지고 캄캄한 어둠이 발목을 덮기 시작했다.

"아버지, 개똥벌레 한 마리도 보이지 않습니다."

춘상이 무료한 나머지 아버지를 향해 입을 열었다. 춘상의 말에도 아버지는 연신 한숨을 쉬면서 대꾸하지 않았다.

"보리밭에 가야 개똥벌렐 볼 수 있을까요?"

"뭐, 뭐라캤드노?"

"아버지, 무슨 생각 하시니까? 같은 말 두 번이나 하구."

"어찌 난데없이 개똥 타령이냐? 개똥벌레가 아무 때나 반짝 반짝 불을 켜는지 아나? 봄이 다 지나가야 반딧불은 불을 켜고 날아가는 기라. 말이 나왔으니 말인데 옛날 선비들은 반딧불을 병에 담아서 마 책을 읽었다 카드라."

"예, 아버지, 아까 그 어르신이 누구시니까?"

"저 사월리 사는 심산 선생이시다. 빼앗긴 나라 되찾으려고 애쓰시는 훌륭한 선생이시다."

"예, 어쩌다 조선은 나라를 빼앗겼답니까?"

춘상은 똑바로 걸으면서 물었다. 춘상의 물음에 아버지는 어둠 속에서 춘상을 내려다보면서 대답했다.

"기야 힘없으니 나라마저 빼앗긴 거 아니겠나. 나라가 없으니 백성은 서러운 것이고…."

"조선 사람이 일본 사람보다 많은데 어째 내쫓지 못하는 것입니까?"

"그게 말처럼 쉬운 것이 아니라… 빼앗긴 나라를 되찾는다는 게 이게 온 천지가 피로 물들어도 어려운 법이라. 나라도 잘 간수해야 내 나라가 되는 법 아니겠나?"

"아버지, 나는 힘을 기르겠습니다."

"힘도 좋다만 정신을 똑바로 세워야 한다. 마 그러자면 무엇보다 글을 많이 읽어야 할기고, 심산 선생처럼 훌륭한 사람이 되자면, 사서삼경 정도는 읽어야 하지 않겠나?"

"예, 아버지. 하지만 나는 글 읽는 것보다 동무들하고 싸우고 노는 기 더 좋습니다."

"턱없는 소리 마라. 동무들하고 싸우는 게 제일 나쁜 짓이라. 싸울 짓이 없어 동무들하고 싸움질을 하냐 말이라. 싸움질은 해도 야무지게 일본 놈을 때려눕혀야 이게 사나인 법이라."

"예, 일본 놈은 나쁜 놈이지요."

춘상은 야산을 넘고 끝도 없는 보리밭길을 가로질러 강둑에 당도할 때까지 아버지와 도란도란 얘기를 나누었다. 춘상의 짧은 생애에 이때처럼 진지하게 아버지와 얘기를 나눈 적은 없었다.

강둑에 앉아 담배 하나를 피워 물며 아버지는 춘상에게 자상한 얘기며 훗날 심지가 될 만한 얘기들을 들려주었다. 아버지와 같이 손을 잡고 한 곳을 바라보며 속삭이던 말들은 뒷날 춘상이 살아가는데 나침반 같은 역할을 했다.

"아버지, 낮에 총 맞은 종달새 어데 있을까요?"

"어데 있겠노? 저 강물 속이 제 무덤이겠지. 저 무덤자리 보고 강물 위에서 삐리리 삐리리 울었던 거 아니겠노."

"예, 포수가 종달새한테 이겼네요."

"아이고 우리 아들 말하는 거 보라. 이래 속이 깊구나. 아버지 생각엔 마 종달새가 맘 적으로는 이겼는 거라."

"종달새가 이겨 예? 총 맞아 죽었는데….

"종달새 운명은 죽을 운명 아이라? 무슨 수로 총질을 당해 내겠나? 하지만은 생각해보면 포수 글마는 졌다. 실컷 총질만

62

했지, 종달새 몸뚱이 만져보지 못했다 아이가? 안 그렇냐?"

춘상은 아버지 말씀이 얼른 이해되지 않았지만 어둠 속에서 고개를 주억거렸다. 자정이 넘어 주위가 온통 새카만 어둠뿐이었지만 아버지 손을 잡고 자박자박 걷는 춘상의 마음은 든든했다.

마을 입구에 당도할 때까지 춘상은 사람답게 살아야 하는 이유이며, 일본 사람이 아닌 조선 사람으로 살아야 한다는 다짐을 받았다. 글을 읽어 이치를 터득하고 인간의 도리는 무엇이며 나라의 백성은 무엇이고 또 어떻게 살아야 하는 것인지 아버지의 소중한 말씀을 들었다. 아버지의 말씀은 어린 춘상에게 쉽지는 않았지만 그가 전혀 이해할 수 없는 말도 아니었던 것이다.

아버지의 모습은 그날 이후 한동안 보지 못했다. 춘상은 이튿날, 어머니의 손을 잡고 소학교 거리와 면 소재 번화가를 둘러보았다. 소학교 정문 담 벽 앞에 사람들이 여럿이 모여 웅성거리고 있었다. 춘상은 사람들의 시선이 머무는 데를 쳐다보았다. 담 벽에 이어진 대문 위에 큼지막한 격문이 붙어 있었다. 사람들이 삼삼오오 모여서 그 격문을 읽고 있었던 것이다. 어머니 역시 그들 사이에서 뚫어져라 그 격문을 읽었다.

조국광복 도모한 지 십여 년, 가정도 목숨도 돌아보지 않고 앞만 보고 걸어왔다. 뇌락한 조선의 팔자, 나라를 되찾으려는 백성의 민심 흩어지니 처량하다 우리 신세. 친일부호들 머리를 베어 독립문에 매달자. 역적을 보고도 치지 않는 사람 또한 역적일 것이니, 온 백성이 힘을 합쳐 친일부호 박멸하세.

단기 4262년 3월 기사(己巳)

　사람의 무리는 좀처럼 수그러들지 않았다. 시간이 흐를수록 벽에 붙은 격문을 읽으려는 사람들이 늘어나기 시작했다. 어머니의 얼굴은 진지했고, 격문을 읽고 또 읽고 자리를 뜨지 못했다. 그런데 얼마나 지나서일까, 호루라기 소리가 들리더니 일본 순사들이 다짜고짜 채찍과 곤봉을 휘두르기 시작했다.

　키가 작달막한 순사 하나가 벽에 붙은 격문을 북, 북 찢어버렸다. 놀랄 일은 다음에 일어났다. 순사는 큼지막한 종이를 가져오더니 격문이 붙은 그 자리에 수상한 종이를 붙이는 것이었다. 그 벽에 붙은 종이에는 춘상이 어제 보았던 심산 김창숙 선생의 모습이 또렷이 박혀 있었다.

　"심산 선생이로구나."

　"어무이."

　하고 놀랄 사이도 없이 키가 건장한 일본 순사가 벽에 다른 종이를 붙이는데 춘상은 절로 입이 벌어져 다물어지지 않았다. 아버지의 얼굴이 벽보에 또렷이 박혀 있었기 때문이다.

　"밥 묵으러 집에 가자."

　춘상은 어머니의 팔뚝에 매달리듯 끌려갔다. 고개를 돌려 아쉬운 듯 뒤를 돌아보았지만 어머니는 춘상을 바삐 잡아당기고 있었다.

　"어무이, 일본 순사들이 어째서 조선 사람들을 붙잡으려 하는 겁니까?"

어머니의 입은 굳게 다물어져 있었다. 어머니는 땀을 뻘뻘 흘리며 오직 걷고 있었다.

이마에서 쭈룩 땀방울이 흘러내리고 눈알이 시큰거릴 때는 마을로 향하는 야트막한 재를 넘어서고 있었다. 이십 리 먼 길을 그렇게 걸어서 해 질 녘이 되어서야 집에 당도했지만 안도의 한숨을 돌리지 못했다.

3장

오너라 동무들아

1

춘상은 아직 나병에 걸리지 않은 상황이었다. 춘상은 아버지를 따라 청년의 기질을 익히고 조선인들의 기상을 익혔다. 아직 철이 들지는 않았지만 어른들의 세계를 통해 애국이란 것이 무엇인지, 조선이 처한 상황 등을 눈여겨 볼 수 있는 시간을 보내고 있었다. 무엇보다 심산 김창숙 선생을 만나 사람의 도리가 무엇인지 듣게 되었다. 이때도 조선에는 이미 나병이 창궐한 상태여서 이미 나병이 발병해서 평양을 떠나야 하는 인영과는 달리 아직 발병은 하지 않고 있었다.

춘상이 이럴 즈음, 인영은 평양에서 기차를 탔다. 역사(驛舍) 안으로 들어서기 전부터 석탄 냄새가 났다. 인영에게 석탄 냄새는 메케한 냄새가 아니었다. 마을 뒷길 언덕배미의 찔레꽃 냄새가 코를 찌르던 기억이 떠올랐다. 뒤뜰로 뚫린 굴뚝에서 하얗게 머리 풀고 하늘로 올라가는 굴뚝연기가 눈에 아련했다.

평양 역사에 당도하여 처음 대면한 석탄 냄새는 코로 느끼는 대신에 뜨거운 눈물로 느끼게 되었다. 메케한 눈물, 코를 홀

쩍거리는 소리, 가슴 밑바닥에서 올라오는 울음을 잠재우는 몸짓으로 석탄 냄새는 인영에게 다가왔던 것이다. 이제 평양에서 석탄을 때서 달리는 기차를 타면 정말 그리운 고향을 다시 밟지 못하리란 불길한 예감이 어린 인영의 가슴에 대못처럼 박혔다.

인영은 마치 자신을 기다리다 지쳐서 풀기 없는 연기를 내뿜고 있는 듯 나른한 기차에 올라섰다. 어머니는 손을 잠시도 놓치지 않으려고 불끈 힘을 주어 인영의 손을 잡고 있었다. 어머니의 팔에 잡힌 손목이 매서울 정도로 아팠지만 인영 역시 어머니의 손을 놓치지 않으려고 애를 썼다.

기차의 객석은 승객들로 가득했다. 인영은 눈썹먹을 진하게 바른 탓에 사람들의 눈에 더욱 잘 띄었다. 어머니는 인영을 기차 객석 후미진 뒤쪽 좌석에 앉힌 다음 보따리에서 차양이 기다란 빨간 모자를 꺼내 인영에게 씌워주었다. 혹여 눈썹이 빠진 사실을 승객들이 알아챌까 두렵기 때문이었다.

평양에서 아침 아홉 시에 기차는 출발했다. 뛰이 뛰이 울리는 기적소리는 평양 땅을 영영 이별하는 울음소리처럼 들렸다. 기적소리가 서글프게 귓전을 울릴 때 인영은 저고리 옷고름으로 눈물을 닦아냈다.

"인영아, 울지 마라. 너 자꾸 훌짝거리니까 저 사람들이 쳐다보잖우. 쯧, 쯧…"

"어머니, 지금 어디 가오?"

인영은 어머니에게 자꾸 물었다. 인영이 물을 적마다 어머니는 사람들의 눈치를 살폈다. 귀에 대고 남이 알아듣지 못하도록 나지막이 속삭였다.

"어디는 이디루 가. 저기 아래 땅에 병 낫으러 가는 거야. 인영아, 자꾸 묻지 마. 이제 전라도 시설에 가면 나을 수 있단다."

어머니 역시 작은 목소리로 속삭이듯 말을 하면서도 목이 메는지 자꾸 숨을 크게 들이마셨다. 어머니는 전라도 소록도란 시설에 들어가면 딸애가 낫아 올 수 있다는 말을 믿지 않았다. 조선의 문둥이들을 모조리 소록도에 잡아들이는데 살아나올 가망은 없다는 소문이 돌았다.

인영은 차창 밖에 스치는 풍경들을 바라보았다. 인영이 살았던 마을 같은 정겨운 마을들이 자주 눈에 들어왔다. 대동강 강가의 버드나무 같은 수양버들도 한들한들 뒤로 물러났다. 인영을 태운 기차는 인영을 되도록 멀리 데려다 주려는 심술쟁이처럼 방구를 뿡, 뿡 끼고 메케한 냄새를 풍기면서 뛰이 뛰이 경적을 울렸다. 인영은 하염없이 어머니의 얼굴을 쳐다보며 눈물을 흘렸다.

"아이고, 우리 인영이 그만 울어라."

인영은 이렇게 가다가 기차가 들판이나 산의 중턱에서 끼이익 멈춰서버리면 얼마나 좋을까 생각했다. 하지만 기차는 무정하게 속력을 더욱 내고 있는 모양이었다. 잠이든 승객들의 모습도 보였다. 인영은 눈을 감고 동무들의 얼굴을 하나씩 떠올려보았다. 그러다가 문득 잠이 들어버렸다.

경성역(서울역)에 당도하니 이미 어둑한 저녁이었다. 경성역은 평양역에 비교할 수 없을 정도로 웅장했다. 사람들도 붐비고 걸음들은 바빠 보였다. 주춧돌에 또렷하게 써진 숫자를 인영은 연달아 소리 내어 읽었다. 인영은 이것이 공연한 불안함 때문이라 생각했다. 인영은 그런 와중에도 경성은 별의별 사람들이 많다더니 요술도 부린다는 생각이 들었다. 높은 벽에서 시계바늘이 돌아가고 거꾸로 걸린 전등이 환하게 거리를 밝혀주고 있었기 때문이다.

인영을 태운 기차는 뛰이 뛰이 몇 번 기적을 울리더니 칙칙 푹푹 칙칙 푹푹 음률을 맞추듯이 달리기 시작했다. 차창 밖으로 들어오는 희미한 불빛들이 어룽거렸다. 한강을 지날 때는 어머니가 인영의 얼굴을 물끄러미 바라보았다. 인영의 머릿속엔 대동강에 소풍 나온 동무들의 모습이 떠올랐다. 인영의 귀에 기차가 내뱉는 뛰이 소리가 울음소리처럼 들렸다.

"인영아, 무슨 생각하니?"

"대동강 수양버들 생각하오."

어머니가 입을 벌리지 않고 표정으로 웃었다. 인영은 어머니의 고운 치맛자락을 살며시 만져보았다.

"아이 울 어머니 치맛자락 곱기도 해라."

"어른이 할 소릴 골라서 하는구나. 엄마 치마가 인영이 눈에 예뻐 보이니?"

인영은 대답 대신에 고개를 끄덕거렸다. 인영은 어머니의 치마저고리, 머리에 꽂은 비녀, 어머니 살 냄새 등을 오래 기억하고 싶은 마음이었다.

"엄마 눈엔 인영이 저고리가 조선 천지에서 제일 예뻐 보인다."

"어머니 정말이에요?"

인영은 어머니의 칭찬 섞인 말에 어깨가 올라갔다. 문둥병에 걸렸다는 사실을 인영의 치마저고리가 무색하게 했다. 노랑회장저고리에 다홍색 치마는 누가 봐도 돋보였다. 곱고 말쑥한 차림새는 누가 봐도 문둥병과는 어울리지 않았다. 인영은 노랑회장저고리 주머니에서 평면으로 된 구리거울을 꺼내 자신의 모습을 비쳐보았다. 인영이 보기에도 자신의 모습은 예쁘고 고왔다. 눈썹먹으로 칠한 짙은 눈썹만 아니라면 다른 사람들과 크게 다르지 않았던 것이다.

차창 밖으로 올려다 본 하늘에는 별들이 초롱 했다. 그런데 별들 사이로 달이 환하게 웃고 있었다. 정월 보름에 동무들과 달맞이하던 기억들이 또렷이 생각났다. 오곡밥에 기름을 발라 윤기가 났던 약식이 떠올라 침이 꼴딱 삼켜졌다. 마을 앞에서 줄넘기도 하고 팽이를 치며 제기를 차던 모습도 생각났다. 정월 보름은 아직 멀었는데도 달빛은 마을 앞의 팽나무 끝에 걸린 달빛과 하나도 다르지 않았던 것이다.

달빛 속에 풍덩 빠져 잠이 들었는지도 모른다. 인영은 산속에서 내달리다 쓰러져서 피를 흘리는 꿈을 꾸고 있었다. 무릎에서 피가 나는데 무릎이 쓰리고 아팠다. 인후 오빠가 속옷의 밑단을 찢어 피를 닦아주었다. 그리고 정성껏 병풀을 다져서 상처 부위에 발라주었다. 가족들과 작별을 하던 장면도 꿈속에 나타났다. 헤어지지 않으려고 인영은 발버둥을 쳤고 가족들은 땅바닥에 주저앉아 땅을 치며 통곡했던 것이다.

새벽에 대전역에 도착해서 기차를 갈아탔다. 지나치는 승객들이 인영을 유심히 쳐다보았다. 인영의 옷맵시가 화사하여 승객들의 눈에 화들짝 띄었기 때문이다. 어머니는 되도록 인영의 고개를 숙여서 모자를 눌러쓴 채로 데리고 다녔다. 노랑회장저고리와 차양 넓은 모자는 승객들로부터 인영을 보호했다.

전라도 벌교에 도착한 것은 저녁 무렵이었다. 평양에서 꼬박 이틀이 걸려 물도 설고 낯도 설은 전라도 땅에 당도했다. 몸이 아무리 고단해도 어머니는 인영의 손만큼 악착같이 붙들고 걸었다. 어머니는 낯선 땅에 당도하자 모든 것이 서툴렀다.

"고흥 녹동이 얼마나 머오?"

"아주 멀어라. 여긴 역전리라는 데요, 옛날엔 계성리라 했지요. 근데 예쁜 색시 데리고 뭣 하러 고흥 녹동을 가시오?"

어머니는 끝내 아낙의 궁금증에 입을 다문 채 자리를 떴다. 평양에 비할 수는 없지만 벌교 역전리는 나름대로 분주했다. 마차도 있고, 합승버스는 물론 짐차 등도 있었다. 고흥과 보성, 승주를 잇는 중간 지점으로 주민들도 왕래가 많아 보였다. 합승버스와 철도가 하루에 한 두 차례 지난다는 것은 당시에는 상당한 요지에 다름 아니었다.

엄마의 손을 잡고 걸어가는 아이들의 모습도 보였다. 그러나 엄마의 손을 잡고 걸어가는 아이들이 전혀 부럽지 않았다. 하지만 기차에서 내린 순간부터 인영은 어머니와의 작별이 멀지 않았음을 직감했다. 트럭을 얻어 타서 내리기를 몇 번 반복했다.

트럭이 지나갈 때마다 벌교에서 고흥으로 가는 신작로는 황토 먼지가 연기처럼 솟구쳤다. 들판을 가로질러 한없이 뻗은 신작로, 옆으로 곁눈질을 하면 논과 밭이 하염없이 펼쳐졌다. 신작로 양쪽으로는 키 작은 나무들이 도열하듯 살랑거리고 있었다.

"고롱개 나무로구나."

"어머니, 정말 이게 고롱개 나무 맞아요?"

"우리 마을 우물가에도 있지 않더냐…"

인영은 어머니 말에 마을 우물가에 서 있는 고롱개 나무가 생각났다. 보라색 꽃이 피고 열매가 노랗게 익으면 아이들이 손으로 쭉 훑어 한 입 입에 넣곤 했다. 어머니는 입이 마르고 배가 고팠는지 연신 고롱개 나무에서 열매를 따먹었다.

"어머니, 맛있어요?"

"인영이두 한 입 먹어 보라. 입이 바짝 마를 때는 먹을 만 하지. 봉황새라는 놈이 고롱개 열매를 좋아한다더구나."

"후후 어머니, 봉황새는 어디 살아요?"

"봉황새가 어디 사냐고? 그야 오동나무에 살지…"

"오동나무에 살면서 밥을 먹으러 이렇게 고롱개 나무에 내려오는 거예요?"

"글쎄 어미도 잘은 모르겠구나. 대나무 열매를 먹고 산대는 소리도 있고…"

"호호호…"

어머니의 말을 듣고 인영은 고롱개 열매를 연신 따서 입에 넣었다. 새콤달콤한 맛이 싫지는 않았지만 입에 달라붙진 않았

다. 이렇게 지루하고 머나먼 거리를 손을 잡고 걸으면서 인영은
이 길이 어머니와의 마지막 소중한 경험이 되리라고 생각했다.
고흥에 당도했을 때는 이미 해가 뉘엿뉘엿 저물고 있었다.

차부에서 녹동으로 가는 합승버스를 기다렸다. 인영은 여전
히 고운 노랑회장저고리에 빨간 모자를 눌러썼다. 차부에는 사
람들이 후줄근한 모습으로 차들을 기다리고 있었다. 어머니는
조바심이 잔뜩 담긴 표정으로 물어서 녹동 가는 합승버스 앞에
당도했다. 녹동에 닿아야만 소록도에 들어갈 수가 있기 때문이
었다. 어머니는 인영이 문둥병에 걸린 사실을 들키지 않으려고
무던히 애를 쓰고 있었다.

고흥을 떠나 녹동에 닿았을 때는 늦은 밤이었다. 녹동항에
도착해서 어머니는 당일 소록도에 들어가려고 통통배에 서둘러
한쪽 발을 걸쳤다. 하지만 낯선 사내들이 어머니를 밀쳐냈다.
소록도에 들어가 봐야 허탕이라고 했다. 마치 일요일이어서 소
록도에 입소할 수 없다는 것이었다. 인영은 어머니와 함께 여관
에서 밤을 지낼 수밖에 없었다.

2

새벽 동이 트자마자 여관에서 나왔다. 어머니 손을 잡고 부
둣가로 나와 새벽의 바다를 바라보았다. 바다도 밤새 잠을 자고
곤한 몸을 출렁이고 있었다. 바다는 아직 어둠을 완전히 걷어

내지 못해 검고 푸르렀다. 새벽잠에 칭얼대는 아기처럼 고요해서 아직 파도는 일지 않았다. 부둣가 담벼락에 어머니 손을 잡고 등을 기대고 날이 밝기를 기다렸다. 여기서부터 인영의 마음속에는 눈물이 가득했다. 이제 정말 이 바다를 건너면 어머니와도 이별을 하겠지. 어머니는 인영의 마음을 훤히 꿰뚫고나 있듯 쯧, 쯧 혀를 차며 연신 저고리 소맷부리로 눈물을 닦아냈다.

"인영아, 울지 마라. 저 섬에서 치료 잘 받고 말끔히 나아서 나올 거야."

"어머니, 정말이오?"

하면서도 인영의 마음속엔 검붉은 피가 뚝, 뚝 떨어지듯 절망적이었다. 인영은 칙칙한 새벽 바다처럼 마음이 불안했다. 인영의 말에 어머니는 대답 대신 등을 다독여주었다. 어머니 역시 속으로 울고 있다는 것을 인영은 모르지 않았다. 부둣가의 새벽은 가을 끝자락보다 훨씬 추웠다. 바다를 가로질러 칼바람이 불어왔다.

날이 빨리 밝기를 기다렸는데 막상 날이 훤히 새고 보니 다른 복병이 나타났다. 녹동 아이들과 일본 아이들이 몰려들어 인영을 향해 더럽다고 침을 뱉고 마구 소리쳤다. 야, 너 보리 문둥이지? 경상도 어디서 왔냐 보리 문둥아, 하고 아이들이 놀려댔다.

"평양 양반집 아씨니라. 네들 입이 아주 방정이로구나."

그러나 아이들은 놀리는 것을 멈추지 않았다. 어머니는 몸을 일으켜서 아이들을 잡으러 몇 발짝 달려갔다. 아이들이, 보리 문둥아, 이쁜 저고리 입고 어데 가니? 하며 자기들끼리 까르르 웃었다. 아이들은 어머니가 몇 차례 일어나 쫓아가도 멀리 달아나지 않고 놀리는데 재미를 붙인 모양이었다. 아이들 입에서 다시 보리 문둥이라는 소리가 터져 나올 때 인영은 기다렸다는 듯 보따리를 내팽개치고 아이들을 향해 돌진했다.

"야 이 간나 동무들아! 내 손에 잡히기만 하라. 당장 문둥병 옮겨줄 테야…"

인영이 이렇게 소리치며 아이들에게 달려가자 아이들은 걸음아 날 살려라 하듯 줄행랑을 쳤다. 인영의 몸에서 신열이 나고 이마에는 식은땀이 흘렀다. 아이들은 다시 몰려와서 아까처럼 놀려댔다. 인영은 정신을 잃고 쓰러진다 해도 아이들의 놀림감이 되기 싫었다. 그래서 힘을 다해 다시 아이들을 향해 돌진했다. 몸이 아프다는 것은 인영에게 굴욕이었다. 노랑회장저고리는 문둥병이란 이름 앞에 허무하게 더럽혀졌다. 인영은 옷고름을 말없이 풀어헤쳤다.

"에그, 인영아 어째서 색동옷을…"

"어머니, 이깟 회장저고리 벗을 거우다."

"어미 눈 뜨고 있는 데선 안 되어. 울 인영인 조선 천지에서 제일 예쁜 아이란 말이지…"

어머니는 말하면서 아이들이 다시 몰려오는 쪽으로 고개를 돌렸다. 이번에는 아이들을 얀정머리 없이 혼내주려고 돌멩이까지 집어 들었다. 그래도 아이들은 인영의 노랑회장저고리에 질투를 느낀 때문인지 놀리려고 덤벼들었다.

"보리 문둥아, 저고리나 벗어주고 들어가라."

"문둥이, 평양에서 뭣 타구 왔냐?"

인영은 아이들의 놀림감이 되어 마치 새장 속에 갇힌 새처럼 이제 한 발짝도 움직이지 못했다. 어머니가 돌멩이를 한번 던졌지만 아이들 근처에도 미치지 못했다. 인영에게 아이들의 놀림은 문둥병보다 더욱 고통이었다. 눈썹이 없어도, 얼굴에 반점이 생겨도 인영의 가슴 밑바닥까지 아픔이 침범하지 못했다. 하지만 아이들의 놀림은 짧은 순간에도 인영의 가슴 밑바닥에 상처를 내고 말았다. 아이들이 침을 뱉자 인영은 공연히 서러워서 엉, 엉 울음을 쏟아내고 말았다. 아이들의 놀림에 어머니마저 흐느끼고 있었다.

아이들의 놀림이 절정에 닿았을 때 뜻밖에도 인영의 구세주가 나타났다. 새벽부터 선착장에 나와 소록도(사슴섬)를 바라보던 스물 중반 넘어 보이는 여자였다. 여자는 아이들이 인영을 놀리는 모습을 뚫어지게 지켜보다가 이내 아이들 쪽으로 몸을 움직였다. 눈 깜짝할 사이에 아이들 둘의 머리채를 한꺼번에 부여잡고 인영 있는 데로 끌고 왔다. 여자의 이런 행동을 보고 놀란 것은 아이들보다 인영이었다. 인영은 순간 아이들이 혼쭐나는 모습에 기쁘기도 했지만 아이들의 궁핍한 차림새들을 보니 측은해 보이기도 했다.

"너 이름이 뭐시냐?"

인영을 향한 여자의 물음에 인영이, 라고 작은 소리로 대답했다. 어머니는 얼마나 화가 났던지 여자의 손에 잡혀온 아이들을 보자 곧장 자리에서 일어나 아이들에게 다가갔다. 여자가 인영에게 명령하듯 말했다.

"참말로 이름도 예쁘고 얼굴도 예쁘다. 회장저고리도 참 곱고… 인영아, 이 되먹지 못한 가시나들 얼굴을 손톱으로 긁어 버려라."

인영은 대답 대신 고개를 저었다. 놀린 것은 밉지만 저 아이들이 자기처럼 문둥병에 걸리는 것은 원치 않았기 때문이다. 인영이 대신에 어머니가 아이들 옷자락을 움켜잡고 좌우로 몇 차례 흔들었다.

아이들은 한꺼번에 울어대는 고양이처럼 앙 앙 울기 시작했다. 여자는 아이들이 울음을 터뜨리자 머리채를 사정없이 잡아당겨 두 아이의 머리통을 부딪치게 했다. 아이들의 울음소리가 파도 소리보다 더 다급하고 크게 들렸다. 그적에서야 여자는 아이들을 풀어주었다. 아이들은 대차게 당한 터라 뒤도 돌아보지 않고 줄행랑을 놓았다.

"인영이 얼굴도 예쁜 것이 맘씨까지 곱구나. 쯧, 쯧…"

여자는 인영의 얼굴을 찬찬이 살펴보면서 혀를 찼다. 여자의 태도가 마땅하지 못했던지 어머니가 여자를 경계하며 말했다.

"그쪽은 누구관데 식전부터 넘 귀한 자식 보고 혀를 찬다오?"

"아주머니, 요 쪼깐한 것 팔자가 무지 세요."

"아니 뭐라고? 그 짝이 뭣을 보고 그런 공염불을 늘어놓는단 말이오?"

어머니의 표정은 여자에 대한 좀 전의 고마운 마음은 온데간데없고 갑자기 날이 파랗게 섰다. 인영 역시 여자의 말이 곱지 않은 말이란 것을 모르지 않았다. 인영 역시 눈을 시퍼렇게 뜨고 뚫어져라 여자를 응시했다. 여자의 눈에서 갑자기 살기가 느껴졌다. 인영이 맞받아 쳐다볼 수 없는 위압감이 느껴져서 인영은 스르르 눈을 내리깔았다. 인영은 저렇게 살기를 띤 눈빛을 여적 보지 못했다. 사람의 눈에서 어떻게 저토록 강렬한 눈빛이 새어나올 수가 있단 말인가.

"도화살이 잔뜩 끼어 버렸소."

"아니 귀한 집 아씨더러 도화살이라니…"

어머니의 목소리가 송곳처럼 날카롭게 꽂혀들었다.

"야가 틀림없이 말띠 아녀라우? 말띠 아니면 내 손에 장을 지지요."

"뭐가? 에그나…"

어머니는 여자의 말에 놀란 듯이 빤히 쳐다보았다. 인영은 아버지로부터 누차 무오생(戊午生)이란 말을 들었던 터라 역시 여자가 제대로 짚어대는 것을 보고 놀랐다. 어머니의 표정이 달라지며 이제 인영의 앞날을 점쳐보려는 호기심으로 다가갔다.

"아주머니 내 말이 맞지요?"

"맞긴 하오만 그래도 도화살이란 게…"

"도화살은 사내놈을 잘 만나야 쓰는 법인데… 도화살 낀 말띠 여자한텐…"

어머니는 침을 꿀떡 삼키며 여자의 입술을 쳐다보았다. 인영 역시 여자의 말을 귀를 쫑긋거리며 듣고 있었다. 여자의 말이 무엇을 의미하는지 인영이 모르지 않기 때문이었다.

"처녀, 뭘 좀 볼 줄 아누만구래. 울 딸애한테 자식 운이 있소?"

어머니의 말은 이제 공손해져 있었다. 인영 역시 여자의 말에 흥미가 생겼다.

"자식이 있긴 하지라. 한데 쯧, 쯧, 어찌 이리 기구한 팔자라나."

"처녀, 듣자니 말을 너무 함부로 하오. 뚫린 입이라고 함부로 입 놀리지 마시우."

"내가 하는 말이 아니에요. 저기 서낭신이 시방 내 머리 위에 앉아서 가르쳐주는 말이란 말이오."

여자는 천연덕스럽게 입을 놀렸다.

"딸애가 병이 나을 운은 있소? 사내는 어떤 사낼 만나는 점괘인지 서낭님께 물어 보시우."

어머니는 여자의 형용을 눈치챘던지 인영이가 염려되어 물어보았다. 이제 인영과 헤어지면 영, 영 헤어질지도 모른다고 생각했기 때문이다.

"하늘이 내린 병인데 내가 그것까지는 모르겠소. 도화살이 끼어서 그러는지 인영이 머리 위에 총각 귀신 여럿 앉아 있소."

"에구 높으신 서낭신님, 울 딸애 앞길이나 굽어 살펴 주시오."

어머니는 이제 여자를 서낭신으로 대했다. 여자의 입에서 튀어나온 말이 허투루 나오는 말이 아니란 것을 알았기 때문이다.

서낭신이라면 평양지방에도 당연히 있다는 것을 어머니는 알고 있었다. 서낭신은 토지와 마을을 수호하는 전형적인 신이었다. 마을 동구 밖은 물론 재 넘어가는 고갯마루, 절간 들어가는 입구 등등 흔히 볼 수 있는 모습이었다. 신령스런 나무 밑에 돌무더기를 쌓아 서낭신을 받드는 경우도 많았다. 어머니는 무명 치마를 걷어 올려 속주머니에서 돈을 꺼내 여자한테 내밀었다.

"오메, 아주머니 인심도 좋소. 시방 돈 받으려고 무꾸릴(점치는 일)한 게 아녀라우. 이 금화는 무당이 아니란 말이요. 그냥 서낭신님이 시키는 대로 하고 가르쳐주는 대로 할 뿐이지요."

여자는 어머니의 돈을 받지 않았다. 인영은 금화라는 여자가 갑자기 마음에 들었다. 금화라는 여자가 곁에 있다면 마음이 놓일 것만 같았다.

"에그 기특한 처녀, 기특한 금화 처녀로구나."

"양금화여라… 저기 사슴섬 구북리가 애당초 고향 마을이지라우."

"에그 이름도 예쁘우. 한데 어떻게 여기에서…"

"문둥이들이 날마다 들이닥치니 이렇게 뭍으로 고향 마을 떠난 거지라. 내가 모신 서낭당이 쩌기 사슴섬(소록도)에 있는데 이렇게 일본 놈들이 못 들어가게 막으니까 죽겠소. 여기서 배 타고 들어가는 문둥이들 이마빡에 귀신들이 다닥다닥 붙었단 말이오."

금화라는 여자의 입에서 이해하기 힘든 말들이 쏟아져 나왔다.

"아이 에그나, 망측해라. 금화 처녀, 아니 서낭신님 그 무슨 소리우?"

어머니는 여자의 말에 새파랗게 질린 얼굴이 되어 물었지만 여자는 쓰렁쓰렁 불어가는 바람처럼 저만치 훌쩍 뛰어가고 있었다. 인영이 보기에 어딘지 모르게 불안해 보이는 여자였다. 그럼에도 마치 언니처럼 여겨지는 여자가 인영은 싫지 않았다. 여자의 입에서 쏟아진 말들이 허망한 말들이 된다 하더라도 인영은 여자의 가슴속에 묻어 있는 따뜻한 기운을 충분히 느낄 수가 있었기 때문이다.

날이 환히 밝아 녹동 선착장 근처에서 어머니가 떡을 사왔다. 떡으로 요기를 하고 선착장에서 섬으로 가는 배를 기다렸다. 그러나 해가 중천에 올랐을 때 통, 통, 통 소리를 내며 나타난 통통배는 배를 태워주지 않았다. 하는 수 없이 어머니는 사람들에게 물어 주재소를 찾아갔다. 주재원은 몇 가지 인적사항을 물어 서류철에 적어 넣었다. 주재원은 조선 사람이어서 그런지 인영에게 친절을 베풀어주었다.

점심때가 되지 않았는데 주재소 밖이 소란스러웠다. 고함치는 소리, 웅성대는 소리, 호루라기 소리 등등 왁자지껄 했다. 인영은 뒤뜰에서 어머니 손을 잡고 밖으로 나왔을 때 깜짝 놀랐다. 순사차를 앞세우고 트럭들이 들이닥쳤던 것이다. 그런데 인영은 트럭에서 내린 사람들이 첫눈에 잡혀온 부랑자들이라는 것을 알아차렸다. 트럭은 도착하자마자 서둘러 부랑자들을 짐을 푸듯 내려놓았다.

부랑자들은 초췌한 모습으로 트럭에서 내리며 소란을 떨었다. 인영이가 보니 얼굴이 일그러진 사람 중에 남녀노소가 다양한데 젊은 청년들이 가장 많았다. 인영은 나중에 이들이 경상도와 전라도 땅에서 잡혀 들어온 문둥이들임을 알게 되었다. 문둥이 중에는 제법 덩치가 크고 우악살스럽게 생겨먹은 축들도 있었다. 그들 중에는 멀쩡한 사람들도 여럿 섞여 있었다. 인영은 마치 깡패처럼 보이는 청년들의 모습을 보고 파르르 몸을 떨었다. 저들과 같이 통통배를 타고 소록도에 들어가야 하나보다 생각하니 절로 몸이 움츠러들었다.

순사의 지시에 따라 이들은 줄을 섰다. 전라도 줄이 만들어졌고 경상도 줄이 만들어졌다. 오합지졸 같지만 순사의 지시에 따라 굼뜨게 움직였다. 이름들을 호명했고 서류에 적바림을 했다. 인영이 또래는 그리 눈에 띄지 않았다. 인영이보다 서너 살쯤 위로 보이는 아이들도 여럿 보였다. 인영은 경상도와 전라도 줄에 끼지 못하고 어머니와 같이 뒤쪽에 앉았다. 트럭에 실려온 사람들은 인영이 처럼 가족의 손을 잡고 오지 않은 모양이었다. 하나같이 부랑자들 같아 보였던 것이다.

주재원과 순사의 인솔 하에 인영을 비롯한 일행들은 선착장으로 걸었다. 선착장으로 가는데 아이들이 멀리서 문둥이, 어쩌고 하면서 놀려댔다. 인영은 이제 자신이 정말 문둥이가 되었다는 사실을 알게 되었다. 부랑자 집단의 후미에서 어머니의 손을 잡고 아직은 걷고 있지만 어머니의 손을 놓는 순간 인영은 저들과 하나도 다름없는 문둥이가 되리라고 생각했다. 집에서 가족과 헤어질 때 입고 왔던 노랑회장저고리를 벗는 순간 인영은 문둥이 집단 속에 완전히 포함될 것이었다. 저들과의 차이란 화려한 치마저고리를 입었다는 것과 어머니 손을 힘껏 잡고 걷고 있다는 것이었다.

3

녹동 선착장에 도착했다. 주재원과 순사들은 앉아, 일어서를 외치면서 일사불란하게 지시했지만 부랑자들은 천천히 움직였다. 부랑자들은 사나운 파도가 널름대는 모습을 보자 모두 기가 죽었다. 바다 저쪽에서 통통배들이 들어왔다. 주재원이 호명을 하자 호명 당한 부랑자들이 앞쪽으로 나갔다. 순사가 숫자를 세고 등을 떠밀어 통통배에 태웠다. 통통배가 가득차면 배는 통, 통, 통 소리를 내며 선착장을 떠났다. 남은 부랑자들은 줄을 서서 앉아 있었다. 어머니는 연신 눈물을 흘리며 인영의 얼굴을 쓰다듬었다.

"에그 불쌍한 것, 인영아…"

"어머니, 울지 마오. 여기 동무들도 많잖소."

인영은 이제 어머니를 위로하고 있었다. 어머니는 주재원에게 입원증서까지 받았다. 소록도 자혜의원 입원증서였다. 인영은 속에서 올라오는 울음을 꼭, 꼭 힘을 주어 눌러 담았다. 환자들을 태우고 들어간 통통배가 나오면 인영이 차례도 곧 돌아올 것이었다. 남은 부랑자들은 일본 순사가 감시를 했다. 순사는 어깨에 장총을 메고 환자들 사이를 오락가락 했다. 순사 옆에는 조선 사람으로 보이는 주재원이 같이 움직이고 있었다.

순사의 감시를 받는 중에도 대열 중에는 힘겨루기를 하는 사내들이 있었다. 전라도 줄과 경상도 줄에서 유독 빼어난 모습으로 건장한 체격을 지닌 청년들이었다. 순사의 눈을 피해 서로 알력을 주고받고 있었다. 보이지 않는 힘겨루기, 조용한 힘겨루기가 바닷물 속에서 일어나는 파도처럼 은밀하게 일어나고 있었다. 사슴섬 즉 소록도에서 주도권을 잡으려는 은밀한 물밑 행동 같은 것이었다.

"거짝 조용히 잠 하소."

하고 경상도 줄에서 시비를 걸었다. 기다렸다는 듯이 전라도에서 시비를 받았다.

"시방 우덜한테 시비 거는 갑네요잉. 음마, 주먹이 엄청 근질근질 했는디 시비까지 보태준께 고맙구만잉…"

하고 전라도 쪽에서 건장한 청년이 일어섰다.

"하이고 어째 이래 주먹이 간지럽노?"

"이런 씨팔 놈이 뭐라 시부렁거린다냐 시방…"

하면서 대열에서 이탈해 난데없이 경상도 줄을 향해 튀어나온 사람은 전라도 줄의 청년이었다. 경상도 청년의 말에 화가 잔뜩 오른 표정으로 당장 경상도 청년의 멱살을 잡으려고 뛰어들었다. 두 사람은 인영의 보기에 환자처럼 보이지 않았다. 저리 길길이 날뛰는 환자가 조선 천지에 어디 있으랴.

말싸움은 순식간에 치고받는 싸움이 되어버렸다. 누구의 우세를 가늠할 수도 없이 번개처럼 벌어진 일전(一戰)은 순사의 개 머리판에 모두 옆구리를 채이면서 끝이 났다. 주재원의 채찍과 순사의 총은 단박에 청년들을 주눅 들게 만들어버렸다. 경상도 청년과 전라도 청년이 힘을 합쳐 덤빈다 하더라도 채찍과 총의 부리를 당해내지 못할 것만 같았다. 인영은 이제 얼마 뒤에 있을 어머니와의 이별을 생각할 겨를도 없이 이들의 싸움에 홀려 넋이 나가버렸다.

선착장 앞쪽에서 통통배가 들어오고 있었다. 전라도 청년은 천황폐하만세라는 구호를 몇 번 외치면서 잇달아 유창한 일본 말로 무어라 시부렁거렸다. 그 청년의 일본말은 영락없는 일본 사람의 발음과 다르지 않았다. 싸웠던 청년들은 인영에게는 다른 어떤 부랑자들 보다 돋보였다. 선착장에서 통통배를 기다리던 짧은 순간의 알력들은 이후 소록도에서 일어날 무시무시한 장면들을 미리 보여주는 느낌이었다.

선착장에서 소록도까지 뱃길이 더뎠기 때문에 끌려가는 부랑자와 나병환자들을 통통배에 태워 소록도로 옮기는 데는 꽤나 시간이 많이 걸렸다. 주재원과 순사는 틀어잡고 싸움을 벌인 청년들을 마지막 배에 태웠다. 인영 역시 전라도, 경상도와 동떨어진 평양 출신인 때문인지 마지막 배에 배치가 되었다.

하루가 저물어서 이미 저녁 이내가 해안선을 따라 푸르스름하게 내려오고 있었다. 소록도 산의 중턱에서도 푸릇한 기운들이 짙어 검푸른 그림자가 일제히 내려오는 모습이었다. 인영은 이제 어머니와 정말 이별을 해야 했다. 어머니는 배를 타고 인영과 함께 소록도 섬까지 들어가려 했지만 주재원에게 저지당했다. 주재소에서 낮에 기록한 인영의 이름, 나이, 출생지 등 간단한 인적사항을 확인한 다음 인영은 통통배에 올랐다. 어머니는 여적 참았던 울음을 터뜨렸고 인영이 역시 터지는 울음을 참을 수가 없었다. 어머니가 울먹이는 목소리로 당부의 말을 했다.

"인영아, 치료 잘 받아야 한다."

인영은 회장저고리 옷소매로 쓰윽 눈물을 훔치며 고개를 끄덕이면서 대답했다.

"어머니, 오래오래 사세요."

"듣자니까 면회도 시켜준다는구나. 어미가 이제 오빠 데리고 인영이 보러 올 테니까 울지 마라."

"예, 어머니…"

인영은 어머니의 말에 울먹이면서 고개를 끄덕거렸다. 순사가 인영이 곁에 서서 재촉을 하는 바람에 인영은 통통배에 몸을 실었다. 이별의 의식이라도 치르는 듯 어머니가 갑자기 통통배에 오르더니 주머니에서 무명 손수건을 꺼내 인영에게 건네주었다. 인영은 어머니 손때가 묻은 무명 손수건을 얼른 받아 주머니에 담았다. 순사가 어머니를 통통배에서 밀어냈다. 통통배가 서서히 움직이기 시작했다.

인영은 멀어지면서 어머니를 향해 손을 흔들었다. 인영이 흐느끼자 일본 순사가 채찍으로 인영의 등짝을 한번 후려쳤다.

"아이구머니나 일본 놈들이 소문대로 지독하구나. 우리 애기 때릴 데가 어데 있다고 채찍질을 하나?"

어머니의 말을 인영은 들을 수가 없었다. 인영을 태운 배는 서서히 속력을 내려는 듯 배의 꽁무니를 반대로 돌리고 있었다. 인영이 한참 흐느끼고 있는데 다가와 등을 다독이는 사람은 경상도 청년이었다. 일본 순사나 주재원에 비해 체격이 월등하게 좋았다. 인영은 곁눈질로 그 청년을 올려다보았다. 어머니와 헤어진 슬프고 아픈 감정이 인영의 가슴에 걸려 있었다.

"인영이라고 했지? 이름도 예쁘구나. 이 오빠가 인영이 지켜 줄 테니까 울지 마라. 우리는 이제 소록도의 가족이다."

인영은 경상도 청년의 말에 울면서 고개를 끄덕거렸다. 인영의 눈에 청년들은 우락부락하게 생겼지만 그런 말을 들으니 은근한 힘이 되고 있었다.

"어이 그쪽, 누구 맘대로 오빠라고 하냐. 인영아, 저쪽은 쳐다보지 말더라고… 이 주둥이로 왜놈 말 지껄이는 사쿠라 같은 사람이 오빠면 되겠냐?"

인영을 사이에 두고 그들은 잠시 알력이 붙었다. 그들의 싸움은 이제 소록도에서 끊임없이 싸울 빌미라도 마련하려는 듯이 일촉즉발이었다. 그들에게 주재원이나 일본 순사는 결코 무서운 존재가 아니라는 듯이 보였다. 인영은 무엇보다 일본 순사한테 당당한 그들의 모습이 마음에 들었다.

인영을 태운 통통배가 소록도 해안에 당도했다. 인영은 이제야 자신이 평양 집을 떠나 머나먼 전라도 땅의 소록도란 섬에 들어온 사실을 실감했다. 그들은 어둑한 해안에서 직원들의 지시에 따라 일사불란하게 움직였다. 소록도에 먼저 들어와서 생활을 하고 있는 원생들이 반갑게 노래를 부르며 소록도에 입소한 동료들을 맞아주었다. 어둑어둑한 신작로를 따라 좌우로 기다랗게 늘어선 원생들을 인영은 놀란 눈으로 바라보았다. 수 백 명이 마치 가로수처럼 도열하여 박수를 치며 환호하고 있었다.

오너라 동무야 눈물을 씻고서
머리를 들어라 은혜가 넘친다
이제야 왔도다 지혜의 동산에
우리의 신천지 같이 개척하세

직원의 지시에 따라 그날 선착장을 통해 입소한 동료들은 수백 명 원생들의 환영행사를 보며 모두 어안이 벙벙했다. 전라도 줄과 경상도 줄을 정비하고 확인하는 작업이 계속되었다. 제복을 입고 어깨에 완장을 두른 직원들은 일본인도 있고 조선인도 있었다.

입소자들의 병사(病舍) 배치를 하는 동안 원생들은 흰죽을 끓여 먹었다. 완장을 두른 직원들은 입소자들의 남녀노소를 막론하고 완전히 옷을 벗겨버렸다. 밖에서 입고 들어온 한복 등을 완전히 벗겨내고 일본식 의복을 입도록 했다.

인영은 평양에서 집을 떠나올 때 애지중지 입었던 노랑회장저고리를 빼앗기지 않으려고 무진 애를 썼다. 일본식 의복을 갈아입은 다음 입고 왔던 한복을 악착같이 반납하지 않았다. 인영은 벗은 한복을 보자기에 착, 착 접어 단단히 묶었다. 한복까지 반납해버리면 지금까지의 인영은 이제 완전히 달아나버릴 것만 같은 불안감이 엄습했기 때문이다. 인영이 보따리를 품에 안고 있자 직원이 채찍으로 사정없이 내려치며 보따리를 낚아챘다. 인영은 어깨를 제대로 맞아 통증이 몰려왔음에도 악착같이 보따리를 빼앗기지 않으려고 발버둥을 쳤다.

"아니 이년이…"

일본 사람으로 보이는 직원이 채찍을 휘둘렀다. 그가 어설픈 조선말로 욕설을 하며 인영으로부터 보따리를 빼앗아갔다. 인영은 순간 살점이 뚝, 뚝 떨어져 나가는 통증을 느꼈다. 병이 나서 아픈 통증보다 눈에 보이지 않는 아픈 통증이 있다는 것을 깨달았다. 인영은 죽기 살기로 날뛰며 일본 사내가 낚아채간 보따리를 빼앗으려고 사내한테 돌진했다. 이때, 마침 머리를 뒤로 질끈 묶은 순임이란 여자가 사내한테 보따리를 돌려받아 인영에게 건네주었다. 인영은 순간 여자에게 저도 모르게 허리를 숙였다.

"평양에서 내려왔다는 애가 너로구나?"

인영은 여자의 물음에 고개를 끄덕거렸다. 여자는 인영에 대해 이미 알고 있는 모양이었다. 인영은 여자의 얼굴을 뚫어지게 쳐다보았다. 여자가 인영의 어깨를 다독이며 "인영아, 겁먹지 마. 나도 너처럼 환자야." 하고 활짝 웃어주었다. 인영은 이런 어수선함 속에서도 동료의 정이란 것이 있음을 첫날 느끼게 되었다. 인영은 첫날 병사의 배정에서 순임이란 여자와 같은 병사를 배정받게 되었다. 구북리 신병사 32호사.

환자들은 남쪽 병사(病舍), 북쪽 병사에 나누어 수용되었다. 인영이 처음 소록도에 수용되었을 때에는 남병사를 짓느라 한창 분주했다. 환자들을 두 군데 나누어 수용하는 병사는 남쪽 해안에 남병사가 접해 있고 북쪽 해안에 북병사가 접해 있었다. 남병사와 북병사 사이에 100여 미터가 넘는 산이 가로놓여 있었다.

남쪽 병사에서 북쪽 병사까지의 거리는 가까운 쪽은 칠백 미터 정도이고 먼 쪽은 1,200미터 정도 되었다. 남병사와 북병사에는 똑같은 시설물이 들어서 있었다. 진료소와 예배당, 운동장, 농장 등의 시설이 사이좋게 조화를 이루었는데 당시 병사 1동에는 2실의 온돌방이 꾸며져 있었다. 대개 1실에 수용된 환자는 5명 정도였으며, 환자 4명에 대해 대개 한 명의 가벼운 환자가 배정되어 있었다.

4장

발병(發病)

1

인영은 소록도에 들어오자마자 무시무시한 소문을 들었다. 임신한 나환자를 수술실에 데려다 가랑이를 벌리고 아이를 산 채로 꺼내 포르말린 병 속에 넣는다는 소문이었다. 그리고 일본 의사들은 나병에 걸린 여성을 마취주사도 없이 배를 가르기도 한다는 것이었다. 몸부림치던 여성 나환자의 사지(四肢)를 붙들어 맨 다음 맨손을 생식기 안에 쑥 집어넣어 핏덩이를 꺼내어 숨통을 막고 병 속에 거꾸로 집어넣는다는 괴이한 소문을 듣고 인영은 처음에는 귀를 의심하지 않을 수가 없었다. 그러나 피범벅이 되어 호사로 돌아온 여성의 울음소리를 듣고서야 무시무시한 소문이 사실이었다는 것을 알아차렸던 것이다.

인영이 동무들의 환영을 받으며 소록도에 입소하여 구북리 32호사에 배정받을 무렵, 춘상 역시 몸에 이상한 기운이 나타나고 있었다. 아버지가 순사에게 체포되어 형무소에 들어간 지 삼 개월이 지났을 때 춘상을 데리고 형무소에 다녀오려던 어머니의 계획은 수포로 돌아갔다. 춘상의 코피가 예사롭지 않았는데 코피가 좀체 멎지 않았던 것이다. 어머니는 마을의 이집 저집을 돌아다니면서 아들의 코피가 멈추지 않는다고 발을 동동 굴렸다. 무즙을 내어 마시고 부추를 갈아서 즙물을 마셨다. 시래기를 물에 팔팔 끓여 마시고 갈무리해둔 석류껍질을 물에 달여 마시고서야 겨우 춘상의 코피가 멎었던 것이다.

춘상이 어머니와 함께 형무소에 갇혀 있는 아버지를 만난 것은 피가 멎고 며칠 뒤였다. 어둑한 밀실 같은 좁은 공간에서 일본 순사의 감시를 받으며 춘상은 아버지를 만났다.

"아부지, 괜찮습니까?

"나는 괘안타. 네가 많이 수척해졌구나. 어데 아픈데 있더냐?"

아버지 몰골은 말이 아니었다. 눈가에 멍이 들어 있었고 두 눈은 퀭해 보였다. 입술이 말라비틀어져 아버지가 말을 할 적에 쩝, 쩝 소리가 났다. 춘상 역시 몸이 아팠지만 이런 아버지 앞에서 아프다고 고개를 끄덕일 수가 없었다.

"아픈데 없습니다."

"네가 코피를 많이 흘렸다캤나?"

춘상은 아버지의 두 눈을 빤히 올려다보았다. 몸은 기력이 쇠해 보였지만 아버지 눈빛은 날카롭게 빛나고 있었다.

"춘상 아부지, 야가 혹⋯."

"임자, 나도 막 그 생각을 했네. 요즘 조선 천지에 문둥병이 창궐하고 있다는 소문을 들었단 말일세."

아버지는 춘상의 얼굴을 여기저기 살펴보았다. 그리고 어머니한테 춘상의 상의를 위로 잡아 올려보라고 했다. 춘상이 어머니를 도와 상의를 위쪽으로 올린 다음 상체를 뒤로 젖혀보였다.

"아이고 이 진물 좀 보소."

"춘상아, 얼른 옷 내려라."

춘상은 아버지의 말이 끝나기도 전에 걷어 올린 상의를 내렸다. 춘상은 부모님의 표정으로 보아 자기 몸에 심각한 일이 일어나고 있다는 것을 알아차렸다. 하지만 놀란 것은 문둥병이란 말 때문이었다. 면회를 감시하고 있던 일본 순사가 춘상의 얼굴을 보더니 곤봉으로 옆구리를 콕 찔렀다.

"더러운 놈, 어서 저리 꺼지라."

춘상은 작은 밀실에서 떠밀려 나왔다. 아버지와 종달새 얘기를 하려던 참에 순사 놈은 화들짝 놀라며 춘상을 끌어냈다.

"춘상아, 너희들은 조선이란 나라를 잊어서는 아니 된다.

"예, 아버지. 나도 일본 놈들이 억수로 싫습니다!"

일본 순사의 채찍을 맞으며 춘상이 대답했다. 뒷모습을 언뜻 보이며 돌아서는 아버지의 어깨에도 순사의 채찍이 날카롭게 꽂혔다. 춘상의 생애에 내내 잊을 수 없는 모습이 아버지 어깨에 내리꽂히던 바로 일본 순사의 채찍이었다. 조선이란 나라를 잊어서는 안 된다는 아버지의 당부보다 어깨에 꽂히던 채찍을 생각하면 나라 없는 설움이 더 크다는 생각이 어린 그의 가슴에도 싹터 올랐다. 아버지를 형무소에서 처음 만나고선 춘상은 더 이상 면회를 하지 못했다.

춘상의 몸은 다시 변화가 생기기 시작했다. 눈썹이 빠지고 온몸에 반점이 생기면서 진물이 흘렀다. 마을 사람들은 차라리 소록도에 들어가서 치료를 받는 것이 나을 수도 있다는 말들을 늘어놓았다. 하지만 춘상의 어머니는 자식을 죽일망정 일본 놈들 손에 넘기지 않겠다고 고집을 부렸다. 소록도에 들어가면 정말 살아서는 바깥으로 나오지 못한다는 흉흉한 소문이 떠돌았기 때문이었다.

얼마 후, 형무소에서 아버지가 돌아오셔서 집안은 새로운 분위기에 들떠 있었다. 하지만 춘상의 몸은 어머니의 갖은 노력에도 차도가 없었다. 춘상의 병을 낫아 보려고 부모님은 날이 밝자마자 타지로 나가 갖가지 민간약들을 가져왔다. 달여서 마시고 다져서 바르기를 수없이 반복했다. 하지만 생각처럼 춘상의 몸이 차도를 보이지 않았다. 춘상은 끝내 마을을 떠날 수밖에 없었다.

춘상은 마을을 떠나 샛강 언덕을 쓸쓸히 울면서 걸었다. 춘상이 집을 떠나올 적에 마을 사람들은 한 사람도 얼굴을 내밀지 않았다. 아버지의 손을 잡고 어머니의 전송을 받으며 걷는 강둑 뒤에서 춘상은 자꾸만 마을 쪽으로 뒤를 돌아보았다. 어머니의 어깨는 크게 떨렸고 목에서 울음소리가 올라왔다. 지난달에 보았던 종달새는 온데간데없고 쓸쓸한 바람만 쓰렁쓰렁 일어났다.

강둑의 끝에서 춘상은 어머니와 작별했다. 이제 다시 볼 수 없을지도 모른다는 생각을 하니 목이 메었다. 어머니는 제발 병이 나아오라며 눈물을 삼키면서 어깨를 다독거려주었다. 춘상은 흘러내리는 눈물을 참을 수가 없었다.

"어무이, 염려 마시소."

"오야. 늬넌 꼭 낫아 올 끼라."

아버지의 손에 이끌려 마을을 떠나올 때 종달새 대신에 까마귀들이 울었다. 까마귀들이 춘상이 걸어가는 길을 앞질렀다. 춘상은 이상하게 까마귀들의 울음소리가 귀에 거슬렸다. 음산한 저 울음소리, 춘상은 아버지한테 손목을 잡혀 걸으면서 연신 신작로 가녘의 돌멩이를 집어 들어 까악, 까악 하고 울어대는 까마귀 떼를 향해 힘껏 던졌다. 까마귀들이 날개를 파닥이며 저만치 달아나고 있었다.

2

춘상이 버스를 두 번이나 갈아타고 당도한 곳이 바로 대구 애락원이었다. 한센병 치료기관이며 요양기관인 애락원은 예전에는 문둥병원이라 불렀다고 한다. 나라에서 문둥병 환자들을 수용해서 치료할 수가 없어서 외국에서 들어온 선교사들이 운영하고 있었다. 애락원은 여수 애양원과 부산 상애원에 이어 조선에서는 세 번째로 설립된 나환자 치료기관이었다.

달성군의 내당동에 엄청난 넓이의 부지를 확보해서 십여 년 전부터 이미 이백여 명에 육박한 환자들이 치료를 받고 있었다. 춘상은 간단한 인적사항을 작성하고 환복(換服)한 다음에 선교사 플래처(A·G·Fletcher)와 마주 앉아 면담했다.

"춘상 군은 참 똑똑하게 생겼구나."

"고맙습니다, 원장님."

원장은 코가 큰 낯선 외국인이었다. 조선말을 떠듬떠듬 했는데 마음이 아주 따뜻한 사람이었다. 이곳이라면 몸의 병을 충분히 치료할 수 있으리란 믿음이 생겼다.

"한센병(나병) 치료에서 제일 중요한 것은 세 가지 요소다."

원장은 원생 환자들을 모아놓고 항상 강조했다.

"첫째는 믿음이다."

"믿음."

원생들이 일제히 원장의 말을 따라했다.

"둘째는 기름이다."

"기름."

춘상 역시 동료들과 자연스런 사이가 되어 거리낌이 없었다. 대풍자유라는 기름을 가지고 원생들은 주사를 맞았다. 집에서 민간요법이라며 코피가 멎는 비법만 썼던 춘상에게 대풍자유 주사는 효과가 크게 나타났다.

"셋째는 노동이다."

"노동."

애락원의 원생들은 움직일 수 있는 사람은 모두 일을 했다. 거동이 불편한 사람들도 앉아서 청소하고 동료의 몸을 씻기며 거들었다. 누구나 열심히 몸을 움직였고 놀고먹는 사람은 하나도 없었다. 그리고 치료가 잘 되어 나병이 나아서 밖으로 나가는 사람들도 있었다.

오전에는 치료를 받았다. 증세가 가벼운 사람들은 일렬로 서서 자신의 차례가 되면 상처를 보이고 주사를 맞았다. 대풍자유라는 치료제는 환자들이 가장 선호하는 약이었다. 이것 말고도 다른 약제를 처방받기도 했지만 대풍자유만큼 효과를 보지는 못했다. 그래서 거의 모든 환자는 대풍자유를 근육에 주사하는 방식을 가장 선호했던 것이다.

주사를 주입하기 힘든 환자에게는 정제된 약을 복용하게 했는데 1.5g 혹은 6g을 복용하게 했다. 치료 효과는 만족할 정도로 좋았고 결절이 특히 심한 사자형 얼굴의 환자까지 차도를 보였다. 대개의 환자들은 이곳 애락원에서의 치료와 생활에 있어서 만족한 편이었고 영양상태가 양호해져서 체중이 불어나는 경우가 대부분이었다.

춘상은 처음에는 신경통이 심하고 경련이 심했다. 그렇지만 걷는 데는 무리가 없었고 두 손을 사용했기 때문에 크게 불편하지도 않았다. 그러나 원장은 춘상을 처음부터 중증환자를 돕도록 하지 않았다. 원장은 하루에 두 차례씩 춘상의 상처를 살펴보고 몸의 상태를 확인하고 있었다.

프랙처 원장은 마치 자기 가족처럼 모든 환자를 대했으며 정성을 다해서 보살피는데 사명감을 가지고 계셨다. 이런 원장의 정성 때문에 춘상 역시 상처가 아물고 통증도 사라졌으며, 왼쪽 팔이 약간 불편한 것을 제외하면 정상이나 다름이 없었다. 춘상은 자신의 몸이 이렇게 차도를 보이자 새로운 자신감이 솟아났고 완치하여 퇴원할 수 있다는 믿음마저 가지게 되었다.

"춘상 군, 환부가 거의 아물었는데 아직도 아프나?"

원장은 잠을 이루지 못하고 뒤척이는 춘상의 모습을 보며 이렇게 물었다.

"아직도 조금 아픕니다."

중증환자들이 누워있는 방에서는 살 썩는 냄새가 났다. 고름이 노랗게 나올 때를 중증환자들은 두려워했다. 어떤 환자는 넘어지면서 땅바닥에 손가락이 떨어졌다. 환자의 손가락이 떨어지면 원장은 알코올 솜으로 집어서 애락원 뒤뜰에 묻었다.

애락원 뒤뜰에는 일명 손가락 무덤과 발가락 무덤이 있었다. 환자들의 몸에서 가장 취약한 부분이 손가락과 발가락이었다. 오랫동안 나병을 앓아 조금 상태가 심한 환자는 손목까지 달아나고 없었다. 나병 환자 중에 가장 심한 환자는 발목이 모두 달아난 사람이었다. 그런 환자는 온종일 앉아서 움직였다.

경증환자들은 중증환자들을 보살펴야 한다는 책임의식을 가지고 있었다. 병실에는 중증환자를 위해 반드시 경증환자를 함께 수용했는데 경증환자의 불만은 없었다. 중증환자로서 도움을 받다가 경증환자가 되면 당연히 옛날의 자신처럼 중증환자를 돕는 일에 봉사했다. 그러다가 완전히 낫게 되면 원장님의 판단 하에 퇴원하게 된다.

그러던 어느 날, 춘상은 원장의 호출을 받았다.

"춘상 군, 축하한다. 퇴원해도 좋다."

프랙처 원장의 말씀은 비록 어눌했지만 춘상에게는 완벽한 말이었다. 원장이 춘상의 환부를 어루만지는 모습에서도 춘상은 자신의 병이 나았다는 것을 확신했다.

"고향으로 돌아갈 건가?"

"예, 원장님. 감사합니다."

춘상은 무엇보다 원장님께 감사를 표했다. 하늘이 자신을 완전히 버리지는 않았다고 생각했다. 춘상은 원장의 물음에 자신의 의지와 다르게 대답했다. 춘상은 정말 집으로 돌아갈 생각은 없었던 것이다. 하지만 작은 가방을 어깨에 메고 애락원 정문을 나설 때 손을 맞잡고 등을 두들겨주며 허리를 껴안으신 원장님의 말씀을 듣고 마음을 바꿔먹었다.

"춘상 군, 고향으로 돌아가서 부모님께 효도하여라."

"예, 원장님."

부모님께 효도하라는 원장님의 당부에 춘상은 발길을 고향으로 돌렸다.

3

어머니는 없는 살림이지만 닭을 잡고 인삼 뿌리까지 어디서 구해 삼계탕을 끓였다. 애락원에서 먹는 음식과 어머니가 만들어주신 음식은 비교할 바가 아니었다. 춘상은 허기를 채우고 기운을 내서 곧장 아버지 묘소에 올랐다. 아버지는 고문의 후유증을 견디지 못하고 그가 떠나온 이후 얼마 지나지 않아 돌아가셨다고 했다. 수염 난 아버지의 모습은 늘 그의 뇌리에 박혀 있었다. 일제가 담벼락에 격문을 붙일 때부터 아마 강렬하게 각인된 아버지의 모습이었다.

춘상은 바람이 끊임없이 억새풀을 흔들고 지나가는 묘지에서 하염없이 지난날을 떠올려 보았다. 아버지와 함께한 정겨웠던 시간들, 외지(外地)에 처음 나가며 만났던 종달새와 포수, 그리고 형무소 면회의 순간들이 주마등처럼 떠올랐다. 어느 순간인지 그의 귓가에 바람에 섞인 소리가 들렸다.

ㅡ아들아, 너는 당장 마을을 떠나야 한다.

ㅡ아, 아버지…

아버지의 목소리가 분명했다. 춘상은 아버지의 목소리를 향해 몸을 돌렸다. 아버지의 목소리는 환청이었던 것이다. 그런데 며칠 뒤에 아버지가 자신을 돕고 있다는 것을 깨닫게 되었다. 어머니가 울상을 지으며 말했던 것이다.

"이 일을 어쩌나. 일본 놈들이 떼로 몰려다니면서 나환자들을 잡아들인다는데…"

"나는 이제 문둥병 다 낫습니다. 이 말(마을)에 나 말고 누가 문둥병 걸린 사람 있답니까? 일본 순사들이 여 올 일이 없을 텐데…"

"그래도 일본 놈들 속을 어찌 안단 말이냐. 일단 어데 몸을 잘 숨기야 하겠다."

춘상은 언제든 마을을 떠날 채비를 하며 마음을 가다듬고 있었다. 그런데 며칠 지나서 동구 밖에 나간 어머니가 헐레벌떡 뛰어 들어왔다.

"아들아. 얼른 뒷담 너머 집에서 피하라."

"어무이, 무슨 일인교?"

"저 강둑 너머에 일본 순사들이 밀정을 앞세우고 우리 말(마을)로 오고 있다."

춘상은 여차하면 산을 넘을 생각으로 가방을 챙겨 뒷산을 향해 뛰기 시작했다. 마을에서 그래도 몸을 숨길만한 데가 뒷산의 서낭당이었다. 설마하니 일본 순사들이 마을 뒷산 서낭당까지 샅샅이 살피지는 못 할 것이라고 생각했다.

서낭당은 어린 시절의 그를 맞이하듯 편안히 받아주었다. 춘상은 서낭당에 몸을 숨기니 마음이 아주 편안했다. 한참이 지난 후에 서낭당 문을 열고 밖으로 나와 마을의 동태를 살펴보았다. 햇살이 천천히 빛을 잃으면서 마을에서 저녁연기가 올라오고 있었다. 춘상은 그적에서야 서낭당을 뒤로 하고 마을을 향해 걷기 시작했다.

"늬가 아무래도 여게 떠나야 할 모양이라."

"와예?"

춘상은 여전히 놀랄 뿐이었다.

"허 참, 세상에 이런 일이 또 있을거나."

"무슨 일 있었습니까?"

어머니의 당황한 모습을 보면서 춘상은 오히려 침착하려 애를 썼다.

"일본 놈 앞잡이 있다는 거야 조선천지가 다 아는 일이제만 내기 여기 있다는 거 알고 있다면서 너를 내놓으라 카더라."

"내가 여기 있는 줄을 어찌 알았단 말입니까?"

"마을에 눈들이 한둘이나?"

어머니는 끝내 아들이 병이 나아 집에 왔지만 곧장 경성으로 올라갔다고 거짓말을 했다는 것이었다. 어머니의 말을 듣고 춘상은 마음을 다잡았다. 가방을 주섬주섬 챙겨 캄캄한 밤에 정말 마을을 떠나게 되었던 것이다. 어머니는 한사코 그의 손을 잡고 눈물 바람을 했다. 춘상은 이것이 자신의 운명이라고 생각했다.

"이제 살아서 늬를 볼 수 있을는지…."

"죄를 지은 것도 아닌데 돌아오지 못한다면 말이 되겠는교?"

춘상은 어둠 속에서 어머니를 향해 정중히 큰절을 올렸다. 이것이 어쩌면 어머니와의 마지막일지도 모른다고 생각했다.

"춘상아, 꼭 살아서 돌아오거라."

"예, 어무이."

춘상의 손을 꼭 움켜쥐는 어머니의 손이 부들부들 떨렸다. 떨리는 손처럼 어머니의 음성 역시 떨리고 있었다.

"꼭 살아서 돌아와야 한다."

"예, 어무이. 걱정 마이소."

춘상은 어둠 속에서 자꾸만 뒤를 돌아보았다. 어머니는 돌아서지 못하고 바람처럼 춘상을 따라오고 있었다. 춘상 역시 목이 메어 어머니를 향해 말을 하지 못했다. 고개를 넘을 때까지 울먹이며 따라오던 어머니의 모습이 그가 기억한 어머니의 마지막 모습이 되리라곤 상상조차 할 수가 없었다. 고갯마루에서 춘상은 하염없이 서 계신 어머니의 아슴한 모습을 오래오래 바라보았다.

춘상은 무작정 차를 얻어 타고 내려 걷기를 반복했다. 그리고 어디쯤인지 기차를 타게 되었는데 졸음에서 깨어보니 부산역이었다. 춘상은 기차에서 내리는 사람들에 휩쓸려 달랑 가방 하나를 어깨에 메고 밖으로 나왔다. 부산 역전 부근에는 또래의 소년들이 여럿 몰려다니며 구두 찍새를 하고 있었다.

춘상 역시 이들의 틈에 섞여 처음에 구두 찍새를 했다. 찍새들이 여기저기 다니면서 구두를 찍어오면 딱새들이 반질반질하게 구두를 닦았다. 닦은 구두를 다시 찍새가 주인한테 가져다주고 요금을 받아왔다. 도리우찌를 쓰고 마치 일본 놈들처럼 행색을 하고 다니며 자릿세를 뜯어먹는 축들도 있었다. 그들에게 힘들게 번 돈을 정기적으로 바친다는 게 춘상은 몹시 화가 났다.

그런 불합리한 환경에서도 춘상은 열심히 일했다. 악착같이 모은 돈으로 구두닦이를 그만 두고 좌판의 장사 밑천을 마련했다. 열심히 일한 탓에 춘상은 부산역전 부근에서 자리를 잡고 장사를 할 수 있었다. 그의 좌판에는 온갖 생활에 필요한 잡동사니 물품들이 즐비하게 진열되어 있었다. 돋보기안경은 노인들이 즐겨 찾았다. 아주머니들은 온갖 색색의 타월이나 소독약을 주로 찾았다. 특히 이와 벼룩 약은 손님들이 끊임없이 찾는 품목이었다.

춘상은 활동 범위를 경성으로 넓히기 시작했다. 그는 수완이 좋아 빠른 시일에 좌판을 주름잡았고, 시장 주변의 뒷골목에서도 주름잡는 위치에 올랐다. 누구든지 싸움을 붙으면 죽기 전에는 먼저 뒤로 물러서지 않았다. 경성은 별의별 놈들이 다 몰려다니며 터를 잡고 세력을 키우는 도시였다. 경성 사람들은 한눈을 파는 사이에 코를 베어간다는 말처럼 먹고 살기 위해 악착같았다. 춘상은 경성으로 활동 범위를 확장하면서 다양한 세력들에 맞서 싸워야 했다.

그는 본정(명동)의 외곽에 처음 자리를 잡아 세력을 다지기 시작했다. 좌판을 하나 마련하는데도 거대한 압력이 작용하고 있었다. 온갖 잡화, 음란한 일본 만화책, 마약 종류 같은 품목들도 은밀히 거래되고 있었는데 좌판을 처음 열 때 껄렁한 청년들이 거들먹거리며 시비를 걸어왔다. 그때마다 춘상은 목숨을 걸어놓고 악착같이 싸워서 상대를 때려눕혔다. 오래되지 않아 본정의 뒷골목에서는 춘상의 이름이 알려지기 시작했다.

춘상의 무기는 싸움의 기술보다 무서운 깡이었다. 춘상은 싸움을 걸어오는 패거리들에게 신사적인 제안을 했다. 상대를 치고받고 하지 말고 누가 깡이 센지를 먼저 겨루자고 했다. 따라서 주먹 좀 쓴다는 축들이 몰려와서 싸움을 걸어오면 춘상은 구경꾼들에 둘러싸여 돌멩이를 집어 들어 자신의 주먹을 내리찍었다. 그런데 돌멩이에 짓찧어진 주먹에서 새빨간 피가 흘러나왔지만 전혀 아프지 않았다. 구경꾼들의 함성이 하늘 높은 줄도 모르고 터져 나왔다. 춘상의 이런 깡을 눈앞에서 목격한 사내들은 대개 무릎을 꿇어버렸다. 춘상은 흘러내리는 팔뚝의 피를 손수건으로 닦아내며 무표정하게 웃을 따름이었다.

그러던 어느 날이었다. 춘상은 심산 김창숙 선생에 대한 소식을 본정(명동)의 마루바루 커피숍에서 들었다. 김창숙 선생이 대전형무소에 수감되어 있다는 소식이었다. 그런데 감옥소에 수감되었다는 소식과 더불어 묻어온 다른 소식 하나가 그로 하여금 깜짝 놀라게 했다. 김창숙 선생이 일본 순사들의 고문으로 앉은뱅이가 되었다는 것이었다.

춘상은 이런 안타까운 소식 때문인지 가슴이 답답한 나머지 심하게 몸을 떨었다. 커피숍 마루바루에서 급히 나와 본정 좌판들을 한 바퀴 돌았다. 본정이나 남촌 지역의 좌판들은 이미 춘상의 나와바리였기 때문에 좌판을 벌이고 돈을 벌어먹는 축들은 모두 그의 부하들이나 다름이 없었다. 여비라도 만들어 일간 면회라도 한번 다녀올 생각이었다.

우여곡절 끝에 겨우 심산 선생의 면회를 했다. 심산 선생은 성주 향교와 이수봉이라는 아버지의 함자를 듣고서야 눈을 지그시 감으며 지난날을 떠올리고 있었다. 심산 김창숙은 한눈에 봐도 하반신을 사용하지 못한 불구였다. 멀쩡했던 사람이 이렇게 앉은뱅이가 되어버린 것은 가혹한 일제의 고문과 폭행 때문일 것이라고 생각하며 그는 입술을 깨물었다. 김창숙이 간수의 눈치를 보며 비밀 얘기를 하려는지 그를 향해 허리를 구부리는데 간수가 달려들며 소리쳤다.

"비밀 얘기는 금지 되어 있습니다."

"거 같은 조선 사람끼리 왜 이러십니까?"

하면서 춘상이 안쪽 주머니에서 재게 지폐 몇 장을 꺼내 간수에게 찔러주었다. 간수는 얼른 지폐를 받아 챙기며 뒤로 물러섰다.

"시간은 오래 끌지 마시오."

"고맙소."

그의 귓가에 대고 심산 김창숙이 들려주었던 말은 조선의 백성은 무지렁이라도 나라를 위해 힘이 될 수 있어야 한다는 것이었다. 주인을 잃은 조선의 산천(山川)이 밤마다 슬피 우는 소리를 환청처럼 듣는다는 말을 들을 때는 머리끝이 뾰족 일어서는 느낌이었다. 일제의 폭정과 억압에 조선의 백성들이 저항심을 가져야 한다면서 몸을 부르르 떠는 모습을 보면서는 공연히 부끄러운 생각이 들었다. 심산 선생은 감옥에 갇혀 고통을 받으면서도 자나 깨나 조선이란 나라를 생각하고 있었다.

춘상은 형무소 정문을 빠져나오면서 입구의 왼쪽에 있는 우물에서 두레박에 물을 받아 꿀꺽꿀꺽 삼켰다. 그러면서 목숨보다 소중한 심산 선생의 당부를 되새겼다. 조선은 반드시 우리 백성의 힘으로 되찾아야 한다는 말이 춘상의 가슴에 아로새겨져 있었다. 조선에는 빼앗긴 나라를 되찾으려는 데 뜻을 두고 있는 젊은이가 많다는 말도 그의 가슴에 울림을 가져다주었다.

춘상은 이후 몇 차례 더 심산 김창숙을 만나볼 수가 있었다. 이후 심산 김창숙은 병보석으로 출옥할 수가 있었다. 고문의 후유증으로 반신불수가 되어버린 심산 선생을 관리하는 데도 일본 측의 많은 애로사항이 있었을 것이다. 춘상은 은밀히 형무소

측 관리자와 간수 등과 거래를 터서 심산 선생의 병이 위중하오니 출옥시켜달라며 부산, 대구, 경성 등지의 동료들로부터 모금한 돈을 들이밀었다. 심산 김창숙은 성주의 고향마을인 칠봉 사월리에 은거하기 시작했다. 일제의 고문으로 앉은뱅이가 되었으므로 사람들은 〈벽옹〉이란 벽호를 붙여서 심산 김창숙을 호칭했다.

4

춘상은 본정에서 다시 한번 나와바리 쟁탈전을 치르게 되었다. 청계천을 중심으로 활동하고 있는 남촌파 건달들이 수표교 아래에서 싸움을 걸어왔다. 뒷골목 운영권을 쟁취하기 위해 패싸움을 벌이게 되었던 것이다. 그들은 죽기를 각오로 일시에 뒤엉켜서 패싸움을 벌였다. 그런데 미리 정보를 입수한 본정경찰서 순사들이 그만 현장에서 본정 경찰서 순사들에게 붙잡히고 말았다. 일시에 덤벼 일망타진해 버린 것이었다. 경성지방법원은 춘상에게 온갖 명목을 갖다 붙여 징역 1년을 선고했다. 뜻밖에도 절도죄를 들이댔고, 교사(敎唆) 및 장물수수라는 죄목을 들어 벌금 50원까지 명령했다. 그래서 춘상은 결국 서대문형무소에 갇히게 되었는데 부하들의 절반이 포승줄에 굴비처럼 묶여 끌려갔던 것이다.

춘상은 서대문 형무소에 갇히면서 절망에 빠지게 되었다. 20호 감방은 복도 입구 우측이었는데 그는 예닐곱 명의 죄수들과 짐승처럼 뒹굴었다. 그런데 일제는 죄수들을 회유해서 자유를 주는 대가[代價]로 일본식 이름에 서명하도록 했다. 죄목이 무겁고 형량이 무거운 죄수들은 일제가 들이민 서류에 서명을 하고 감방에서 나갔다. 그런데 나중에 들려오는 소문에는 이들이 모두 전쟁에서 총알받이가 되거나 근로보국대가 된다는 것이었다. 춘상은 일제가 하사한 '호시야마 춘상'이란 일본식 이름에 서명하지 않았다. 감옥에서 차라리 죽을지언정 자존심을 일제에게 꺾이지 않고 싶었기 때문이었다.

그런데 결과적으로 서대문형무소로의 입소가 춘상에게는 행운이었다. 춘상은 밤마다 벽을 마주하여 무릎을 꿇고 비굴하지 않은 삶을 살리라 다짐했다. 그가 형무소 감방 20호에 갇혀 지내는 동안 청년 죄수들이 여럿 죽어나갔다. 학대에 못 이겨 저항하다 죽고 조선의 현실이 슬퍼 혀를 깨물어 죽고 어떤 청년은 고문을 받다 죽었다. 나무 상자에 갇혀 못에 찔려 죽고, 벽에 관처럼 서서 눈을 뜨고 죽은 청년도 있었다.

춘상은 독립군이 아니었기 때문에 혹독한 고문은 면할 수가 있었다. 하지만 채 두 달도 되지 않아 그에게 이상한 일이 발생했다. 불행이라면 불행이요, 행운이라면 행운이었다. 그런데 춘상의 입장에서 보면 하늘이 내린 절호의 기회였다. 그의 몸에 다시 나병의 징조가 나타나기 시작했던 것이다.

코피가 흘러 사흘이 멀다 하고 소란을 떨었다. 더군다나 몸에 진물이 나기 시작했다. 춘상은 밤마다 온몸을 긁어댔다. 동료 죄수들은 밤잠을 설치는 피해를 입었다. 그들의 불만이 커지자 형무소 측은 춘상의 증세를 예민하게 받아들였다. 동료 죄수들은 불만을 토로하면서 그로부터 감방을 격리해달라는 청원을 넣었다. 형무소 취조원이 늦은 밤에 춘상을 밖으로 불러냈다.

"너, 대구 애락원 출신이야?"

"그렇소."

춘상은 사실대로 대답했다.

"그럼, 네 증상은 네가 잘 알겠구나."

취조원이 옆으로 째려보면서 비난조로 말했다.

"그렇소, 아무래도 나병이 재발한 모양이오."

"라이뵤칸자(나환자)! 당장 저리 꺼지라!"

춘상은 벌레 취급을 당했다. 나병에 전염될까 두려운 듯 취조원은 시종일관 거리를 두고 있었다. 춘상은 자신의 의지와 관계없이 서대문 형무소에서 전라도의 나환자 전문 형무소인 소록도 형무소로 이감되었다.

5장

대결(對決)

1

소록도 형무소에 입소한 춘상은 입소 동료들로부터 소록도의 참상에 대해 들으면서 밤마다 어금니[齒]를 뿌드득 갈았다. 춘상이 형무소에 입소하고 얼마 지나지 않아 소록도에서 나병 치료를 받고 있던 원생들이 여럿 입소하였다. 그들은 소록도에서 가장 악랄하다는 '사또'라는 간호주임과 일본 조직부의 하수인으로 순시(巡視)를 돌며 원생들을 감시하는 몇몇 조선인 나환자들을 폭행한 죄로 소록도 형무소에 입소하게 되었던 것이다. 삼대독자라는 이동이란 청년을 비롯한 나병환자들은 입소한 첫날부터 입담들을 늘어놓기 시작했다.

"하이고 병술이 자네 봤지? 거 김 순시 놈 말이여. 잔뜩 겁에 질려서 그냥 살겠다고 좆 빠지게 낭떠러지로 구르던 걸…"

"우리가 그냥 좆을 쑤욱 잡아 빼버렸어야 했는데… 오메 개 놈에 새끼, 그 개좆같은 새끼 땜에 이렇게 감옥 신세 지니까는 억울한 거…"

"아따 참말로 구북리 사는 놈들 노루 사냥하는 중 알고 튀어나오는 짓들 하군… 칼, 칼, 칼… 아니 내가 말이여 저놈 잡아라, 항께 꼭 뭐시냐 거 노루 사냥하는 중 알았던가 봐…"

어둑한 감방 안에 수용된 환자들이 너나없이 웃었다. 옆방에 모여 있던 다른 수용환자들도 대체 무슨 일인가 싶어 그쪽으로 귀를 기울이고 있었다.

"우리가 이렇게 감방 신세 질 거 같았으면 그냥 콱 죽었어야 하는데… 사또 개새끼하고 그 뭐시냐 오순재 하고 송희갑이 놈들 말이여…"

"그 좆같은 놈들 이름 석 자 들먹이지 말더라고… 같은 조선 놈끼린데 어째 머릿속 사상은 그렇게 다를까?"

"그러게 말이네. 복만이 자넨 어째 한 마디도 없는가? 뭐야, 이렇게 감방 신세 지니까 억울하다고 시위하는가 시방? 순시 놈들 같이 죽이자고 할 때는 언제고…"

"아, 아녀라우. 그냥 예쁜 인영이 그 계집이 생각나서 그러지요. 아따 그 가시나 손목 한 번이라도 잡아보면 소원 없겄네…"

복만이란 청년의 가슴팍을 이동이란 청년이 주먹으로 툭 치는 시늉을 했다.

"너는 그저 계집 타령이냐? 너 인자 보니까 가시나 손목 한 번도 못 잡아봤지 잉?"

"어허, 나를 뭐로 보고 성님이 그런 말을 한다요? 이래 봐도 우리 뒷집 석자 년이 나를 겁나게 좋아했소. 머 문둥병만 안 걸렸더라면 그냥 아들딸 낳고 늘어지게 살 것인데 에그 썩을 놈에 팔자야…"

복만이란 청년의 가슴에서 한이 담긴 팔자타령이 방울소리처럼 흘러나왔다.

"하하하… 어째 하필 이름이 석자라냐? 이름 한번 희한하네." 병술이란 청년이 호탕하게 웃으며 말을 이었다. "근데 이동이 말이여, 인영이 고것 젖가슴이 툭 불거진 게 사내 좀 울리게 생겼던데…"

"이제 병술이 자네까지 그런 싸가지 없는 말을 하네? 인영이 고상한 애여. 네놈들 더런 주둥이에 그렇게 장난삼아 오르내릴 이름이 아니란 말이여."

"음마, 참말로 눈물 없이 못 봐주는 순정이요. 인영이 가시나가 그냥 나이 먹으면서 달콤하게 무르익은 거는 맞지요. 남남북녀란 말도 딱 맞아요. 인영이 가시나 고향이 저기 평양이라던데…"

"네들 귀한 인영이 이름 함부로 더럽히지 마. 내가 용서치 않을 테니까. 그나저나 수호 원장 놈하고 사또 개새끼하고 말이여 박순주 요놈들은 내 손으로 목을 따버릴 테여… 장차 지켜들 보더라고…"

이동이 목에 힘을 주어 말했다. 이동은 정말 자기 목숨이 달아나는 한이 있어도 자기 손으로 이들을 죽일 작정을 하고 있었다. 그날, 이동 일행이 수용된 감방은 밤새 흐물흐물한 말들이 멈추지 않았다. 간수가 와서 몇 번씩 단속을 하고서야 지친 노루 꼬리처럼 사르르 말들이 멈췄다.

그들은 소록도 형무소에서 지내며 낮에 바깥에서 작업을 하는 시간에는 다른 죄수들과 만날 수가 있었다. 병증의 상태가 심한 죄수들은 소록도 중환자실에 입원해서 치료를 받았다. 형무소에 갇혀 있는 환자들은 비교적 나병의 상태가 가벼운 죄수들이었다. 병증이 심하지 않은 죄수들의 치료는 주로 투약과 결절의 치료에 의존했다. 소록도 병원의 의료진들이 며칠에 한 번씩 형무소를 방문해서 환자들의 몸 상태를 진찰하고 치료했다.

형무소까지 편지를 전달하는 사람은 바보 병우였다. 병우는 일명 '또덕'이란 이름으로 불리고 있었다. 그는 직원 구역에 있는 우편소에서 편지를 간추려 각 마을에 분배하고 형무소에도 직접 편지를 전달했다. 그런데 형무소 직원들은 병우를 정말 바보로 생각하고 있었다. 글을 읽을 줄도 알고 쓸 줄도 아는데 다만 쓸개 하나쯤 빠진 칠푼이 정도로 생각했던 것이다. 그래서 우편소 직원들이나 직원지대 직원들, 형무소 직원들은 모두 병우를 가벼운 심부름꾼 정도로 취급했다. 그들 가운데 누구도 병우의 내쏘는 눈빛을 들여다보려 하지 않았고, 병우 생각 너머에 담긴 사연들을 알려고 들지 않았다. 그러나 춘상이는 벌써 보는 눈이 달랐다. 우연히 작업장 곁을 지나는 병우와 마주치면서 춘상은 병우의 눈빛 너머에 숨은 진실을 넌지시 들여다보았다.

"이동 아저씨, 또덕이란 놈 말이요. 저놈 바보 아니지요?"

"음마, 참말로 춘상이 자넨 말이여 눈썰미 하난 기똥차네. 맞아, 저놈, 절대 바보 아녀. 인영이 아플 적에 또덕이 이놈이 말이여 약을 제대로 지어 오더라니까…"

그들은 병우를 통해 은밀히 소록도 병원의 동료들과 편지를 교환하고 싶어 했다. 어떤 내용이든 새로운 소식을 듣고자 하는 마음은 누구에게나 강렬했다. 병우는 이동의 편지를 가장 먼저 인영에게 전달했다. 그리고 병우가 몰래 가져온 인영의 편지를 통해서 그들은 소록도 원생들의 소식을 들을 수가 있었다. 이동은 인영의 편지를 은밀히 전달 받은 뒤에 기분이 좋아졌다. DDS가족(소록도에서 맺어진 가족의 은어)이란 이름으로 인영의 편지를 받는 것은 새로운 가족에 대한 간절한 그리움이었다. 가족들도 외면한 자신들에게 소록도에서 맺은 DDS가족이란 살아야 하는 이유가 되었다. 노을이 처연히 떨어지는 형무소 언덕배미에서 가족을 떠올리며 내일을 기다린다는 것은 생명의 지속에 대한 충분한 명분이 되었다.

병우를 통해 마치 약속이나 한 듯 쪽지가 오고 갔다. 병우는 여전히 바보 행세를 하며 이쪽저쪽의 상황들을 알리는 전달자 역할을 제대로 하고 있었다. 공회당에서 원장 입회하에 창극 공연이 있었다는 사실도 병우가 전달한 쪽지를 통해 은밀히 알게 되었다. 노동을 부추기려고 이런 공연을 활용하고 있다는 것을 그들은 눈치 채고도 남았던 것이다.

춘상이 형무소에서 가장 중요하게 실천한 것은 체력을 다지는 일이었다. 감옥 안에 있다가는 그나마 몹쓸 몸을 더욱 망가뜨릴 수도 있을 것이었다. 그래서 틈만 나면 바닥에 엎드려서 팔굽혀 펴기를 했다. 팔굽혀 펴기를 하다 힘이 파하면 앉았다 일어서기를 무수히 반복했다. 팔의 상처가 심해지면서는 한쪽 팔로만 팔굽혀 펴기를 반복할 정도로 건강을 보살폈던 것이다.

그러던 어느 날이었다. 춘상의 가슴을 들뜨게 만드는 소식이 형무소에 날아들었다. 미나미(南次郎) 조선 총독의 갱생원 시찰에 관한 소식이었다. 미나미 조선총독의 방문 소식은 춘상 일행의 가슴이 타들게 만들었다. 미나미 총독의 방문 예정일이 달포 앞으로 바짝 다가와 있었다.

"미나미 총독이 8월 15일 경에 소록도에 상륙할 예정이다. 그것 보다 먼저 경성에서 목포에 당도해서 경비선을 타고 제주도 연안을 순찰할 거라 한다. 소록도에 상륙하는 시간은 대략 새벽 여섯 시 경이라 예상이 된다 하고…"

그들은 같이 있는 시간이면 항상 머리를 맞대고 도란도란 무슨 얘기들을 나누었다. 춘상은 항상 이들 중의 대장 노릇을 했다. 하루는 춘상이 이동에게 불쑥 이렇게 물었다.

"이동 아저씨는 특기가 뭐요?"

"머셔? 허허 나 같은 무지렁이가 뭔 특기가 있겠는가? 고저 소 끌고 논밭 쟁기질 하는 거밖에 없지. 소 끌고 쟁기질하는 것도 특기가 될지 모르겠어…"

"조선 사람 치곤 아저씬 좋은 특기 가졌소. 우리가 나랄 빼앗겨서 그렇지 들판에 나가 일하는 것이야 제일 아니오? 머 그건 그렇다 치고 아저씨 잘하는 노래 뭐가 있소?"

"난데없이 먼 노래타령이여? 아 내가 부르는 노래야 있지. 갱생원에 있을 적엔 말이여, 똥 누러 갈 때마다 혼자 불렀던 노래가 있긴 하제…"

"한번 해 보시오, 아저씨."

"히이고 남우세스러워서 머, 그러면 어디 한 번 뽑아 볼거나?"

춘상이 고개를 이동에게 돌리며 눈짓으로 재촉했다. 이동은 공연히 많은 사람들 앞에서 노래라도 부르는 냥 호흡을 가다듬으며 긴장하고 있었다. 어둔 감방 안에서 동료들 눈동자가 이동에게로 쏠리는 소리가 들리는 듯했다.

황성옛터에 밤이 되니 월색만 고요해
폐허에 스른 회포를 말하여 주노나
아 가엾다 이 내 몸은 그 무엇 찾으려고
끝없는 꿈의 거리를 헤매어 있노라~

이동이 부른 노래는 당시 유행하던 조선 최초의 대중가요였다. 단성사에서 처음 이애리수가 불러 순식간에 조선 천지에 퍼졌는데 조선총독부는 이 노래의 유행을 막으려고 백방으로 힘을 썼지만 쓸데없는 짓이었다. 이동의 노래에 장단을 맞추던 동료들이 일제히 노래를 따라 불렀다. 춘상이마저 눈을 지그시 감고 노래를 부르고 있었다.

성은 허물어져 빈터인데 방초만 푸르러
세상이 허무한 것을 말하여 주노라~

감방의 방들마다 갑자기 노래 소리가 피어올랐다. 당황한 간수들이 득달같이 달려와서 노래를 제지했지만 노래는 멈추지 않았다.

"입 닥치어라. 노랠 멈추란 말이다."

"제발 노랠 멈추어라!"

그러나 간수들의 외침은 허공의 메아리에 지나지 않았다.

아 외로운 저 나그네 홀로서 잠 못 이루어
구슬픈 벌레소리에 말없이 눈물져요~

간수들의 저지에도 동료들의 노래는 한참동안 이어졌다. 고향 생각, 가족에 대한 그리움으로 여기저기 훌쩍이는 소리가 들렸다. 춘상이 동료들의 마음을 위로하려는 듯 입을 열었다.

"황성의 적(荒城의 跡)이란 노랜 언제 들어도 좋단 말이오."

"참말로 우리 엄니 생각나 미치겠네."

이동이 어린 애가 어리광을 부리는 듯한 투로 춘상의 말을 받으며 말했다. 춘상이 분위기를 진정시키며 진지하게 말했다.

"이동 아저씨, 저기 갱생원에서 창극공연 한다는 얘기는 맞소?"

"이… 말인즉슨 원생들 위로잔치를 하네 마네 하지만 가만 들여다보면 원생들 앞세워 저희 놈들 잔치하는 짓거리들이여. 거 작년에도 장화홍련전인가 뭔가 하면서 우리 원생들이 힘들다고 얼마나 맘고생들 많이 했어. 아 다들 아는 얘기 아닌가?”

이동이 좌우 동료들을 살피면서 마음에 가두어둔 말들을 털어놓았다.

“명절이나 경축일에는 뭔 공연이든 하나쯤 하기는 했지. 근데 난데없이 웬 창극공연 얘기기 튀어나오는 것이여?”

“그냥 궁금해서 한번 물어 본 소리지 뭔 뜻이 있겠소.”

춘상은 동료들이 아니라 자신을 향해 아무 뜻도 아니라는 듯 도리질을 했다. 자신의 마음속에 숨어있는 생각을 그는 감히 떠올리지 않았다. 그래서 일부러 동료들의 물음에 강한 도리질을 하고 있었던 것이다.

2

“아주머니, 왜 오랜만에 오셨어요?”

인영은 서낭신을 모시는 금화가 소록도 갱생원에 진료받으러 들어오는 날이 가장 즐거웠다. 소록도 뒷산 서낭당에 간혹 통통배를 타고 들어와서 비손을 하고는 하였는데 무슨 일인지 한참 동안 모습을 보이지 않더니 소록도 인근의 외지인들이 진료를 받으러 들어왔던 것이다.

“인영이 처자는 갈수록 아주 얼굴이 피네… 그래 아픈 데는 좀 어쩌고?”

“치료 받은 탓에 크게 불편한 데는 없어요.”

인영은 마치 가족을 만난 것처럼 금화를 보니 반가웠다. 금화의 얼굴에도 이제 세월의 흔적이 느껴지고 있었다.

"어째 다리를 좀 절뚝거리는 것 같더니?"

"다리에 힘이 빠져서 그럽니다. 아주머니, 어디 아파서 진료 들어왔어요?"

나병환자인 자신을 경계하지 않고 손을 붙잡아주는 금화 아주머니가 인영은 고맙다는 생각이 들었다.

"머리도 아프고 배도 아프고, 서낭당에 비손을 안 해서 아픈지도 모릉께 핑계 삼아 들어 왔어."

"예전엔 서낭당에 통통배 타고 종종 들어오셨잖소?"

"이… 뭍에 사람들이 들어오지 못하게 통제가 심해서 말이야. 뱃삯을 두둑이 쥐어줘야 통통배가 위험을 감수하고라도 서낭당 쪽에 태워다 주는데 벌이가 시원찮아서… 아무래도 통통배 주인장을 서방 삼아야 할 모양이네…"

"어머나, 금화 아주머니도 참…"

금화의 농담에 인영의 얼굴이 붉어졌다. 둘은 사람들의 시선을 피해 햇볕이 드는 쪽에 마주 보고 섰던 것이다.

"아주머니, 뭐 하나 물어봐도 되나요?"

"그려, 인영이 처자가 뭐가 궁금한데?"

"나를 처음 봤을 때 서낭신님 말씀 기억해요?"

"하고, 말고… 인영이 엄니도 들었는데 잊어먹을 턱이 있나… 도화살(桃花煞)이 끼었다고 서낭신님이 일러주지 않았어?"

"예… 한데 아주머니, 도화살이 뭐예요?"

"이, 긍께 인영이 처자처럼 인물이 반질반질한 여자한텐 사내들이 여럿 달라붙는다, 뭐 쉽게 말하면 이런 말이지."

"에구 아주머니, 내래 사내 근처도 얼씬하기 싫은 여자라오. 내 처지를 알면서 어찌 그런 상스런 말을 하오?"

"그런 말 하지를 말소. 문둥병에 걸렸다 해도 얼굴에 홍기(紅氣)가 돌고 복사꽃처럼 예쁘단 말이여. 여자는 얼굴에 홍기가 발그레하게 돌면 그저 사낼 홀린단 말일세."

"어머나, 아주머니도 참…"

"입방정 떠는 소리 아녀. 도화살이 끼어설랑 인영이 처자 이마빡에 아주 총각 귀신들이 다닥다닥 붙어 있단 말이여 시방…"

인영은 금화 아주머니와 이렇게 마주보며 노닥거리는 시간이 정겨웠다. 얼굴이 화끈거리는 흉한 얘기를 들어도 화가 나지는 않았다. 그날, 오랜만에 만난 금화 아주머니는 인영에게 까닭 모를 말을 남기고 헤어졌다. 인영에게 아이가 하나 있는데 피가 섞이지 않은 아이를 운명처럼 품에 안아야 한다는 말을 들려주었다. 피가 섞이지 않은 아이, 그 아이를 운명처럼 품에 안아야 한다는 아리송한 말을 남기고 금화는 아쉽게 돌아갔던 것이다.

3

춘상이 몇몇의 동료들과 함께 소록도 형무소에서 출소하여 갱생원에 입소하는 날은 아침부터 비가 내렸다. 소록도의 하늘은 같은 하늘인데 형무소의 공기와 갱생원의 공기는 엄청나게 달랐다. 춘상 일행은 마침 조선 팔도에서 갱생원에 입소한 수십 명의 다른 환자들과 함께 비를 흠뻑 맞으며 신사참배(神社参拜)를 하였다. 일본식으로 지어진 신사(神社) 앞에 나환자들은 4열로 길게 늘어서서 수호(周防正季: 4대 원장, 1933. 9. 1~1942. 6. 20) 원장의 훈시를 듣고 있었다.

"여러분은 대일본제국의 황국신민이다. 비록 나병에 걸려 여기 왔지만 천황께서 다스리는 나라의 백성임을 자랑스럽게 생각해야 한다. 이 소록도는 너희 같은 환자들에게는 더없이 좋은 지상낙원이다. 이 소록도를 세계 제일의 요양소로 만드는 것이 나의 꿈이니 잘 따라주기 바란다."

수호 원장의 훈시 중에 비를 흠뻑 맞고 있는 나환자들이 움직이면 일본 제복을 입은 사람들이 채찍을 휘둘렀다. 비에 젖어 얼어붙은 몰골들로 나환자들은 병사(病舍) 숙소를 배정받기 전에 주눅부터 들어버렸다. 소록도의 갱생원에서 펼쳐질 자신들의 운명을 내다보며 나환자들은 속으로 한숨부터 흘리고 있었던 것이다. 춘상은 대일본제국의 황국신민이란 수호 원장의 말을 들을 때 속에서 구역질이 올라왔다. 저도 모르게 삐딱한 자세가 되었는지 체격이 건장한 순사복의 일본인이 총의 개머리판으로 가슴팍을 찔렀다. 춘상은 아이쿠, 하고 본능적으로 외치고 있었다.

이윽고 신사참배를 마치고 일본인의 인솔 하에 병사를 향해

서 대열이 움직이기 시작했다. 그런데 신사(神社)의 입구에서 다른 절차 하나가 기다리고 있었다. 사또(일본인 간호주임)라는 직원과 일본식 제복을 입은 직원들이 세금의 명목으로 돈을 뜯고 있었다. 소록도에서 가장 악랄하다는 사또라는 간호주임이 명령하듯 말했다.

"신사연보금들을 내고 가라."

참배를 마치고 병사로 돌아가는 나환자들을 붙들어 놓고 저들은 연보궤(헌금통)를 들이밀었다. 나환자들은 생전 듣도 보도 못한 신사연보금이란 말에 어리둥절하였지만 연보궤를 들고 주머니를 털어대는 저들의 모습에 다들 한숨이 나올 뿐이었다.

"신사연보금이 뭐요?"

춘상이 어눌한 일본 말로 저항하듯 물었다. 하지만 돌아오는 것은 어떤 설명이 아니라 폭행과 채찍이었다. 춘상은 채찍으로 얼굴을 얻어맞고 개머리판에 옆구리를 채이면서 하는 수 없이 주머니를 탈탈 털어 연보궤에 동전을 집어던졌다. 이때, 수호 원장이 춘상의 저항하는 모습을 곁에서 바라보며 야비한 웃음을 흘리고 있었다. 호루라기 구령에 맞추어 다시 병사를 향해서 대열을 이루어 걷기 시작했다. 신사에서 멀어져 병사에 가까이 오면서 환자들은 조선말로 불평불만들을 늘어놓았다. 하지만 일본 직원들의 매서운 눈초리를 의식하고는 다들 입을 다물어버렸다.

병사(病舍)로 향하는 환자들을 대신하여 하늘이 울어주었다. 빗줄기는 더욱 굵어졌고, 이따금씩 천둥소리가 쾅, 쾅 들렸다.

빗줄기를 맞으며 껑충한 가로수 길의 나무들이 나환자들의 행렬을 내려다보고 있었다. 가로수 길의 저편으로 단정한 집들이 보였는데 일본인 거주자들이 살고 있었다. 기모노를 입은 여인들이 우산을 받쳐 들고 아이들의 손을 잡고 가로수 길을 지나갈 때 나환자 일행은 걸음을 멈추었다. 일본인들이 가로수 길을 무사히 건너자 인솔자는 다시 호루라기를 불며 발을 맞추어 계속 걷도록 하였다.

사또라는 간호주임이 지프차를 타고 지나가다 대열의 중앙에서 속도를 줄이며 외치듯 말했다. 마사오라는 덩치 큰 일본청년이 지프차의 운전석에서 거만한 표정으로 나환자들을 노려보고 있었다.

"내일부턴 지상낙원 건설을 위해 일을 해야 한다. 하루에 5전씩 임금도 주니 열심히 일하도록 하라."

춘상을 비롯한 나환자들은 소록도 갱생원에서의 생활이 만만치 않으리라는 것을 짐작하고도 남았다. 지프차가 저만치 멀어졌을 때 누군가 소리쳤다.

"씨팔, 문둥병 낫게 해준다고 왔지 우리가 노역하러 왔나?"

"어째 악착같이 문둥이들 잡아들일 때 알아봤어야 하는 건데… 살아서 소록돌 빠져나갈 수나 있으려나? 오메, 엄니… 아무래도 속은 모양이요."

나환자 행렬을 인솔하는 순시들의 눈동자가 사나워졌다. 순시 하나가 불평을 하는 나환자에게 다가가더니 채찍을 내리쳤다. 순시들에게도 채찍과 곤봉이 매달려 있었는데 순시들은 조선 사람이었다.

"주둥이들 닥치라. 여기가 네들 안방인 줄 알아? 네들은 이 제 대일본제국의 신민이란 말이다. 황국의 신민…"

"에이 니기미 씨팔…"

춘상의 입에서 저도 모르게 욕설이 튀어나왔다. 욕설과 함께 순시들의 채찍과 곤봉이 일시에 날아들었다.

"아악…"

춘상은 이를 악물며 신음소리를 참으려고 애를 썼다. 신음소 리를 쫓아 채찍이 날아들었기 때문이다. 이런 모습을 지켜보면 서 나환자들은 이제 찍소리도 내지 못하고 묵묵히 비를 맞으며 걷고 있었다. 이십 여분 걸어 들어갔을 때 검문소가 나타났다. 검문소에 도착하자 빗줄기가 엷어지면서 금세 비가 멈춰버렸 다. 분무기를 등에 짊어진 사내들이 득달같이 다가오더니 환자 들을 향해 소독약을 뿌려대기 시작했다.

"에이, 신사 입구에서 한번 뿌렸으면 됐지 몇 번씩 소독을 한 대여?"

"저놈들 눈에 우린 사람이 아니라 기생충으로 보이겠지… 채 찍 받기 전에 입들 닥치세."

춘상은 온몸에 소독약 세례를 받으며 잠깐 호흡을 멈추었다. 숨을 내쉬려는 순간 펄럭이는 일장기의 모습이 그의 눈에 들어왔 기 때문이다. 일장기는 나환자들의 머리 위에서 고압적으로 펄럭 이고 있었다. 춘상은 저들의 채찍이나 저들의 무자비한 소독약 살포보다 일장기의 펄럭이는 기세에 놀라 입이 다물어졌다.

소독을 마치자 각 부락의 대표들이 나타났다. 부락의 대표들은 할당된 나환자들을 호명하여 자신의 부락으로 인솔해갈 모양이었다. 춘상은 동생리라는 부락에 배정되었다. 부락의 대표들은 조선의 나환자들이었다. 부락 별로 이동하는 동안 부락의 대표들이 입소자들에게 중요한 사실을 통보하고 있었다. 삼십 후반쯤으로 보이는 중년의 사내가 자신을 소개하며 선전포고를 하듯 소리쳤던 것이다.

"나는 동생리 부락 대표 최일봉이란 사람이여… 매달 1일과 15일은 신사참배가 있고, 매달 20일은 동상 참배가 있다!"

"신사참배는 알겠는데 동상 참배는 뭐실까요?"

춘상의 삐딱한 물음에 동생리 부락 대표의 눈이 사납게 찢어졌다. 춘상은 순간 부락 대표의 눈빛이 어찌나 매섭던지 간이 섬뜩하게 오그라드는 느낌이었다.

"매월 20일은 보은감사일이다. 수호 원장 각하의 동상제막일을 기념하여 전 원생들을 동상 앞에 집합시켜 참배케 한 후 원장의 훈화(訓話)를 듣는 것이다!"

"밑도 끝도 없는 보은에 감사한다니 참 한심한 노릇이네."

누군가 찌그럭거리는 말을 뱉어냈고, 최일봉이란 부락 대표가 말의 주인을 향해 마구 발길질을 퍼부었다.

"동상 참배에 빠지는 놈은 감금실에 갇힐 테니까 각별히 명심들 해라. 그리고 네들 하루 임금 5전에서 충성담보금으로 1전씩 제할 거니까 불평들 하지 말고…"

"충성담보금은 또 뭐시여? 아니 그렇다 치고 충성담보금이란 것은 나중에 돌려주시오?"

누군가 삐딱한 목소리로 부락 대표를 향해 퉁명스럽게 물었
다.

"에이 말 같은 소릴 해라. 그런 명목으로 떼어먹는 거지… 에
구 문둥병 치료받으러 들어온 우리 신세가 참 처량하다."

동료 하나가 삐딱한 말을 받았다. 그러자 부락 대표의 채찍
이 말소리를 찾아 사정없이 날아들었다. 웅성웅성 피어나던 잡
음들이 순간적으로 꼬리를 감추고 있었다. 동생리에 배당된 입
소자들은 입을 완전히 다물고 묵묵히 동료의 그림자를 밟으며
걸었다. 해안을 끼고 도는 산 중턱의 신작로를 따라 여전히 대
열을 유지하며 그들은 걷고 있었다.

그때, 산 중턱에서 금화는 춤을 추고 있었다. 오색 헝겊들이
소나무에 울긋불긋 매달려 있고 날씨는 궂어 을씨년스러운데
금화는 소복(素服)을 입고 있었다. 흔히 상복(喪服)으로나 입을
법한 소복을 입고 금화는 미친 듯 춤사위를 하고 있었다. 금화
는 산 중턱의 서낭당에서 춤을 추면서도 지금 막 입소하는 나환
자들을 은밀히 내려다보고 있었다. 입소하는 나환자들 중에 금
화의 춤사위를 소나무 숲새로 보았던 사람은 오직 춘상이뿐이
었다. 춘상은 운명처럼 맞닥뜨리게 된 산중턱 소복 입은 여인을
목도하며 까닭 모를 슬픔에 잠겼다. 입소자들이 저만치 멀어져
갔을 때 금화는 징을 치며 심상찮은 사설을 외었다.

아이고 슬프다

어이 여기에 왔단 말이냐~
아이고 슬프다
저승길을 어이 찾아왔나~

　금화의 슬픈 사설을 듣고 징소리에 놀라 새들이 푸드득 날아
갔다. 금화의 사설을 들은 사람은 소록도에서 산새들 말고 아무
도 없었다. 금화를 바라보는 춘상의 표정만이 까닭 모를 슬픔에
잠겨 있는 듯했다. 춘상은 먼빛으로 한번 소복 입은 여인을 흘
기면서 마을을 향해 걸어 들어갔다.
　동생리 마을 앞에서 춘상은 입소를 환영하는 원생들을 만났
다. 미친 여자처럼 보이는 세 명의 여자들이 춘상의 일행 앞으
로 쪼르르 달려왔다. 미순이란 여자애가 정신 빠진 미친 여자의
말투로 춘상에게 말을 걸었다.
　"아저씨, 잘 생겼소."
　춘상은 억지로 웃어주었다. 미자라는 여자가 역시 춘상에게
다가와서 덜떨어진 목소리로 물었다.
　"고향이 어디다요?"
　"경북 성주가 고향이오."
　춘상은 살짝 웃음을 띠며 미자라는 여자에게 대답해주었다.
또덕이란 이름으로 바보 행세하는 병우라는 애가 아는 체를 했
다.
　"아저씨, 난 소록도 바보 또덕이…"
　춘상은 병우가 바보가 아닐 것이라 믿고 있었다. 무슨 까닭

인지 몰라도 소록도에서 바보 행세하며 관심을 독차지하고 있다는 사실을 이동 아저씨에게 들었던 것이다. 이윽고 미순이나 미자보다 미친 상태가 심한 듯한 미옥이란 중년의 여자가 춘상이 코밑까지 다가와서 물었다.

"이름은?"

"내 이름? 이춘상이라 하오… 뭣이 더 궁금하시오?"

부락 대표 최일봉이 채찍을 휘두르자 미친 듯해 보이는 여자들이 더는 대꾸하지 않고 까르르 웃으면서 저쪽으로 사라졌다. 춘상은 동생리 32호사에 배정받았다. 32호사는 여러 명의 환자가 생활할 수 있도록 꽤나 넓은 집이었다.

소록도에서의 생활은 엄격한 군대식 생활이었다. 아침저녁으로 인원점호를 했다. 새벽 5시에서 6시 사이에 기상을 하고 한 시간 뒤에 아침 식사를 했다. 오전에 진료와 치료 등을 받고 오후에는 노동을 했다. 저녁 8시부터 9시 사이에는 소등해야 했다. 소등 전에는 반드시 취침 점호를 받았다. 원생들의 머릿수를 헤아리고 도주한 환자는 없는지 동태를 살폈던 것이다.

밤에는 철저히 원생들의 이동을 제한했다. 원생들은 저녁 8시 이후 실시되는 소등과 통행금지 때문에 많은 고통을 받았다. 매일 취침 전에 실시하는 인원점호는 소의 등에 얹힌 멍에와도 같은 압박이 되었다.

나환자들에게 가장 힘든 것은 요양생활을 위한 〈심득서〉(心得書)를 암송하는 일이었다. 심득서 암송은 보이지 않는 정신의 감금이었다. 심득서는 하나부터 열까지 모든 사항이 환자들의 자유에 차꼬를 채우는 것과 같기 때문이었다. 심득서란 환자로서 마음에 깨달아 간직하고 주의해야 하는 사항을 말하는 것으로 월말에 한 번씩 낭독하고 암송해야 했다.

입원환자는 항상 황은(皇恩)을 잊어서는 아니 되는 것, 직원의 지시에 절대 준수하는 것, 금전과 귀중품을 영치하고 임차해선 안 되는 것, 허가 없이 일정 구역 밖으로 나갈 수 없는 것, 경증환자는 치료상 유익한 운동이나 기타 작업에 열중하는 것, 사장(舍長:방장)은 일반 환자의 모범이 되며 환자의 분쟁해결을 원만히 하며 직원의 명령 전달과 환자의 각종 작업을 담당하는 것, 사망 환자는 학술연구를 위해 시체 해부가 필요할 시 이에 응하는 것 등등 원생 누구나 숙지해야 할 사항은 엄청나게 많았다. 이런 엄청난 사항을 월말에 한 번씩 정기적으로 암송해야 하는 것이었다.

부락 대표 최일봉이 완장을 차고 사또라는 간호주임과 일본인 직원, 조선인 순시들을 앞장세우고 나타났다. 채찍과 곤봉을 몸에 차고 사또는 소문보다 훨씬 포악한 모습으로 원생들 앞에 나타났던 것이다.

간호주임인 사또가 곤봉으로 춘상의 옆구리를 찔렀다. 춘상은 다른 동료들처럼 크고 절도 있는 소리로 관등성명을 댔다.

"신입 이춘상!"

"너 형무소에서 썩다 왔지?"

춘상은 사또의 말에 기분이 나쁘다는 표정으로 째려보았다. 그러자 사또가 곤봉으로 춘상의 어깨를 후려쳤다. 팔에 스며드는 고통으로 춘상은 이마의 주름살을 끌어내렸다.

"너 잘하는 게 뭐야?"

"싸움밖에 잘하는 게 없습니다."

춘상은 저도 모르게 이렇게 대답했다. 사또가 춘상을 향해 그윽이 쳐다보며 비웃음을 쳤다. 시비 걸기 싫다는 듯 사또는 춘상을 지나치더니 쌍수라는 환자의 옆구리를 곤봉으로 찔렀다.

"심득서 1항 외워보라!"

"천황폐하의 은혜에 감사한다!"

쌍수가 조항 하나를 모두 외기도 전에 사또는 곤봉으로 옆에 있는 환자 광팔의 가슴을 쿡 찔렀다. 광팔의 입에서도 심득서 조항이 기계처럼 튀어나왔다.

"불온사상을 지녀서는 안 된다!"

"어이 전라도 대빵!"

이번에는 사또의 곤봉이 중년의 김창옥을 향해 찔렀다. 사또의 곤봉이 자신의 가슴을 향하는 순간 김창옥은 잔뜩 날선 모습으로 관등성명부터 읊었다.

"하이, 전라도 대빵 김창옥! 도박과 연애질을 금한다!"

김창옥의 입에서 심득서가 흘러나오자 점호를 받던 원생들이 일제히 웃었다. 도박과 연애질을 금한다는 말이 원생들에게 은근한 비웃음처럼 다가왔기 때문이다.

"이것들이 여기가 어디라고…"

사또의 이마가 움찔거리자 원생들의 웃음소리가 잦아들었다. 사또가 다시 중년의 권종희를 곤봉으로 찔렀다. 권종희가 김창옥처럼 날카롭게 관등성명을 댔다.

"경상도 대빵 권종희!"

"심득서 마지막 조항 외어보라!"

사또의 지시에 권종희가 마지막 조항을 외었다.

"우리는 사망 시 시체 해부에 응하고 화장을 허락한다!"

"좋다. 최 대표는 신입한테 심득서 암송시키고 즉각 소등하고 취침한다."

사또는 마지막으로 지시를 하며 출입구를 향해 몸을 틀었다. 이때, 김창옥이란 전라도 대빵이 돌아서는 사또에게 물었다.

"거금도 산판장에 일 나간 대길이는 언제 돌아옵니까? 보름이 지났는데…"

김창옥의 갑작스런 물음에 사또는 당황해하며 얼버무렸다.

"네가 신경 쓸 일이 아니다. 최 대표, 신입한테 심득서 암송시키고 즉각 소등하고 취침하도록 하라!"

"예."

사또 일행이 나가고 얼마 지나지 않아 사이렌 소리가 울렸다. 사이렌 소리가 요란하게 울리고서 불이 꺼졌다. 불 꺼진 창문 너머로 창옥과 종희의 목소리가 맥없이 들리고 있었다.

"대길이 아마 죽었을 것이여."

"대길이가 부럽네. 죽어 혼이라도 고향에 갔을 거 아닌가?"

어디선가 훌쩍이는 소리가 들렸다. 쌍수와 광팔이가 잠꼬대하듯 말씨름을 하고 있었다.

"풍랑 만나 못 돌아온 사람들이 어디 한두 번이여… 근데 이놈에 병은 정말 못 낫는겨?"

"유전이라 안하나 니기미…"

이때, 사또 일행을 배웅하고 부락 대표 최일봉이 호사로 돌아왔다. 동생리 32호사에 다시 불이 켜졌다. 최일봉은 밖에서 들어오면서 32호사 안에서 동료들끼리 지껄이는 소리를 들었던 모양이었다.

"언놈이 유전이라 했어? 유전은 우라질… 울 엄닌 죽기 전까지도 멀쩡했단 말이여."

부락 대표의 말을 받아 김창옥이 혼잣말처럼 대꾸했다.

"전염은 된다고 하든데…"

최일봉이 김창옥의 뒤통수를 치며 응대했다.

"구라여 구라… 전염이 되였으면 여 일본 놈들은 어째서 멀쩡 혀, 씨발…"

최일봉이 욕설을 뿌리며 침상에 누워있는 춘상을 향해 다가왔다. 춘상은 침상에 누워 동료들의 얘기에 귀를 기울이고 있었다. 최일봉이 눈을 감고 누워 있는 춘상에게 시비조로 말했다.

"어이 신입, 쪼깐 일어나 봐라이."

춘상은 이마를 끌어올리며 누운 자리에서 게으른 동작으로 일어섰다. 최일봉이 기억을 떠올리며 춘상에게 싸움을 걸었다.

"네가 싸움밖에 잘하는 게 없다 했쟈이?"

춘상이 대답을 하기도 전에 최일봉의 발길질이 달려들었다. 최일봉은 정신을 수습할 여유도 주지 않고 신입을 향해 마구 발길질을 했다. 처음부터 신입의 기세를 꺾어놓으려는 속셈이었던 것이다. 하지만 춘상은 부락 대표의 발길질을 잽싸게 피했다. 몸을 일으켜 세워 정신을 가다듬은 다음 허점을 찔러 공격했다. 춘상의 발질은 빨랐고, 부락 대표 최일봉은 순식간에 나가떨어졌다. 32호사의 동료들이 놀라 입이 벌어졌다. 신입 중에 첫날부터 최일봉의 폭력에 맞서 싸우는 신입은 없었던 것이다. 특히 놀란 것은 눈 깜짝할 사이에 최일봉이 휴지처럼 짓이겨져 버린 때문이었다. 소록도 갱생원 입소 첫날부터 춘상은 동료들에게 강한 인상을 남겼다. 부락 대표 최일봉을 납작하게 짓뭉개 버리자 최일봉은 물론 호사의 동료들도 춘상을 함부로 대하지 않았다.

이튿날 새벽, 기상나팔 소리가 울렸다. 원생들은 새벽 일찍 청소하고 간단히 끼니를 때운 다음 노역장으로 향했다. 바다와 맞닿은 선착장에는 소록도 6개 부락의 나환자 원생들이 땀을 뻘뻘 흘리며 작업을 하고 있었다. 지게에 모래를 가득 짊어지고 불편한 몸들을 사내들은 빨리 움직였다. 여자들은 머리에 또가리를 놓고 모래와 자갈을 날랐다. 동작이 불편한 환자들은 2명이 1조가 되어 손수레에 돌과 황토를 가득 실어 운반하고 있었다.

춘상은 작업자들의 규모에 놀랐다. 하나같이 불편한 나환자들인데 힘에 벅찬 노동을 하고 있었다. 작업하는 나환자들 사이에는 채찍을 든 사또와 장총을 어깨에 걸어 멘 일본 병사들이 고압적으로 감시하고 있었다. 그들은 게으름을 피우거나 작업을 하다 넘어지는 환자를 향해 득달같이 달려가서 폭력을 사용하고 있었다. 춘상은 땀을 뻘뻘 흘리며 작업을 하면서 저들에게 표시 나지 않게 숨을 들이마셨다.

바보 행세를 하는 듯한 또덕이가 자전거를 타고 선착장으로 전보를 가지고 왔다. 편지의 주인은 평양에서 내려온 구북리의 인영이였다. 춘상은 지게에 모래를 가득 짊어지고 곁눈질로 인영을 바라보았다. 소록도 형무소에서 동료들로부터 들은 소문처럼 인영의 모습은 매우 아름답게 보였다. 또덕으로부터 전보를 받아든 인영이 흐느껴 울기 시작했다. 춘상은 하염없이 울고 있는 인영에게 다가갔다. 인영의 손에는 〈구북리 강인영 환자 모친 사망〉이란 속달 전보가 들려져 있었다.

인영이가 하염없이 흐느끼는 모습을 보고 사또가 득달같이 다가와서 채찍을 휘둘렀다. 인영이 무릎을 꿇고 주저앉았다. 사또의 채찍이 인영의 등 쪽에 매섭게 얹혔다. 인영이 겨우 몸을 일으켜 세워서 손수레를 밀었다. 그러나 인영은 몇 걸음 걷지 못하고 다시 주저앉았는데 사또의 채찍이 더욱 매섭게 얹히고 있었다. 춘상은 일본 놈들의 채찍이 정도를 지나쳤다는 생각에 이르자 화가 치밀었다. 쏜살같이 달려가서 인영의 어깨에 얹히는 채찍을 팔로 가로막았다. 사또 간호주임이 호통을 쳤다.

"너는 누구냐? 저리 비켜라 이놈아!"

사또의 채찍이 춘상의 뺨에 얹혔다.

"아픈 환자들이오!"

춘상은 지게를 집어 던졌다. 채찍이 지나간 자리가 새빨갛게 줄이 섰다.

"이 자식, 싸움밖에 모른다는 동생리 신입이로구나. 감히 여기가 어디라고 채찍을 가로 막느냐? 소록도에 너 같이 사상이 불량한 놈이 있다는 건 아직 정신무장이 덜 되었다는 얘기지…"

사또가 장총을 어깨에 멘 병사들을 불렀다. 고동색 제복을 입은 서너 명의 병사들이 잽싸게 뛰어왔다. 장총을 어깨에서 내려 고압적으로 집총자세를 취하자 춘상의 기가 순간 꺾여졌다. 사또는 일부러 보란 듯 인영을 향해 다시 채찍을 휘둘렀다. 이때, 저쪽에서 계속 상황을 주시하고 있던 동생리 부락 대표 최일봉이 득달같이 뛰어오면서 소리쳤다.

"인영 씨를 때리려거든 차라리 나를 때리시오."

"저리 비키란 말이야 새끼야… 너 이년 기둥서방이냐?"

사또의 채찍은 최일봉을 향해서는 뜻밖에 주저했다. 부락 대표이며 일본어에 능숙한 최일봉을 사또는 함부로 다루지 못했다. 최일봉의 도움이 생각보다 컸기 때문이다. 부락 대표들의 협조가 잘 이루어져야 수많은 소록도 원생들을 쉽게 통제할 수가 있었다. 춘상은 일본인의 구타에 주눅이 들면서도 저들에 대한 반항심이 가슴속에서 부글부글 끓어올랐다. 춘상이 사또에게 덤비듯 소리쳤다.

"모친이 사망했다는 전보를 받았는데 맘대로 울지도 못한단 말이오?"

"아니 이 새끼가…"

하며 사또가 최일봉을 밀치면서 춘상의 멱살을 불끈 잡았다. 그때, 저쪽에서 이런 광경을 묵묵히 지켜보던 수호 원장이 성큼성큼 걸어왔다. 수호는 춘상에게 바짝 다가와서 먼저 채찍부터 휘둘렀다. 그러자 춘상의 이마에 고통의 주름살이 겹쳐졌다.

"이 새끼 봐라. 신사연보금 거부에 이제 작업 저항까지…"

수호 원장의 채찍이 다시 한번 춘상의 목덜미를 휘감았다. 춘상은 이를 악물었지만 더는 저항을 할 수가 없었다. 수호 원장이 주위의 나환자들이 들도록 큰 소리로 외쳤다.

"소록도는 나의 명예이며 대일본제국의 숙원사업이다. 빨리 빨리 움직여라!"

원생들은 이곳 소록도에서 완전히 노예나 다름이 없었다. 일제의 부당한 대우와 폭력에 어느 누구도 정당히 나서지 못했다. 수호 원장의 지시에 나환자들은 더욱 부지런히 손발을 놀리고 있었다.

일반적으로 환자들은 주로 오전에 치료를 받고 오후에는 각종의 작업에 종사하였다. 그러나 수호 원장은 소록도를 세계 제일의 요양소로 만들고 싶은 욕망으로 치료보다 작업 노동을 하는데 집중했다. 치적에 눈이 어두워서 쓰러지는 나환자들에게 잠깐의 휴식조차 허락하지 않았다. 심득서에 기록되어 있는 것처럼 나환자들은 작업을 하다 죽으면 시체 해부까지 당해야만 하였다.

전국에서 잡혀 온 나환자들은 소록도가 훌륭한 요양소가 아니라 노예나 다름없는 지옥 같은 공간이라는 것을 즉시 깨달았다. 소록도는 굶주림 속에서 치료는 외면당하고 온종일 노예처럼 일을 해야 하는 공간이었다. 소록도에서 나환자들에게 제공되는 1일 배급량은 남자의 경우 쌀 3홉, 보리 1홉 5작, 조 1홉 5

작이었다. 남녀의 차별도 심한 까닭에 여성 나환자에게 제공되는 배급량은 남자의 정량에 한참 미치지 못했다.

　환자들에게 가장 힘든 작업은 험악한 산악에서 무거운 돌을 작업장까지 운반하는 목도 일이었다. 소록도의 일본 관리자들은 건장한 사내들을 여러 팀을 만들었다. 팀별로 온몸에 땀을 흘리며 채찍을 맞으면서 돌을 운반했다. 어깨에 멜빵을 메고 목도를 걸어 암석을 운반할 때 인부들은 일제히 흥을 돋우는 노래를 불렀다. 흥을 돋우기 위해 처음 매기는 소리는 악랄한 사또 간호주임이었다.

　사또 선창 야마모리~
　일제히 후창 어기여차~
　사또 선창 고봉밥이다~
　일제히 후창 어기여차~

　이런 방식으로 사또는 환자들을 이용해 먹었다. 암석을 운반하는 목도 팀에게는 특별히 고봉밥을 배식했다. 수호 원장 이하 소록도의 관리자들은 오직 혼연일체가 되어 공사의 기간을 단축하려고 온갖 노력을 기울였다. 신체가 건강한 남성 나환자들은 한 끼의 밥을 가득 얻어먹으려고 힘이 들어도 불평하지 않고 부지런히 작업을 하였다. 목도로 암석을 나르는 사람들을 목도꾼들이라 불렀는데 이들이 잠시 휴식을 취하려고 하면 사정없이 채찍을 휘둘렀다. 사또 간호주임은 나환자들이 어깨에 짊어진 암석 위에 올라타서 작업을 지휘했다. 사또의 허락이 없이는 누구도 쉬지 못했다.

춘상은 목도꾼이 되어 뼈가 으스러지도록 일을 했다. 목도 일을 시작한 지 한 달도 안 돼 여러 명의 동료가 죽었다. 온종일 일을 하다가 갑자기 피를 토하거나 들것에 실려 병사로 돌아오는 환자들도 많았다. 암석에 깔려 죽는 것은 끔찍한 죽음이었다. 춘상과 같은 조(組)에서도 죽는 사람이 여럿 나왔다.

목도꾼들이 목 놓아 어기여차를 부르짖을 때 몇백 명의 환자들이 목도꾼들의 옆으로 지나갔다. 숲속에서 송진을 채취하기 위해 굽이굽이 산길을 올라가는 동료들은 목도꾼들이 피를 토하면서 축 늘어져 죽어가는 모습을 지켜보았다. 인영이도 그 환자 중에 섞여 있었다. 이런 모습들을 자주 보았던 탓에 갈수록 동료들의 표정 또한 무덤덤해져 갔다. 목도꾼들의 흥 돋는 소리를 다른 인부들이 옆을 지나가며 따라 부르는 경우도 많았다.

춘상은 땀을 뻘뻘 흘리며 암석을 운반하고 있었다. 송진 채취 조에 속해 산길을 오르던 미친 여자애들이 춘상을 보고 반갑다는 듯 소리쳤다.

"춘상이 오빠 좋겠네."

"힘들어도 고봉밥 먹으니 좋겠네."

춘상은 미친 여자애들을 잠깐 쳐다보았다. 사또의 채찍이 여지없이 춘상의 등에 얹혔다.

"어딜 쳐다 봐, 새끼야!"

채찍의 고통을 감당하지 못하고 춘상이 잠시 중심을 잃고 비틀거렸다. 춘상이 중심을 잃자 어기여차를 외치던 목도꾼의 대열이 덩달아 중심을 잃고 흔들렸다.

인영은 미친 여자애들과 한데 섞여 춘상이 채찍을 맞고 비틀거리는 모습을 멀찍이서 지켜보았다. 송진 채취조를 인솔하던 일본 순시가 소리쳤다.

"오늘은 저기 십자봉까지 올라간다. 한눈팔지 말고 일제히 뛰어!"

"휘릭 휘릭…"

일본 병사가 힘껏 호루라기를 불었다. 송진 채취조들이 먼지를 일으키며 일제히 뛰어오르기 시작했다. 인영이 속한 송진 채취조는 밤이 늦도록 숲속에서 송진을 채취했다. 밤이 깊을수록 달빛은 창백했다. 달빛에 반사된 숲속의 기운은 푸른 연기처럼 피어났다. 흰옷을 입은 환자들이 소나무에 매달려 열심히 송진 채취를 하고 있었다. 사또 간호주임은 이곳저곳을 기웃거리며 송진통을 살피는 중이었다.

"이렇게 게을러빠져서야… 잡담하지 말고 허릴 펴지도 말아라!"

사또는 환자들을 아예 노예처럼 부려먹고 있었다. 송진통에 송진 액이 계획처럼 차오르지 않자 사또의 심술이 더욱 짓궂어졌다. 사또는 무리지어 송진을 채취하는 나환자들에게 성큼성큼 다가가 꼼꼼히 살피고 있었다. 사또 주임은 사실 인영을 찾고 있었다.

이때, 소나무 아래 흰 목화솜처럼 박혀 환자들이 일제히 노래를 부르기 시작했다.

새야 새야 파랑새야 녹두밭에 앉지 마라

달빛이 고요히 떨어지는 어둑한 솔숲에 심상찮은 노래가 흘러나오자 사또는 펄쩍 뛰며 소리쳤다.
"당장 불량한 노래를 멈추어라!"
하지만 환자들의 노랫소리는 멈추지 않았다.

녹두꽃이 떨어지면 청포장수 울고~

사또가 허리춤에서 권총을 빼내 허공에 빵! 하고 한 방을 쏘고서야 노랫소리가 뚝 멈추었다. 사또가 쏘는 총소리에 솔숲에 둥지를 틀고 있던 새들이 파드득 날아올랐다. 한순간 정적이 흘렀다. 그러나 정적을 깨는 노랫소리가 들렸다.

새야 새야 파랑새야~

노래를 부른 사람은 바로 인영이었다. 사또는 노랫소리가 울려 퍼지는 쪽으로 잽싸게 뛰어갔다. 사또는 노랫소리의 주인이 인영이란 것을 알고 채찍과 함께 엉큼한 미소를 지어보였다. 인영은 채찍의 고통을 받아내며 사또의 얼굴을 피해 고개를 돌렸다. 사또 주임이 야비한 웃음을 입가에 지으면서 비아냥거렸다.

"하나이 원장이 네년을 지극정성으로 아꼈단 말이지… 네년을 언젠간 내가 짓밟아버릴 거다! 자, 자, 당장 수호 원장 각하 노랠 불러라, 어서!"

사또의 다그침에 백여 명의 송진 채취조 환자들이 수호 원장의 노래를 부르기 시작했다. 하지만 그들의 노랫소리는 맥이 없었다.

나라의 정화 위해 몸을 바치신
우리들의 어버이 원장님 각하
혜택 받은 동산에서 우리 무리를~

맥 빠지고 성의 없는 노래에 사또의 불호령이 다시 떨어졌다.

"감히 원장 각하를 무시하다니, 가만 두지 않을 것이다!"

악을 버럭 쓰는 사또의 기세에 눌려 원생들이 다시 큰 소리로 노래를 부르는 듯했다.

구하고자 하시는 두터운 마음
이곳은 우리들의 갱생의 동산~

하지만 2절로 이어지는 대목에서 원생들의 목소리는 다시 맥이 빠졌다. 사또는 얼마나 화가 났는지 바로 작업을 끝내고 침통한 심정으로 달빛 자락을 밟으며 마을로 돌아왔다. 그러나 사또 주임은 송진 채취조를 곧장 호사로 들여보내지 않았다. 취침 시간이 훨씬 지났음에도 사또는 분이 풀리지 않은 모양이었다. 인영을 포함해서 구북리 마을 사람 전체가 사또한테 벌을 받고 있었던 것이다.

무릎을 꿇고 만세를 하는 자세로 벌을 서는 환자들, 엎드려 뻗쳐서 벌을 서는 환자들, 한 손을 쳐들고 있는 환자들, 목발을 짚고 벌을 서는 환자들, 누운 채로 한쪽 발을 쳐들고 벌을 사는 환자들, 사또는 이런 식으로 몸이 불편한 환자들에게 최고로 효율적인 벌을 세우고 있었던 것이다. 환자들을 아픈 부위별로 구분하여 아주 요령지게 벌을 주고 있었다. 사또가 구둣발로 첫째 줄의 환자를 짓이기자 일렬로 벌을 서고 있는 환자들이 도미노처럼 연달아 넘어지고 있었다. 여기저기서 신음소리가 터져 나왔다. 넘어지는 소리와 함께 채찍 소리가 묻어나왔다. 달밤에 멀리 소쩍새가 울었다.

한편, 동생리 32호사 환자들은 늦은 밤에 잠을 이루지 못하고 일어나 동료들의 몸에 대풍자유를 발라주고 있었다. 희미한 등불 아래서 춘상 역시 상체를 완전히 벗은 알몸으로 대풍자유를 바르는 중이었다. 부락 대표 최일봉의 배려였는데 춘상은 동생리 32호사의 대빵이 되어 동료들이 충성경쟁을 하고 있을 정도였다. 32호사 동료들은 춘상을 대빵으로 깍듯이 모시는 중이었다. 주먹이 누구보다 세고 누구보다 용감했기 때문이다. 소록도 갱생원의 원생들에게 춘상이란 이름은 이제 알려진 상태였다. 전라도 대빵 창옥이나 경상도 대빵 종희 역시 춘상의 주먹을 알아보았고, 그의 용맹성을 인정해주었다.

희미한 등불 아래서 동료의 몸에 대풍자유를 한창 발라주고 있는 바로 그 순간에 남생리의 이동과 또덕이가 급히 동생리 32호사 문을 두드렸다. 최일봉이 놀란 표정으로 물었다.

"3대 독자 이동이 웬 일여? 바보 또덕이까지 데리고?"

이동이 숨이 넘어가는 소리로 대답했다.

"대빵 형님, 얼른 구북리 가보쇼!"

"아니 무슨 일인데 난데없이 들이닥쳐 그런다냐?"

최일봉이 상의를 끼어 입으면서 투덜거리듯 말했다. 춘상 일행은 의복을 챙겨 입고 32호사 문을 박차고 구북리로 향했다. 춘상 일행이 보기에 구북리 마을 앞에는 희한한 광경이 벌어지고 있었다. 음침한 어둠 속에서 구북리 주민 3백여 명이 일제히 벌을 서고 있었던 것이다. 나무 아래 공터 가까이 다가서자 사또는 보란 듯 구북리 환자들에게 발길질을 하고 있었다. 수호 원장의 모습도 보였는데 수호가 지켜보는 가운데 나환자 둘이서 상대의 뺨을 번갈아 때리고 있었다.

"더 힘껏 쳐라!"

수호 원장이 소리쳤다. 사또와 여러 명의 병사들이 구경을 하고 있었다. 수호의 지시에 환자들은 동료의 뺨을 세게 때리더니 이내 힘이 빠졌다. 그러자 수호가 시범을 보이듯 다시 소리치고 있었다.

"야야 잘 봐. 이렇게 치란 말이야!"

수호의 손바닥이 환자의 뺨에 찰싹 얹혔다. 뺨을 얻어맞은 환자 히나가 빙글 주저앉았다. 춘상 일행이 수호와 사또를 향해 위협적으로 다가갔다.

"원장 각하! 밤이 깊었습니다. 이제 그만…"

최일봉이 마뜩잖은 표정으로 말했다. 일봉의 말에 한 마디 대꾸도 없이 수호 일행은 벌을 받고 있는 다른 대열로 향했다. 춘상 일행 역시 그쪽으로 걸음을 옮겼다. 대열 중 누군가 중심을 잃고 넘어졌다. 춘상은 얼른 넘어지는 환자에게 달려가 부축하며 일으켜 세웠다. 넘어진 사람은 뜻밖에도 인영이었다.

"제가 대신 벌을 서겠습니다."

춘상이 인영을 일으켜 세우면서 수호 원장을 향해 간청했다. 춘상의 말이 끝나기가 무섭게 수호 원장의 발길질이 가해졌다.

"벌은 각자의 몫이 있다. 감히 네놈이 계집년 역성을 들다니… 너 동생리 싸움밖에 잘하는 게 없단 놈 맞지? 야, 사또!"

"예, 원장 각하!"

"당장 가서 마사오를 불러 오라!"

"예!"

수호의 명령을 받고 병사 하나가 마사오를 향해 급히 자전거를 몰았다. 사또가 수호 원장의 귀에 대고 아주 작은 소리로 뭐라 속삭이는 듯하더니 수호의 표정이 밝아졌다. 달빛이 강렬하게 떨어질 때 수호의 흰 치아가 활짝 열렸던 것이다. 수호가 고개를 천천히 끄덕이며 혼잣말처럼 중얼거렸다.

"볼만한 대결이 되겠구나."

수호 원장의 말을 이어 받아 사또가 소리쳤다.

"전라도 대빵 김창옥 경상도 대빵 권종희 앞으로 나오라!"

영문을 모르겠다는 듯 창옥과 종희가 환자들 앞으로 걸어 나왔다. 수호의 치아가 다시 한번 하얗게 열리고 있었다. 수호가 이번에는 모두 들으라는 듯이 이죽거렸다.

"전라도 대 경상도라. 그래, 네들끼리 맘껏 싸워 봐라. 하하하…"

사또가 수호 원장의 귀에 소곤거렸던 말이 무엇이었는지 이제 춘상 일행은 짐작할 수 있었다. 사또는 병사가 마사오를 데려오는 동안 경상도 대표와 전라도 대표의 맞장 대결을 즐기려고 했던 것이다. 창옥과 종희가 이맛살을 찌푸리며 상대를 향해 노려보았다. 둘은 일본 관리자들의 비위를 맞추기 위해 꼭두각시처럼 싸움을 벌여야 했다. 전라도와 경상도 대표를 각각 선출한 것은 일본 관리자들의 방안이었다. 조선인들끼리 상호 대결을 하고 적대감을 키우게 함으로써 일본인에 대한 대결과 적대감을 줄이려는 의도였던 것이다. 창옥과 종희는 예전에도 서로 적이 되어 대결을 벌였던 적이 있었다. 하지만 지금의 경우에는 아닌 밤중에 홍두깨 짓이었다.

창옥과 종희는 열심을 몸을 움직였다. 수호 원장의 눈치를 슬슬 보면서 둘은 툭, 툭 잽을 날렸다. 헛손질만 여러 번을 해대자 수호의 표정이 굳어졌다. 종희가 먼저 창옥의 얼굴을 세게 강타했다. 수호가 웃었다. 퍽, 소리가 들렸을 때 나환자들은 슬펐다. 수호와 사또의 함성이 들렸다. 창옥과 종희는 이제 지쳐서 쓰러졌다. 이때, 마사오가 나타났다. 창옥과 종희의 싸움은 이렇게 끝이 났다.

마사오의 체격은 몹시 컸다. 춘상의 다부진 몸이 마사오 앞에서는 초라해 보였다. 둘은 수호의 지시에 따라 대결의 자세를 취했다. 구북리 환자들과 수호 원장, 사또와 병사들이 지켜보는 가운데 싸움이 시작된 것이다. 싸움이 본격적으로 시작되기 전에 수호가 춘상을 향해 물었다.

"이춘상, 네놈이 마사오를 이기면 한 가지 소원을 들어주겠다. 네놈 소원이 뭔가?"

춘상이 머뭇거리지 않고 대답했다.

"구북리 인영 씨를 노역에서 빼주십시오."

"사내대장부끼리 약속하지. 마사오, 네놈 소원은 무엇이냐?"

"부끄럽지만 인영이란 여자를 안아보고 싶습니다."

마사오의 대답에 춘상의 표정이 일그러졌다. 춘상뿐만 아니라 모든 환자의 가슴이 무너졌다. 인영은 끓어오른 수치심에 어쩔지를 몰랐다. 수호가 마사오를 째려보며 이런 상황을 즐기고 있다는 듯 말했다.

"하나이 원장이 아꼈던 조선 여자라. 흥, 마사오 네놈 취향도 독특하구나. 그래, 조선년을 한번 안아보는 것도 괜찮은 추억이지."

이윽고 둘의 대결이 시작되었다. 벌을 서던 구북리 환자들도 모두 자리에서 일어나 두 사람의 대결을 구경하고 있었다. 춘상은 이를 앙다물며 반드시 마사오를 꺾어야 한다고 생각했다. 더

군다나 이기기만 한다면 인영을 힘든 노역에서 빼줄 수도 있다
니 죽기를 각오하고 싸울 명분까지 생겼던 것이다. 춘상의 다부
진 각오 탓인지 마사오와의 대결은 뜻밖에 싱겁게 끝나버렸다.

체격은 남달리 건장했지만 마사오의 싸움 실력은 춘상에게
미치지 못했다. 처음 얼마 동안은 툭, 툭 펀치를 번갈아 날렸다.
춘상은 마사오의 펀치에 일부러 오른쪽 뺨을 내주었다. 하지만
마사오의 주먹은 그리 세지 않았다. 가슴을 향해 거침없이 치고
들어오는 마사오의 발차기를 피하지 않고 받아주었다. 발차기
는 펀치보다 셌지만 충분히 견딜 만은 했다. 춘상이 연거푸 펀
치와 발차기를 허용하자 부락 대표를 비롯하여 구북리 모든 환
자들이 한숨을 쉬었다. 겉으로 표시는 하지 못해도 춘상이 덩치
큰 마사오를 보기 좋게 꺾어주기를 모두 바라고 있었다.

마사오의 펀치와 발차기를 춘상은 세 차례 이상은 허용하지
않았다. 마사오의 동작은 춘상의 날쌘 동작에 미치지 못했다. 처
음 펀치와 발차기를 허용한 이후 번번이 빗나가자 마사오는 당
황하기 시작했다. 춘상은 마사오의 큰 동작을 피하면서 예리한
시선으로 빈틈을 노리고 있었다. 마사오에게는 생각보다 빈틈이
많았다. 펀치를 날린 뒤에는 어김없이 얼굴 쪽에 빈틈을 보였고,
발차기 이후에는 몸의 중심이 크게 흔들리는 것이 보였다.

춘상은 몇 번 펀치와 발차기를 일부러 허용해주었다. 하지만
딱 거기까지였다. 크게 헛 펀치를 날리고 발차기가 크게 빗나가
는 순간을 춘상은 놓치지 않았다. 마사오의 얼굴을 한번 정확히
강타하자 마사오가 잠시 비틀거렸다. 비틀거리는 상황에서 헛

발질을 크게 해오는 순간 춘상은 정확히 마사오의 엉덩이를 걸어찼다.

마사오의 몸이 반쯤 젖혀지며 바닥에 곤두박질쳐졌다. 나환자들의 탄성이 쏟아졌다. 수호 원장은 잔뜩 화를 내며 마사오의 몸을 구둣발로 짓밟고 구북리 앞마당을 떠나갔다. 춘상이 덕분에 원생들의 가슴에는 잠시 승리의 꽃이 피어나는 느낌이었다. 수호 원장을 비롯한 일본 관리자들을 이긴 적이 단 한 번도 없었기 때문이다.

6장

운명의 기로(岐路)

1

인영은 작업장에 노역을 나가는 대신에 본관 간호실의 청소 등을 맡았다. 수호 원장이 마사오와의 대결에서 승리한 춘상과의 약속을 지킨 것이다. 본관 간호실에서 청소 등의 허드렛일도 환자들로서는 편한 일은 아니지만 작업장의 노역에 비길 바가 아니었다. 바닷바람에 아픈 손가락이나 발가락이 떨어져나가는 환자들을 여럿 보았기 때문이다. 인영은 춘상이란 동료에게 감사하다는 인사를 하지는 못했지만 내심 고마워하고 있었다.

본관 간호실에는 일본인 간호사들과 조선인 간호사들이 여럿 있었다. 간호사의 우두머리인 수간호사는 조선인 강성자라는 여성으로 일본식 이름은 세이코였다. 세이코는 인영이란 나환자에 대해 일찍부터 질투심을 느끼고 있었다. 다름 아닌 하나이 원장이 가장 아껴주던 조선인 나환자였기 때문이다. 하나이 원장이 죽고 수호 원장이 오면서 인영은 많은 고통을 받았다. 하나이 원장이란 일본인의 피를 뜨겁게 만들었다는 조선의 나환자를 수호는 노골적으로 괴롭히고 비난하였던 것이다.

인영이 열심히 걸레질을 하다가 철재서랍을 잘못 건드려 약품 상자를 바닥에 떨어뜨렸다. 쨍그랑 하는 소리와 함께 수간호사 세이코가 황급히 인영에게 달려와서 인영의 뺨을 사정없이 올려붙이며 소리쳤다.

"이년이 정신을 어디다… 너, 사내놈들한테 인기라며? 손끝에 티끌 하나 묻으면 알아서 해!"

수간호사의 손 맵시가 어찌나 사납던지 인영의 뺨이 순식간에 붉게 달아올랐다.

"아, 알겠습니다."

인영이 벌벌 떨면서 용서를 빌었다. 수간호사가 질투심이 잔뜩 담긴 목소리로 비꼬는 말을 하고 있었다.

"너, 일본말도 잘한다지?"

"아, 아니에요."

"일봉이 아저씨보다 잘해?"

최일봉은 일본 말을 거침없이 잘해서 부락 대표를 맡고 일본인들의 하수인 노릇을 하고 있었다. 인영은 대답 대신에 고개를 저었다. 수간호사가 비아냥거렸다.

"그 잘난 혀로 하나이 원장 홀겼니?"

인영을 향해 흐응, 비웃어주고 수간호사 세이코는 사라졌다. 다른 간호사들도 인영을 향해 까닭 모를 비웃음을 남기고 각자의 위치로 돌아갔다. 인영은 분하고 떨리는 마음을 추스르며 열심히 간호실을 청소하고 있었다. 간호실과 연결된 치료실도 분주히 닦고 있었다. 세이코가 곧 치료실로 들어왔다.

"너, 당장 원장실 닦아!"

"네, 알겠습니다."

인영은 허리를 굽실거리며 대답했다. 인영이 원장실로 들어가니 수호 원장이 차(茶)를 마시면서 료코[涼子]라는 간호사의 목덜미를 만지고 있었다. 료코가 인기척을 느꼈는지 귀찮다는 듯 수호의 짓궂은 손을 떼어내려다 인영임을 알고 일부러 수호 원장의 품에 찰싹 달라붙고 있었다.

"그래 료코, 내가 너를 비서로 뽑아주었는데 당연히 날 피하면 안 되는 거지."

"원장님의 각별한 마음이야 잘 간직하고 있지요."

료코는 슬쩍슬쩍 인영이를 곁눈질하며 교태를 부리고 있었다. 그러면서 지난날 수호와 사또가 여자 간호부 견습생 선발 면접의 순간을 떠올려보았다. 견습생 20명 가운데 수호 원장의 비서를 뽑기 위해 뒤태도 보고 다리선도 보았다. 책상 위에 올라가게 한 다음 치마를 쓱 걷어 올리면서 선발을 하였다. 료코는 수호 원장의 낙점으로 비서에 뽑혔던 것이다.

"하하… 료코의 향기에 이 수호가 취하는구나."

인영은 허리를 숙여 인사를 하고 걸레질을 시작했다. 수호는 인영이 허리를 숙여 인사를 하자 반색을 하고 있었다.

"인영 상, 힘든 노역에서 빠진 기분이 어떠한가?"

수호 원장의 비아냥거리는 듯한 말에 인영은 대답을 하지 않고 묵묵히 걸레질을 하고 있었다. 수호가 계속 말을 이었다.

"그래, 하나이 원장하고는 어디까지 간 사이야… 그 늙은이

맛이 어떻던가?"

인영은 수호를 한번 일별하며 속으로 혼자 비웃었다. 인영의 이런 태도를 넌지시 읽었던 것인지 수호가 간호사 료코의 몸을 밀쳐버리고 인영에게 다가왔다. 그리고 인영의 몸에 손을 대기 시작했다. 수호 원장은 거친 손으로 인영의 머리와 목을 만졌다. 인영은 얼굴을 찡그리며 몸을 비틀었다.

"사내놈들이 혹한 걸 보면 너한테 뭔가 있긴 있는 건데 난 그걸 잘 모르겠단 말이야."

수호의 거친 손이 뿌리치는 인영의 몸을 덥석 끌어안았다. 바로 이때, 수간호사가 원장실로 들어오다가 놀라 소리쳤다.

"어머나, 원장님! 체통머리 없이 이 무슨 짓이세요? 야, 인영이 너, 당장 여기에서 나가!"

수간호사의 목소리에는 질투가 가득 섞여 있었다. 수간호사의 호통에 인영은 황급히 원장실에서 빠져나왔다. 여자로서 치욕적인 순간이었다. 그러나 감히 누구에게 하소연 할 수가 없었다.

저녁때가 되어 구북리 호사로 돌아와 하염없이 울었을 뿐이었다. 차라리 손가락, 발가락이 떨어져나갈지언정 노역을 하는 것이 훨씬 편안할 것이라는 생각이 들었다. 이런 치욕스러움을 당하다니 동생리 춘상이란 사람이 고마우면서도 한편으로는 원망스러웠다. 마음이 복잡한 탓인지 상처의 고통이 더욱 깊어지는 듯한 밤이었다.

2

새벽 동이 트기 전에 소록도 전역에서 요란한 사이렌 소리가 들렸다. 비상사태 발생 시에나 울리는 사이렌 소리, 사이렌이 울리는 날에는 환자들에게 어김없이 채찍이 돌아온다는 사실을 알기에 새벽의 사이렌 소리에 나환자들은 잔뜩 긴장했다. 등대 쪽에서 사건이 발생한 모양이었다.

등대에서 병사들은 하루 종일 보초를 선다. 목숨을 걸어놓고 소록도에서 바다를 건너 탈출하려는 환자들이 많았기 때문이다. 등대에서는 시야가 넓기 때문에 바다를 건너서 녹동항까지 헤엄쳐 나가려는 나환자들에 대한 감시가 용이했다. 그러나 비록 등대에서 감시를 하지 않는다 하더라도 헤엄을 쳐서 살아나가는 경우는 매우 드물었다. 소록도에서 녹동 앞바다까지는 바다 물살이 엄청나게 셌기 때문이다.

등대에서 보초를 서는 병사들은 일정한 간격을 두고 바다를 향해 서치라이트를 비춘다. 서치라이트의 강렬한 불빛은 칙칙한 파도에 몸을 은폐하여 육지로 향하는 탈출자들을 어렵지 않게 식별해 낼 수가 있다. 간밤, 보초를 섰던 병사들은 서치라이트의 불빛에 파도를 따라 출렁이는 탈출자 두 명을 발견했다. 흔하지는 않지만 병사들은 탈출자 두 명이 곧 시체가 되어 파도에 떠밀려올 것이라고 믿었다. 그래서 병사들은 경고음을 울리는 대신에 심심풀이 삼아 내기를 했다.

"나는 두 놈 모두 시체로 떠밀려온다에 5전 걸지…"

"난 흔적 없는 상어 밥에 5전 걸지…"

작은 널빤지에 몸을 의지하고 바다를 건너던 두 명의 나환자들은 결국 시체의 모습으로 바닷가로 떠밀려왔다. 병사들은 본부에 이러한 사실을 보고했다. 고기밥이 될 것임을 알면서도 바다를 건너 탈출하려는 나환자들을 보고 수호 원장은 머리끝까지 화가 치밀었다. 그래서 보고를 받자 새벽 동이 트기 전에 비상 사이렌을 울렸던 것이다.

나환자들은 부락마다 혼비백산한 상태였다. 그들은 마을 앞에서 대열을 이루어 일제히 바닷가 백사장으로 향하고 있었다. 새벽안개가 뿌옇게 해안선을 타고 올라오고 있었다. 부락 대표의 구령에 맞추어 원생들은 걸음을 빨리했다. 환자들이 바닷가 백사장을 향하여 걸어갈 때 마을의 확성기에서 일본의 군가인 '용감한 수병'이 흘러나오고 있었다.

행진을 할 때는 약속처럼 일본의 군가가 흘러나왔다. 율동적이며 경쾌한 일본식 군가는 나환자들에게 듣기에는 그만이었지만 기분까지 경쾌하게 변화시키지는 못했다.

하늘에 웬 천둥인가 파도에 번쩍인 번개인가
연기는 하늘을 집어삼키고 하늘의 햇빛도 빛이 바랬네~

행진곡의 이런 구절이 조선의 나환자들 가슴을 먹먹하게 만들었다. 일본 병사들이 조선의 땅과 하늘을 짓밟아대는 모습이 머릿속에 떠올랐기 때문이다. 몸은 비록 일본의 노예가 되었지만 정신까지 일본의 노예가 되기는 싫었던 것이다.

동생리 사는 환자들이 대열을 이루어 바닷가 백사장에 도착했을 때 백사장에는 다른 부락 동료 환자들이 차렷 자세로 도열을 하고 있었다. 소록도 원생들은 하나같이 침통한 표정이었다. 백사장에서 벌의 주인을 기다리고 있는 커다란 목봉이 고압적이었다. 환자들을 차렷 자세로 세워놓고 수호 원장과 사또, 일본 병사들과 직원들이 몹시 격앙된 모습으로 서 있었다.

원생들이 침통한 까닭은 마을에서 백사장으로 오는 숲길에서 목격한 참혹한 모습 때문일 것이다. 소나무에 나란히 목을 매달아 죽어 있는 두 명의 시체를 보고 춘상을 비롯한 동생리 주민들은 커다란 충격을 받았다. 춘상은 간혹 소나무 숲에 목을 매달아 죽는 나환자들이 있다는 소문은 들었지만 직접 목격한 것은 처음이었다. 아픈 몸으로 짐승처럼 일을 하고 숨도 제대로 쉴 수 없는 처지를 비관해 이런 극단적 선택을 했을 것이다. 소나무 가지에 목을 매달아 죽어있는 시체를 보고도 일본인들은 놀래지 않았다. 일본인들이 취하는 방법은 목매어 죽은 시체 옆을 지날 때 쳐다보지 말고 일제히 뛰라는 명령이었다.

소록도의 원생들이 모두 백사장에 모이자 수호 원장이 일장 훈시를 했다. 도열한 환자들 앞에는 가마니에 덮인 시체가 보였다. 이런 가운데 정신이 온전치 못한 구북리의 미친 세 여자들도 영문을 모른 채 대열에 섞여 있었다.

"서생리 사는 놈들이라 했지? 이놈들은 어젯밤 지상낙원을 탈출하려다 떠밀려온 놈들이다!"

상황을 이해하면서도 처음 듣기라도 하듯 환자들은 놀라고 있었다.

"흥, 네놈들이 언제든 도망가도 좋지만, 보다시피 기다리는 건 초라한 죽음뿐이야! 서생리 마을은 열흘 치 임금을 삭감한다!"

수호 원장의 말이 끝나기가 무섭게 사또 간호장이 말했다.

"들어올 땐 몰라도 우리 허락 없이 나갈 수 없는 곳이 이곳 소록도다! 저 추악한 시체들을 보아라. 이놈들은 어젯밤 지상낙원을 탈출하려다 떠밀려온 놈들이다. 흥, 언제든 도망가도 좋다만 보다시피 기다리는 건 죽음뿐이란 걸 명심하라!"

환자의 대열에서 웅성웅성 소리가 피어올랐다. 파도가 철썩철썩 동료들의 가슴을 헤집으며 우는 듯했다. 리어카를 끌고 두 명의 작업자들이 도착했다. 환자 몇 사람이 뛰어나와 두 구의 시체를 리어카에 실었다. 가마니로 시체를 덮는데 발목은 하얗게 겉으로 노출되고 있었다. 두 명의 인부 중 한 명을 바라보던 춘상은 깜짝 놀랐다. 두 구의 시체를 싣고 리어카를 끌고 가던 인부 중에 인영이가 있었기 때문이다. 작업장에서 노역을 하는 대신 허드렛일을 하고 있다는 것을 알았지만 춘상의 마음은 편치 않았다.

시체를 싣고 리어카가 백사장을 빠져나가자 수호 원장이 다시 훈시를 했다.

"나는 갱생원 초대 원장 수호이고 내 동상은 제2대로 새로 부임한 수호인데 감히 동상 참배를 빠지는 놈들이 있다. 이 봐 사또, 호명(呼名)해라!"

춘상은 수호의 말에 머리카락이 빳빳이 일어서는 느낌이었다. 수호 원장의 동상 참배에 불만을 갖고 여러 번 빠졌기 때문이다. 사람도 아닌 동상에 참배를 하는 것이 춘상은 몹시 싫었다. 조선인으로서 일본인 원장에 참배를 한다는 것은 자존심이 허락하지 않았다. 입소하던 날 행해졌던 신사참배 때부터 반항심이 일었던 것이다. 춘상을 비롯한 여러 명의 원생의 이름이 불려졌다.

그들은 바닷가 백사장에서 목봉을 어깨에 메고 이른바 목봉 체조라는 벌을 받았다. 처음에는 동상 참배에 불참한 자를 호명했지만 숯 굽기 불량자, 송진 따기 불량자 등 소록도의 나환자들이 노예처럼 노역을 하는 다양한 환자들을 호출했다. 남생리의 이동 역시 숯 굽기 불량자로 호명 당했고, 바보 또덕이는 남생리의 막순이와 함께 토끼 가죽 벗기기 미달자로 호명 당했다. 환자들이 일제히 백사장에 엎드려뻗치기를 하였고, 사또는 몽둥이로 그들의 엉덩이를 힘껏 내려쳤다.

몽둥이가 엉덩이에 꽂힐 때 환자들은 신음소리를 내며 픽, 픽 쓰러졌다. 목봉체조를 하는데 막순이는 키가 작아서 중간에 끼어 거저먹기를 하고 있었다. 수호 원장이 예리한 시선으로 이러한 막순이의 농땡이를 그냥 넘어갈 리가 없었다. 수호 원장이 눈여겨보다가 막순이를 목봉체조 대열에서 끌어내 따로 벌을 세웠다.

"사또야, 막순이 저년의 몸에서 땀이 나도록 굴려라!"

"염려 마십쇼. 원장각하!"

사또가 사상이 불량한 환자들을 끌어내 몽둥이를 휘둘렀다. 몽둥이가 허리에 박힐 때 환자들이 몸부림을 쳤다. 수호는 키가 작아 목봉체조의 벌을 서나마한 동료들을 따로 불러내어 더욱 혹독한 벌을 받도록 하였다. 춘상은 조선의 나환자들이 나병을 핑계로 붙들려 와서 치료는커녕 노예처럼 노동을 강요당하고 있다는 사실에 피가 거꾸로 흐르는 느낌이었다. 탈출을 하다 시체로 돌아온 두 명의 나환자들은 이제 해부를 당하면서 두 번째로 죽고 해부를 당한 이후에는 화장터에서 세 번째로 죽을 것이다. 그래서 소록도에서는 세 번 죽는다는 황당한 얘기까지 슬프게 떠돌아다녔다.

한편, 해부실에서는 막 들어온 시체를 깨끗이 닦고 해부 준비를 마치고 수호 원장이 들어오기를 기다리고 있었다. 수간호사인 세이코는 연신 시계를 쳐다보며 원장 각하가 도착하기를 기다렸다. 해부실 입구에서 간호사가 화닥닥 걸어오더니 말했다.

"원장각하께서 갱의실에서 환복(換服)을 하고 계십니다."

해부실로 들어오기 전에 의료진은 환복부터 했다. 나환자가 죽어 해부실에 들어오면 전염이 될까 염려되어 철저히 무장을 한다. 해부에 참여하는 의료진은 모두 마스크를 착용하고 위생 장갑을 낀다. 무릎까지 올라오는 고무장화를 신고 모자까지 덮어 쓰고서야 안심이 되는 듯 죽은 시체에 접근한다. 나병은 쉽게 전염되는 질병이 아니었지만 당시에는 전염이 흔한 병으로 인식되어 철저히 경계를 했다. 해부실에는 두 구의 시체가 눕혀져 있다.

"세이코, 시작하라!"

"예, 원장 각하!"

원장의 명령에 의료진과 간호사들이 분주히 움직이기 시작했다. 간호사가 흰 천을 걷어내자 깨끗하게 씻긴 두 구의 시체가 나타난다. 첫 번째 사내의 배를 의사 타다가 메쓰로 가른다. 쉬익… 메쓰가 피부를 가르는 차갑고 날카로운 소리가 들린다. 배가 갈라지자 간호사들의 손이 분주히 움직인다.

"원장님, 붉은 반점이 보입니다."

"피부 결절이 심한 환자입니다."

간호사들은 시체로부터 수집한 정보를 앞다투어 수호 원장에게 보고한다. 수호는 안경을 끌어당기며 찬찬히 살펴본다.

"붉은 반점에 피부 결절이라…"

의무기록지에 간호사 하나가 열심히 기록을 한다. 이제 기록들을 취합하여 수호는 일본 본토로 나병에 관한 연구 보고서를 제출할 것이다. 나병의 연구에 있어서 세계적으로 권위자가 되기를 일본은 바라고 있기 때문이다. 타다는 좀 더 전문적으로 내부 장기를 관찰하고 있다. 의무과 해부의사 구리하라[栗原]가 수호 원장이 들으라고 말한다.

"외형상의 특이점은 없습니다."

구리하라[栗原]의 말을 받아 수호가 응대한다.

"십이지장은 어떠한가?"

"깨끗합니다, 원장 각하!"

수호와 타다, 구리하라 모두 약간 실망스런 표정이다.

"변종이 됐으면 좋은 표본이 될 텐데…"

아쉽다는 듯 수호 원장의 입술 끝이 내려간다.

"저놈 배를 갈라 볼까요?"

구리하라의 목소리에는 문득 설렘의 기운이 서려있는 듯하다.

"쯧 쯧, 뭔가 나와 줘야 할 텐데… 그럼, 저놈 배를 열어라!"

"예, 원장 각하!"

그들은 해부실에서 능숙한 솜씨로 해부를 마쳤다. 능숙한 동작은 나환자로 붙잡혀 들어와서 이렇게 죽어나간 나환자들이 부지기수라는 것을 암시하고 있었다. 해부가 끝나자 수호 원장과 타다 등의 의료진은 곧장 되돌아갔다. 세이코를 비롯한 간호사들이 다시 분주히 움직이기 시작했다. 배가 갈라진 두 구의 시체를 처리해야 하기 때문이다. 꺼낸 장기들을 사체에다 대충 집어넣고 장기가 흘러나오지 않도록 주섬주섬 몇 바늘 꿰맸다.

"료코, 어서 인부들을 불러라."

수간호사가 말했다. 료코는 즉시 해부실과 연결된 뒷문에다 대고 소리쳤다.

"야, 시체 가져가!"

인영과 명자는 후문에서 리어카를 손질하고 있다가 외치는 소리에 몸을 부르르 떨었다. 죽은 동료들의 시체를 해부하고 곧장 화장터로 향한다는 사실을 알고 있었지만 인영은 자신이 직접 이런 일에 가담하게 되다니 몸서리를 쳤다. 대충 봉합한 탓인지 비릿한 냄새가 시체에서 올라왔다. 간호사들로부터 넘겨받은 시체를 인영과 명자가 힘을 합쳐 리어카에 실었다. 이런 경험이 처음인 탓에 인영의 목에서 갑자기 구역질이 올라왔다.

"이년이 어디서 구역질이야!"

세이코의 손바닥이 인영의 뺨에 찰싹 하고 얹혔다. 인영은 활활 불이 붙는 듯한 뺨을 어루만질 새도 없이 허리를 숙였다.

"죄, 죄송합니다."

세이코가 잡아먹을 듯 날카롭게 쏘아보았다.

"당장 화장터로 운반해라!"

"아, 알겠습니다!"

인영과 명자가 동시에 대답했다. 거적에 덮인 시체를 리어카에 싣고 인영과 명자는 화장터를 향하고 있었다. 숲길을 돌아가는데 몸에 힘이 빠졌다. 시체를 싣고 가는 인영과 명자의 표정은 마치 넋이 달아난 사람 같았다. 사내들의 발목이 거적 아래로 초라하게 드러났다. 발등에서 핏물이 흘러내렸다.

"저것들은 인간도 아냐!"

명자가 눈물을 흘리면서 소리쳤다.

"명자야, 함부로 말하지 마. 그러다 너도 죽어…"

동생리 옆길을 지나면서 구북리에서 가장 나중에 미친 미순이를 만났다. 미순이는 이따금씩 정신이 오락가락해도 순하고 여린 애였다.

"아주머니, 이 아저씨들 집에 가는 거야?"

미순이가 거적 밑으로 튀어나온 사내들의 발목을 바라보며 덜떨어진 목소리로 물었다.

"그래, 이 아저씨들 집에 간단다…"

인영이가 착잡한 목소리로 대답했다.

"미순아, 너 사또하고 붙었지? 너 뱃속에 있는 애기 사또 애새끼 맞지?"

명자가 미순이를 향해 장난스럽게 물었다. 미순이는 뭐가 그렇게 좋은지 쓸개가 잔뜩 배 밖으로 튀어나온 느낌이었다.

"하하하… 몰라 몰라… 아주머니 아저씨들은 집에 가니 좋겠다. 하하하…"

"명자야, 그만해. 정신 나간 애 놀려먹는 게 그렇게 좋아? 애도 불쌍한 애잖아."

"에구 뭐, 우리 신세 다 개똥같은 신세지 뭐… 미순아, 우리 사또 새끼 죽여 버릴까?"

명자의 장난질이 계속되고 있었다.

"명자야, 제발 그만 하라니까."

인영은 힘에 부쳤지만 걸음을 빨리 했다. 마사오가 운전하는 지프차가 사또를 옆에 태우고 부르릉 곁을 지나갔다. 인영은 리어카를 한쪽으로 세우고 지프차가 지나가는 것을 바라보았다. 저만치 멀어져 갔을 때 다시 시체를 실은 리어카를 움직이기 시작했다.

"미순아, 사또가 네 몸 마구 만졌지?"

명자의 물음에 미순이가 자신의 가슴을 가리키며 말했다.

"응, 여기 여기… 입술을 쪽 쪽 쪽 빨고…"

손수레를 앞장서서 끌고 가는 명자의 입이 놀란 나머지 활짝 열렸다.

"어머, 엉큼해… 미순아, 또 뭐 했어?"

명자의 말이 계속되자 인영이 다시 말렸다.

"명자야, 그만 하라니까. 애 실성한 애야."

"알았어 아주머니… 속상해서 그런 거야. 미순아, 너 어서 마을로 돌아가. 어서…"

명자의 말이 끝나기도 전에 미순은 껑충껑충 천진스런 애들처럼 뛰어 저만치 달아나고 있었다. 인영과 명자는 리어카를 멈추고서 미순의 뒷모습을 하염없이 바라보았다.

인영이 끌고 가던 리어카가 화장터에 도착하자 화장장의 인부들이 밖으로 나왔다. 화장장 앞의 바다에는 갈매기들이 낮게 떠서 끼룩끼룩 울고 있었다. 소록도 나환자들의 죽음을 슬퍼해주는 듯 갈매기들은 한참 동안 화장장 바로 앞의 해수면 위를 떠나지 않았다. 시체가 꺼내지고 빨갛게 이글거리는 장작불 속으로 두 구의 시체가 던져진다.

"서생리 서른두 살, 이종덕 시체 들어가요…"

"남생리 스물아홉 살, 한용채 시체 들어가요…"

인부가 큰 소리로 읊고 시체가 불속으로 던져질 때는 까닭모를 갈매기들의 울음소리가 더욱 커졌다. 불은 시체를 태우려고 악마처럼 거침없이 타올랐다.

인영은 화장터 앞의 백사장에 앉아 화장터 뒤쪽에서 내뿜는 검은 연기를 오래도록 바라보았다. 얼마나 고향으로 돌아가고 싶었으면 목숨을 걸고 저 험악한 바다를 건너려고 하였을까. 죽어서 이렇게 시체가 되어 활활 타오르는 장작불에 자신의 몸이 태워질지도 모른다는 사실을 모르지 않았을 텐데… 인영은 아직도 철이 덜든 명자를 앞장세우고 마을을 향해 천천히 걷기 시작했다.

3

남생리 우물터에 달이 훤히 밝다. 소록도 다섯 부락의 사내들이 남생리 우물터로 몰려들었다. 두레박으로 물을 길러 빨래를 할 수 있는 우물이 남생리에 여러 개가 있었다. 소록도의 환자들은 이곳 남생리 우물터에서 빨래를 한다. 옷을 빠는 일은 여자 환자들이 하고 있는데 마음에 드는 사내의 옷까지 빨아주고 있었다. 마음에 드는 사내가 빨래를 부탁하면 여자는 부탁한 사내의 빨랫감을 받아들었다. 사내가 마음에 들지 않으면 빨랫감을 받아주지 않았다. 그래서 남생리의 우물터는 소록도의 연애장소라는 소문이었다. 소록도에서 남녀의 교제는 금지되고 있었지만 은밀히 우물터를 중심으로 소록도의 환자들은 맞선을 보았던 것이다.

분녀는 우물 앞에 앉아 있었다. 분녀는 싹싹한 데다 복스럽게 생겨서 사내들이 탐내고 있는 여자였다. 분녀가 앉은 우물 앞에 순식간에 세 명의 사내가 빨랫감을 들고 줄을 섰다. 남생

리의 이동, 동생리의 종희와 창옥이었다. 그들은 마치 약속이나
한 듯 일제히 분녀를 향해 빨랫감을 내밀었다. 종희와 창옥이가
동시에 입을 열었다.

"분녀야, 내 빨래 좀 맡아줘."

종희와 창옥은 경상도와 전라도 대표를 할 정도로 힘이 셌
다. 특히 창옥은 일본말을 유창하게 했다. 종희와 창옥은 자신
의 힘이라면 분녀를 자신의 여자로 낙점할 수 있을 것이라 믿고
있었다. 갑작스런 제의에 분녀는 고민하며 열심히 방망이로 빨
랫감을 두드렸다. 분녀의 생각으로는 종희와 창옥 모두 사내다
운 것이 크게 부족함이 없는 사람들이었다. 그러나 분녀는 퉁명
스럽게 대꾸했다.

"난 전라도 경상도 대빵은 싫어요."

예상치 못한 분녀의 말에 창옥이 먼저 펄쩍 뛰었다.

"오매, 분녀야. 오해하지 말어. 대빵이란 것은 사또 이 새끼
가 만들어낸 짓거리여."

종희 역시 펄쩍 뛰며 창옥이를 거들었다.

"창옥이 말이 맞대이. 편 가를라꼬 사또 자식이 꾸며낸 짓이
여."

분녀는 둘의 말을 듣고 다시 고민하기 시작했다. 소록도에서
일본인들이 전라도 경상도 대빵이란 지위를 만들어 전라도와
경상도 환자들끼리 은밀히 싸우도록 하였다는 것을 모르는 사
람은 없을 것이다. 하지만 분녀의 마음에는 일본인의 하수인이
된 청년들이 마음에 끌리지 않았다. 이때, 이동이란 사내가 말

했다.

"분녀, 나 이동이여. 내 빨래 좀 맡아줘."

분녀는 남생리에 사는 이동이란 청년을 누구보다 잘 알고 있었다. 일본의 폭력에 저항하다 비록 형무소에 다녀오기는 하였지만 심성이 곱고 이대 독자라는 것까지 알았다. 종희나 창옥이에 비하면 훨씬 순진하고 든직한 사람이었다. 분녀는 약간의 주저함도 없이 이동의 빨랫감을 덥석 받아들였다. 분녀의 뜻밖의 태도를 보고 창옥과 종희는 깜짝 놀랐다. 단단하지 못한 이동이란 사람의 마음을 받아준 분녀에게 실망하여 그들은 미련 없이 빨랫감을 들고 돌아섰던 것이다. 마을로 돌아가는 길에 창옥을 향해 종희가 말했다.

"분녀 저년, 2대 독자 이동이 그렇게 좋은가?"

전라도 대빵 창옥이가 긴 한숨을 쉬면서 자책하듯 혼잣말을 하고 있었다.

"사또 이 개새끼 때문에 연애질도 못하겠네잉."

한편, 창옥과 종희가 떠나간 우물터에 이번에는 막순이가 앉아 있었는데 막순이 앞으로 쌍수와 광팔, 또덕이가 빨랫감을 내밀었다.

"막순아, 내 빨래 맡아줘!"

셋은 일제히 가져온 빨랫감을 막순에게 들이밀었다. 막순이를 향한 청년들의 쟁탈전이 무엇보다 치열해지고 있었다. 쌍수와 광팔은 적어도 같은 생각을 하고 있었다. 막순이가 아무리 사내보는 눈이 부족하다 해도 바보 또덕이를 선택하지는 않을 것이다. 쌍수와 광팔은 빨랫감을 내밀며 은밀히 그런 자신감 있는 눈빛들을 서로 교환했다.

그런데 막순의 선택은 그들의 예상에서 완전히 빗나가고 말았다. 막순은 잠시 고민하지도 않고 바보 또덕의 빨랫감을 덥석 낚아챘던 것이다. 쌍수와 광팔의 체면이 바닥으로 툭 떨어지면서 동료들의 놀림감이 되기에 충분했다. 바보 또덕이를 넘어서지 못한 시시껄렁한 청년들이란 손가락질을 받게 되었기 때문이다.

우물터의 자잘한 소식들이 마을 전체에 퍼졌다. 또덕이를 선택한 막순의 얘기는 소록도 나환자들에게 웃음거리를 제공해주었다. 그로부터 얼마 뒤에 남생리의 우물터에는 가장 관심 있는 빨랫감 낙점의 사건이 기다리고 있었다. 다름 아닌 춘상과 부락 대표 최일봉의 대결이었는데 대결의 화살을 날리는 여자는 바로 인영이었다.

우물터에는 일찍부터 구경꾼들로 북적거렸다. 소록도에서 가장 예쁘다는 인영이란 여자는 과연 누구의 빨랫감을 선택할 것인지가 환자들의 호기심을 자극했던 것이다. 환한 달빛이 우물터를 향해 쏟아져 내리고 있었다. 기대했던 대로 춘상과 일봉이 빨랫감을 인영에게 동시에 들이밀었다. 동료들의 가슴이 두근두근 뛰었다. 과연 인영은 누구의 빨랫감을 받아줄 것인가. 춘상이 씩씩하게 말했다.

"봄 춘에 서로 상, 이춘상입니다."

인영은 자신을 위해 마사오와 목숨을 다해 싸운 춘상에 대해 호기심과 함께 좋은 감정을 가지고 있었다. 춘상의 씩씩한 모습을 보는 인영의 가슴은 부풀었다.

"거기는 나이가…"

인영의 목소리가 떨리고 있었다.

"을묘 생, 스물여섯 살입니다."

인영은 비록 달밤이지만 춘상이란 청년을 똑바로 쳐다보지 못했다. 부락 대표 일봉을 향해 겸연쩍은 표정으로 물었다.

"거기는 띠가 무슨 띱니까?"

인영의 갑작스런 질문에 일봉이 약간 당황해하고 있었다. 일봉은 손바닥으로 턱을 한번 쓰다듬으며 옆에 있는 광팔에게 말했다.

"야 광팔아, 내가 무슨 띠냐? 여 허리띠는 아닐 테고…"

우물터를 에워싼 구경꾼들이 일봉의 대꾸에 한바탕 웃었다. 웃음소리가 잦아들자 인영이 일봉을 향해 물었다.

"그쪽은 나이가 어떻게 되오?"

"울 엄니가 그러던구먼이요. 나 태어나고 이태 뒤에 합방됐다고…"

이때, 경상도 대표 권종희가 손마디를 짚어보며 불쑥 끼어들었다.

"그라모 무신생이구만 성님아."

인영이 차분한 목소리로 말했다.

"그라면 띠가…"

"예… 지가 싫은 원숭이 띠구만이라우."

168

일봉의 대답에 구경을 하던 나환자들이 일제히 한바탕 웃었다. 인영은 순간 누구의 빨랫감을 낙점할까 고민하다가 결국 두 개의 빨랫감을 모두 받아들였다. 그러자 일봉의 입이 찢어지는 듯이 하얗게 벌어졌다.

"내가 고생 좀 하면 되지요."

인영이 빨랫감을 편편한 돌에 얹고 방망이질을 하기 시작했다. 방망이질 소리보다 훨씬 큰 소리로 일봉이 소리쳤다.

"하이고 맘씨 고운 인영 씨, 그냥 내 빨래 빵구(펑크)가 나도록 두들겨 주시오."

"예, 인영 씨… 내 빨래도 그냥 빵구가 나게 두들겨 패주시오."

춘상이 인영을 향해 장난스럽게 말했다. 인영이 둘의 빨랫감을 선택해주면서 일봉과의 관계가 뜻밖에 좋아졌다. 빨랫감으로부터 가족의 유대감을 갖게 되었기 때문이다. 춘상은 부락 대표 일봉 아저씨와 가족처럼 지낸다는 것이 아주 마음에 들었다. 빨래터는 밤새도록 웃음소리가 멈추지 않았다.

달빛을 뚫고 저 멀리에서 파도 소리가 들렸다. 해안을 끼고 돌아가는 산허리에서 소쩍새가 울었다. 자전거를 타고 소록도 해안의 순찰을 도는 경비병들이 플래시를 들고 마을마다 돌아다녔다. 자정이 지났을 때 경비병들의 호루라기 소리가 요란하게 울려 퍼졌다. 환자들이 일제히 사방으로 흩어졌다. 야간 통행금지를 위반한 사람에게는 혹독한 벌칙이 가해지기 때문이었다.

4

숲속의 서낭당에서 금화가 열심히 징을 치며 비손을 하고 있었다. 사방에 을씨년스럽게 오색 천들이 바람에 휘날리고 있었다. 금화는 하얀 소복을 입고 있었다. 바다 쪽에서 서낭당 쪽으로 세찬 바람이 불어오자 금화가 비손을 멈추고 자리에서 일어나 갑자기 춤을 추기 시작했다. 금화의 입에서 흘러나오는 사설은 죽은 영혼들에 관한 것이었다.

엣쉬, 총에 맞아 가시든 영산 목이
잘려 가시든 영산 썩 물렀거라~

금화는 다시 징을 집어 들었다. 징 소리가 바람소리에 섞여 산의 뒤쪽으로 날아갔다. 징을 한번 치고 몸을 크게 흔들었다. 팔을 하늘을 향해 크게 벌렸다. 입에서 신들린 듯한 목소리가 바람결처럼 흘러나오고 있었다.

오다 죽고 가다 죽고 서서 죽고 앉아 죽고
예전 장터 총 맞아 가구 칼 맞아 가구
저 소사에 가는 영산 극락세계로 가옵소서~

이때, 인영이 서낭당 저만치에서 금화의 이런 모습을 뚫어지게 바라보고 있었다. 한바탕 춤을 추고 금화는 땅바닥에 주저앉았다. 징소리가 멎고 동시에 춤사위가 멈추자 인영은 인기척을 내며 금화에게로 다가서고 있었다.

"아주머니!"

"인영이냐? 저놈들 눈에 띄면 어떡하려고…"

금화가 인영의 손을 잡으며 따뜻이 맞아주고 있었다. 인영과 금화는 나란히 앉아 멀리 바닷가를 바라보고 있었다. 하늘은 파랗고 맑았지만 바람은 해안을 휘감을 듯 거침없이 불었다. 바람이 잦아드는 것을 보고 금화가 입을 열었다.

"인영아, 수호랑 사또 저놈들 조심해라. 미쳐있는 놈들이여."

"예 아주머니."

인영의 얼굴에는 이상한 설렘의 기운이 묻어 있었다. 금화가 보기에도 인영의 표정이 이렇게 밝아 보인 적은 없었을 것이다.

"인영아, 무슨 좋은 일이 있는 사람처럼 얼굴에 살구꽃이 피는 듯하구나."

"예, 맞아요. 나 좋아하는 남자 생겼다오."

인영의 얼굴이 붉어졌다. 금화는 인영의 고백에 심상찮은 표정으로 뚫어져라 쳐다보았다.

"왜 그렇게 쳐다보세요? 무슨 안 좋은 일이 보여요?"

금화는 품에서 담배를 꺼내 피워 물었다. 저만치 바다 쪽을 바라보며 몇 번 담배 연기를 공중으로 뿜어 올렸다. 금화의 표정이 마음에 걸려 인영은 안절부절 못하고 있었다.

"빨랫감을 맡았어요. 그 남자 좋아하는 마음을 숨기려고 부락 대표 일봉 아저씨 빨랫감도 같이 맡았어요."

인영은 설레는 감정이 넘칠 정도로 멈춤 없이 말했다.

"동생리에 사는 이춘상이란 남자예요. 형무소에 있다가 마을
로 내려왔지요."

"그 청년 소문 들었어. 마사오란 놈하고 대결해서 납작하게
때려눕혔다면서?"

금화가 사는 녹동에까지 벌써 소문이 돌았던 모양이었다. 마
사오를 눕힌 승리의 대가로 자신을 노역장에서 꺼내준 춘상이
란 청년의 호의 때문만은 아닐 것이다. 그는 사내의 용맹성과
불의에 대한 정의감 같은 기백이 넘치는 사람이었다. 그날 밤,
호사로 돌아온 인영의 가슴이 두근거리며 설렌 나머지 거의 뜬
눈으로 밤을 지새웠던 것이다.

"아주머니, 녹동 뭍에까지 벌써 소문이 났어요?"

이때, 서낭당 뒤쪽에서 토끼 한 마리가 폴짝폴짝 그네들이
있는 데로 뛰어왔다. 인영은 사람을 무서워하지 않고 다가온 토
끼가 귀여워 손을 내밀고 있었다. 금화가 인영을 향해 수상쩍은
말을 뱉은 것은 바로 그 순간이었다.

"에구, 토끼 신세나 그 청년 신세나…"

"아주머니, 게 무슨 말이라오?"

인영의 머릿속에 퍼뜩 떠오르는 모습이 토끼몰이였다. 토끼
몰이를 해서 토끼의 껍질을 벗겨 부락별로 할당량을 제출해야
하는 것이다. 토끼 신세란 토끼의 목숨이 다하는 것이다. 한데
토끼 신세와 춘상의 신세라니, 대체 무슨 말이란 말인가.

"저승길이 멀지 않았어…"

"예? 토끼 신세야 환자들이 토끼사냥을 하니 그렇다 치는데 춘상 씨의 신세를 토끼에 비하다니 무슨 그런 흉한 말을 하세요?"

인영의 가슴속에 답답할 정도로 먹구름이 잔뜩 끼인 느낌이었다. 불행한 감정의 기복들이 가슴속에서 요동을 치는 느낌이었다.

"인영아, 난들 무슨 뾰족한 생각으로 그런 말을 하겠니? 서낭신이 자꾸 말을 시키니 하는 말이지… 하여튼 그 사람한테 정 주지 말거라…"

근처에서 깡충깡충 뛰어놀던 토끼가 저쪽으로 사라져버렸다. 인영은 사라지는 토끼를 보며 길게 한숨을 내쉬었다.

"아주머니, 내려가 볼게요. 조심해서 돌아가세요."

"오냐, 다시 당부 한다만 수호랑 사또 저놈들 조심해라. 마음 준 그 청년한테 제발 정 주지 말고 말이여."

금화의 말에 인영은 대답 대신에 살짝 입을 벌려 웃어주었다. 금화의 말이 가슴에 못이 되어 꽂히는 느낌이었다. 구북리 호사로 돌아오면서 인영은 끝없이 가슴을 치고 올라오는 울음을 삼키고 있었다. 그 사람에 대해 설레는 마음이 거짓이 아니라는 것을 새삼 느끼고 있었다. 인영은 소록도에 들어와서 처음 설레는 마음을 만들어준 지금의 상황을 거부하지 않을 생각이었다. 비록 금화의 말처럼 저승길을 함께 걸어가는 한이 있더라도 자신의 감정을 받아들일 생각이었다.

173

7장

숲속의 면회

1

아침 일찍, 수호 원장을 비롯하여 사또 간호주임과 부락 대표를 맡고 있는 최일봉, 김민옥 그리고 나환자 고문 박순주 등이 원장실의 회의탁자를 중심으로 침통한 표정으로 앉아 있었다. 그들은 갑자기 벌어진 사건에 대비하면서 나환자들의 작업 할당량 미달에 대한 벌칙을 하달하려고 은밀히 모였던 것이다. 수호 원장이 사또 주임을 향해 침통한 분위기를 더욱 무겁게 가라앉히고 있었다.

"이봐 사또, 어서 풍랑 사건부터 보고를 하라!"

"예 각하… 이틀 전에 나무를 베러갔던 산판꾼들이 어제 밤 거금도 앞바다에서 돌아오던 길에 풍랑을 만나 전원 수장되었다고 합니다."

최일봉 등의 부락 대표와 봉사 박순주 고문 등은 깜짝 놀랐다. 거금도에서 풍랑을 만나 십여 명의 환자들을 잃은 지가 몇 개월밖에 되지 않았기 때문이다. 하지만 수호 원장이나 사또 등의 일본인들은 침통한 표정과는 달리 전혀 놀라는 기색이 아니었다.

"한두 번 일어난 일도 아닌데 뭐… 치료 중 사망으로 처리하고 여러분들은 일절 함구 해주기 바라오."

"예!"

일봉을 비롯한 부락 대표 등과 눈이 먼 박순주 고문, 기타 회의에 참석한 일본인들의 대답은 거침이 없었다. 환자들이 어떻게 죽음을 당했을지라도 치료 중에 병사(病死)한 것으로 처리하면 아무런 문제가 없었던 것이다.

"사또, 작업 할당량 미달 건을 보고 하라!"

"송진 채취는 할당량의 절반에도 미치지 못했습니다."

수호의 명령에 사또는 마치 기계처럼 줄줄 외었다.

"숯 생산량 또한 턱없이 모자랍니다."

부락 대표들과 박 고문의 표정이 더욱 일그러졌다.

"어찌된 것이오?"

수호 원장의 날카로운 시선이 부락 대표 등과 박순주 고문 등에게 꽂혔다. 수호는 소록도의 조선인 나환자 간부 등을 하나하나 매섭게 노려보았다. 수호의 매서운 눈초리를 피하려고 그들은 잠깐 고개를 숙였다. 수호 원장이 채찍을 꺼내더니 눈 먼 박순주의 어깨에 채찍을 한번 휘둘렀다. 채찍을 맞는 박 고문보다 부락 대표들이 한껏 놀라고 있었다.

"소록도에는 벌채할 원목들이 바닥나서 거금도로 벌채를 나갈 지경입니다."

박순주 고문이 눈 먼 시선을 수호 원장 쪽으로 돌리면서 변명조로 말했다. 박 고문의 변명이 못마땅하다는 지 이번에는 사또의 채찍이 박 고문의 어깨를 휘감았다.

"가마니 할당량은 어찌 그렇게 모자라는가?"

원장의 물음에 구북리 부락 대표 김민옥이 변명삼아 대답했다.

"원장 각하! 가마니틀을 500대는 구입해야 연 30만 장의 수확을 달성할 수 있습지요."

"아니 뭐야? 할당량 미달을 감히 누구 탓으로 돌리는 거냐?"

수호 원장의 채찍이 김민옥의 몸을 여러 차례 휘감고 있었다. 김민옥은 고통을 억지로 참아내면서 원망스런 눈초리로 동생리 부락 대표 최일봉을 바라보았다. 일본인들을 향해 한 마디의 저항도 하지 않고 구경만 하고 있는 일봉이 원망스러웠기 때문이다.

"원장 각하! 사실은 소록도에 토끼도 씨가 마르게 생겼습니다. 토끼 가죽 연 1,500장은 이제 무리라고 생각합니다."

일봉 역시 변명조로 말했다. 일봉의 대답에 수호 원장이 괘씸하다는 듯 삐딱한 시선을 보내고 있었다. 일봉을 향해 채찍을 휘두른 사람은 바로 사또 주임이었다.

"아니 이놈이… 어디서 변명을 하느냐?"

사또의 재빠른 행동이 마음에 들었다는 듯 수호가 고개를 끄덕이며 말했다.

"사또, 아주 잘했다. 감히 어디서 그따위 망발을 하는 거냐?"

"원장 각하! 강제노동을 더욱 강력히 추진토록 하겠습니다."

"당연히 그래야지. 이봐, 박 고문! 앞이 보이지 않는다고 일본에 대한 충성심까지 등한시하는 것이오?"

수호 원장이 박순주 고문을 향해 아픈 데를 헤집는 말을 했다.

"원장 각하! 아, 아닙니다. 그럴 리가요."

"박 고문, 수호의 마음을 어떻게 달래줄 텐가? 바짝 더 환자들의 허리띠를 조이시오!"

수호 원장의 손끝이 박 고문의 턱을 쳐들고 있었다.

"아, 알겠습니다."

박 고문은 보이지 않는 눈을 어디에 둘지 모른 채로 허리를 굽실거리고 있었다.

"국방헌금과 황국충성을 독려하고 불온사상자도 적극 색출하도록 하시오!"

"원장 각하의 명령을 당장 수행하도록 하겠습니다!"

박 고문이 수호의 말이 떨어지기가 무섭게 대답했다. 수호는 일이 계획보다 늦어진 까닭에 몹시 화가 나 있었다. 그는 할당량을 제 때에 채우지 못한 환자들에게는 그만한 벌칙이 주어져야 한다는 사람이었다. 그런 탓인지 수호 원장은 모든 부락민들을 대상으로 화풀이를 하고 있었다.

"5개 부락 전 환자들에게 알리시오. 월 1회 지급하는 백미간식을 전폐할 것이오!"

그들은 수호 원장의 사무실에서 나와 자전거 페달을 부지런히 밟았다. 박순주는 눈이 보이지 않아 더욱 마음이 급한 나머지 짐받이에서 엉덩이를 들썩거렸다.

"야 이놈 섭섭아, 더 빨리 좀 달려라. 으이고 애가 타네 그 냥…"

"고문님, 열심히 달리고 있잖소. 앞도 보지 못한 양반이 왜 그렇게 성미가 급하대요? 눈썹이 빠지고 없으니까 모르지유? 아 그냥 눈썹이 휘날리게 달리고 있잖아요?"

박순주가 자전거에 태우고 달리는 섭섭이란 청년의 등을 지 팡이로 툭, 툭 쳤다. 섭섭이 청년의 입술이 삐딱하게 올라갔다. 최일봉과 김민옥의 뒤를 쫓아 부지런히 페달을 밟은 탓에 비록 두 사람이 타고 가는 자전거지만 크게 뒤처지지 않았다. 세 대 의 자전거가 동생리 마을 앞에 당도할 때 마을 뒤쪽에서 정오를 알리는 타종 소리가 들렸다. 타종에 이어 마을 앞에 매달린 확 성기에서 날마다 정오에 듣는 익숙한 일본 말이 튀어나왔다.

"궁성요배 시간입니다. 천황이 계신 황궁을 향해 일제히 최 경례(最敬禮)!"

마을 앞에 나와 있는 나환자들이나 거리, 골목에서 걷고 있 는 나환자들이 걸음을 멈추고 일본의 천황이 계신다는 동쪽을 향해 일제히 경례를 올렸다. 궁성요배가 끝나자 박순주가 마을 사람들을 향해 큰 소리로 외쳤다.

"황국신민으로서 대일본제국이 태평양으로 진출하는데 우리 도 작은 힘을 보태기로 했다."

최일봉 일행은 수호 원장실에서 부여받은 전달사항을 마을 을 돌며 열심히 전달하고 있었다. 인영이가 사는 구북리 마을에 당도하자 최일봉이 더욱 목소리를 키워 소리쳤다.

"월 1회 지급하는 백미간식을 전폐하기로 했고…"

일봉은 이렇게 말을 하다가 인영이가 저만치에서 자신을 쳐다보고 있다는 사실을 알아차렸다. 동료들에게 좋지 못한 소식을 열심히 앞장서서 알리는 자신의 모습이 떳떳하지 못해 일봉은 고개를 모로 틀면서 목소리를 낮추었다.

"하루 임금에서 2전씩 삭감한다."

일봉은 인영이 자신을 쳐다보고 있다는 느낌에 얼굴이 화끈거렸다. 얼른 자리를 뜨려고 자전거를 화장장으로 향했다. 페달을 재빨리 밟아대는데 긴장을 했던 탓에 식은땀이 흘렀다. 섭섭이가 박순주를 짐받이에 태우고 부지런히 페달을 밟아 자신의 뒤를 따르고 있었다. 화장장의 굴뚝에서 검은 연기가 올라오고 있었다. 박순주를 태운 섭섭이의 자전거도 화장장에 도착하고 있었다.

"어이 박씨? 일당 얼마 받는가?"

최일봉이 화장장의 인부에게 물었다. 박씨는 화덕에 장작더미를 밀어 넣고 이마의 땀을 훔치며 대꾸했다.

"건 왜 묻는다요?"

박순주가 자전거 짐받이에서 내리며 야단을 치듯 끼어들었다.

"이놈아, 묻는 말에 고분고분 대답이나 혀!"

박 씨도 결코 고분고분하지 않았다.

"얼래, 보이지도 않는 양반이, 5전 받아요."

박순주가 박 씨를 향해 지팡이를 휘둘렀지만 박 씨는 잽싸게 피했다. 최일봉이 이런 모습을 보며 박 고문을 속으로 비웃어주면서 명령하듯 수호 원장의 지시를 읊었다.

"충성담보금 명목으로 2전씩 제할 거니까 그리 알아…"

최일봉은 내뱉듯 외치고 다른 마을을 행해 자전거 페달을 밟았다. 멀어지는 최일봉을 향해 박 씨가 팔뚝을 내밀어 엿을 먹이고 있었다.

"엿 먹어라 이놈들아."

"아니 조, 조 놈이…"

자전거 짐받이에 올라타 화장장 박 씨 쪽을 향해 박순주가 소리쳤다. 박 씨는 익숙한 박 고문의 욕설을 귓전으로 흐릿하게 들었다.

2

벽돌공장에서는 밤이 늦도록 작업이 계속되었다. 달밤에 환자들은 벽돌을 찍어 리어카에 분주히 실었다. 사또와 병사들이 가까이에서 작업을 감시하며 연신 재촉했다. 춘상은 땀을 뻘뻘 흘리며 벽돌을 찍고 있었다. 게으른 인부에게는 사또의 채찍이 어김없이 얹혔다.

"빨리 빨리 움직여라!"

사또가 채찍을 휘두르며 크게 소리쳤다. 마사오는 저만치 떨어진 지프차의 운전석에 앉아 사또가 타기를 기다리고 있었다. 사또가 소리치고 자리에서 멀어지자 마을 사람 하나가 웅성웅성 마을에 떠다니는 소문을 주워섬겼다.

"구북리 미친 여자 있잖아, 애를 배갔고 이만큼 불렀디여."

다른 마을 사람이 대꾸했다.

"누구 애를 뱄는데?"

주위 인부들의 시선이 일제히 멀어지는 사또에게 향했다. 사또가 이상한 낌새를 느꼈는지 다시 일부들이 모여 있는 쪽으로 걸어오고 있었다. 마을 사람 하나가 재빨리 상황을 마무리지었다.

"어둔 밤에 주먹질 하지 말자고…"

이 말에 인부들이 제각기 열심히 손발을 놀리기 시작했다. 사또가 다가와서 무작정 일하는 인부들의 등짝을 향해 채찍을 휘둘렀다. 인부들은 채찍의 고통을 겨우 참아내며 이를 악물고 일을 했다. 사또의 채찍이 춘상의 어깨를 휘감았다. 그리고 사또가 외치듯 소리쳤다.

"조선 놈들은 틈만 나면 잡담 질이구나. 오늘 할당량 미달하는 놈은 밤을 새워야 한다!"

춘상은 채찍의 고통보다 까닭 없이 휘두르는 사또의 횡포에 화가 나서 어금니를 앙다물었다. 채찍이 상처를 훑고 지나간 자리에는 빨갛게 핏발이 섰다. 이곳에서 나환자들은 일본인들의 소모품이었다. 노예처럼 일하고 허무하게 죽어 나갔다. 환자들은 우스갯소리처럼 세 번 죽었다. 병든 몸으로 일하다 한번 죽고 해부 당해 두 번 죽고 화장당해 세 번 죽었다.

한편, 구북리의 마을 앞에는 마을 주민들이 가마니를 치고 있었다. 가마니의 바디를 내리치는 소리가 칙, 칙, 칙 밤새도록 들렸다. 달빛이 졸음에 희미하게 졸던 밤에 구북리 환자들은 쓸쓸한 몸짓들로 가마니를 치고 있었다. 이때, 인영은 호사에서 익모초 즙이 담긴 사기그릇을 들고 미순이 하고 실랑이를 벌이고 있었다.

"미순아, 어서 이것 마시자."

미순은 인영이 자신에게 마시게 하는 것을 자꾸 밀어내고 있었다.

"언니, 이거 뭐야? 이거 약물이지?"

"맛있어. 그냥 눈 딱 감고 질끈 마셔…"

인영의 간절한 부탁에도 미순은 고개를 가로저었다. 익모초로 만든 즙을 미순에게 먹이려는 까닭은 미순의 몸속에서 커나가고 있는 일본인의 씨를 없애기 위한 것이었다. 미순의 몸을 멋대로 유린한 간호주임 사또의 핏줄이 저주의 생명력으로 자라나고 있기 때문이었다.

"어서 마셔… 안 그럼 너 죽는단 말이야!"

"싫어… 애가 쓰대… 안 마실 테여!"

미순이 별안간에 벌떡 일어서며 산토끼처럼 뛰어나갔다. 인영이 미순의 뒤를 쫓으며 한숨을 섞어 말했다.

"제발 정신 차려 이년아!"

정신이 오락가락 온전치 못한 애한테 이런 외침이 아무런 소용이 없다는 것을 알면서도 인영은 악착같이 미순을 붙들었다. 미순의 뱃속이 부풀어 오를수록 미순의 목숨은 위태로울 것이다. 일본인들이 미순의 배가 불러오는 것을 가만두고 보지는 않을 터이었다. 특히 사또는 교활해서 무슨 짓을 벌일지 알 수가 없는 일이었다. 미순은 마을 앞에서 벗어나 바닷가를 향해 깡충깡충 달려가고 있었다.

"털끝만 건들면 다 죽여 버릴 거야!"

미순이가 토끼처럼 마을 앞을 내달리자 마을 앞에서 가마니 치는 소리가 우뚝 멈추었다. 순간 적막이 흘렀다. 솔숲에서 소쩍새가 잠을 이루지 못하고 피울음을 울고 있었다. 미순이가 달려간 쪽을 향해 가마니를 치던 미자가 혼잣말을 흘렸다.

"조년, 진짜 미쳐 버렸네…"

"미칠 만도 하지. 쯧… 쯧…"

인영은 있는 힘껏 미순이 뒤를 쫓았다. 미순은 검은 바닷물에 어린 달빛을 바라보며 소리치고 있었다.

"집에 갈 테야… 집에 갈 테야…"

"미순아, 어서 와. 파도에 휩쓸리면 빠져 죽는다 말이야."

"아냐. 갈 수 있어."

미순이 순식간에 바다로 뛰어들어 넘실대는 파도가 미순의 목을 덮었다. 인영은 미친 듯 바다에 몸을 던져 미순의 옷자락을 붙들고 밖으로 나왔다. 제 설움에 그러는지 속에서 절로 흐느낌이 올라왔다. 미순을 달래서 마을로 데리고 들어왔을 때는 마을 사람들도 가마니 치기 작업을 마치고 돌아간 다음이었다.

겨우 미순이를 달래 잠을 재우고 마당에 나와 하늘을 쳐다보니 달이 많이 기울었다. 문득 춘상이란 청년의 얼굴이 떠올랐다. 인영의 가슴에 어느새 그리운 사람이 되어버린 춘상, 내일은 본관 치료실에서 춘상의 모습을 볼 수 있기를 인영은 마음속으로 기도하고 있었다.

이튿날, 아침부터 본관 치료실 앞의 복도에는 100여 명의 환자들이 두 줄로 줄을 서고 있었다. 의사와 간호사들이 환자의 환부를 살피며 치료에 집중하고 있었다. 인영은 본관 치료실이 있는 복도에서 청소를 하며 환자들이 치료를 받기 위해 대기하고 있는 줄을 연신 살펴보았다. 춘상의 모습은 보이지 않았다. 빨랫감을 가져올 때도 지났는데 나타나지 않으니 인영의 가슴만 타들었던 것이다.

인영은 차(茶)를 타서 수간호사에게 대령하고 다시 바닥을 닦기 시작했다. 환자의 줄에서 춘상의 모습을 보려고 이따금씩 고개를 쳐들었다. 그때, 대열의 중간쯤에 서 있는 춘상의 모습을 보았다. 춘상 역시 인영을 쳐다보고 있었는지 두 사람은 시선이 마주치자 서로에게 살짝 웃어주었다. 인영의 얼굴이 순간 달아올랐다. 인영은 가슴이 두근거리는 것을 들키지 않으려고 얼른 간호실로 들어와 바닥을 닦았다.

인영은 수간호사 세이코가 차를 마시고 서랍에서 놋쇠로 된 열쇠를 꺼내는 것을 보았다. 여러 개의 열쇠 중에 놋쇠 열쇠를 꺼내 주머니에 넣는 모습을 은밀히 목격했다. 인영은 바닥을 닦으며 세이코를 유심히 살피고 있었다. 춘상이가 치료실 입구에서 상체를 완전히 벗은 몸으로 치료를 기다리고 있었다. 인영은 춘상의 탄탄한 상체를 보고 얼굴을 붉혔다. 인영이 멋쩍게 청소를 하고 있는데 세이코가 콧노래를 부르며 치료실로 들어간다. 인영은 바닥 닦기에 열심인 척하면서 세이코의 뒤를 따라갔다.

세이코는 치료실 너머 극비보관실로 향하고 있었다. 인영은 바닥을 닦으며 멀찍이서 은밀히 세이코를 살폈다. 극비보관실 문을 놋쇠 열쇠로 따고 들어가는 세이코의 모습을 보았다. 극비보관실에 관한 수상한 소문이 나돌고 있다는 것을 소록도의 환자들은 모르지 않았다. 뱃속에서 꺼낸 태아의 사체도 은밀히 보관하고 있다는 소문까지 나돌고 있는 상황이었다. 세이코가 한참 후에 나올 때까지 인영은 걸레질을 하고 있었다.

세이코가 간호실로 들어간 뒤에 인영은 치료실로 들어왔다. 마침 춘상이 상체를 드러낸 채 치료를 받고 있었다. 인영은 춘상의 상체를 보지 않으려고 하였지만 까닭 없이 자꾸 시선이 춘상의 상체로 향했다. 춘상의 우측 팔에 결절이 심한 게 보였고, 몸의 군데군데에 붉은 반점이 돋아 있었다. 인영은 치료실 구석구석을 걸레로 닦고 복도로 걸어 나왔다. 한참 후에 춘상이 치료를 마치고 복도로 나오고 있었다.

"빨랫감 가져오세요."

떨리는 목소리로 인영이 말했다.

"네."

춘상이 수줍은 듯 고개를 숙이며 대꾸했다.

"저 밤마다 빨래터에 나가요."

"힘들면 그냥 내가 빨아 입을게요."

"아녜요. 그쪽 빨래 꼭 내 손으로 해주고 싶어요."

춘상은 인영의 말에 살짝 웃으며 머리를 꾸벅거렸다. 인영은 우두커니 서서 뒷모습을 보이며 걸어가는 춘상의 모습을 오래도록 바라보았다. 인영은 하루 종일 치료실과 간호실, 원장실 등을 드나들며 열심히 청소했다. 청소하면서 수간호사 세이코가 다시 놋쇠 열쇠를 서랍에서 꺼내 극비보관실에 들어가는 것을 엿보게 되었다. 인영은 이후 극비보관실을 은밀히 들어가 보고 싶은 바람이 생겼다. 일본인들은 대체 극비보관실에서 무엇을 하고 있단 말인가. 인영의 가슴속에 새로운 호기심이 싹트기 시작했다.

인영은 밤이 늦도록 치료실을 닦고 있었다. 상황실의 병사가 서류를 들고 간호실로 들어왔다. 병사는 간호주임인 사또에게 은밀히 귓속말을 하면서 서류를 건넸다. 병사가 돌아간 다음 사또는 서류를 들고 황급히 원장실로 들어갔다. 인영은 무엇인가 은밀한 느낌이 들어 자연스럽게 원장실로 들어가 바닥을 닦는 척했다. 그러다가 수호 원장과 사또 주임의 대화 내용을 듣고 깜짝 놀랐다.

"그래, 상부의 지시가 뭔가?"

"내일 새벽 관동군 방역급수부 부관이 소록도에 당도한답니다."

사또가 또박또박 수호의 물음에 대답했다.

"방역급수부 같은 소리, 사또 너는 진정 방역급수부의 위장

공세를 모르나?"

"하얼삔에 주둔한 세균전 부대로 마루타…"

수호 원장이 말을 끊으며 설명했다.

"그래, 악명 놓은 731부대의 전신이지. 그런데 이시이 시로 사령관이 은밀히 부관을 보낸다?"

"네!"

사또의 대답에는 단호한 확신이 묻어 있었다.

"세균전 부대를 세운 교토대학 의학부의 수재가 이 수호에게 손을 내밀었구나. 하하하… 만주에까지 이 수호의 이름이 떨쳤구나."

수호 원장의 표정이 밝아지는 것을 보고서야 사또는 활짝 웃었다. 원장실의 커튼을 젖히자 원장실 창밖 너머로 어둠 속에 나무들이 바람에 흔들리고 있었다. 그날 밤, 늦게 인영은 빨래터에 나갔다. 흐릿한 달밤에 빨래를 하면서 춘상을 떠올리고 있었다. 그런데 얼마 후에 춘상이 빨랫감을 가지고 빨래터에 나타났다.

"팔은 좀 어때요?"

인영이 춘상의 빨랫감을 받아들며 물었다.

"많이 나았어요. 인영 씬 좀 어때요?"

춘상이 우물가에 나란히 앉으면서 되물었다.

"저야 몸보다 맘이 더 아파요."

인영은 종일토록 그리웠던 춘상을 보자 공연히 하소연을 하고 싶었다. 이때, 저만치 숲속에서 둘의 모습을 엿보는 사람이 있었다. 바로 부락 대표 최일봉이었다. 최일봉은 비롯 인영이가 빨랫감을 맡아주기로 하였지만 인영의 마음이 춘상에게 있다는 것을 알면서 은근히 질투를 하고 있었다.

인영과 춘상은 빨래를 마치고 나란히 밤바람을 맞으며 해변을 걸었다. 일봉은 뒤쪽에 바람처럼 숨어서 은밀히 뒤를 따르고 있었다. 춘상이 거닐면서 인영에게 물었다.

"이곳 생활이 많이 힘든가요?"

"그쪽이 오고서부터 조금…"

인영의 대답에 춘상은 몹시 겸연쩍었다. 무슨 말로 쑥스러운 분위기를 모면할지 망설이고 있었다.

"그럼, 빨래는 그냥 제가 할게요."

"그런 뜻이 아니에요. 이 가슴이 답답하다구요."

이때, 저쪽에서 순찰을 하는 병사들의 호루라기 소리가 들렸다. 인영과 춘상은 재빨리 숲 속의 나무 밑에 숨었다. 이러한 모습을 뒤를 따르며 최일봉이 지켜보고 있었다. 병사가 고개를 갸웃하며 혼잣말을 했다.

"사슴이 지나갔나?"

다른 병사가 동료의 말을 받았다.

"조선 놈들이 목숨 바쳐 연애질을 하겠나."

두 병사는 낄낄 웃었다. 일본 병사들은 인영이 등이 숨어있는 숲 근처까지 왔다가 반대쪽으로 돌아갔다. 심야의 외출을 금지함은 물론 남녀 간의 연애를 금지하고 있는 탓에 붙들리는 날에는 엄청난 벌칙이 가해질 것이다. 일본 병사들이 사라진 뒤에 둘은 그때에야 꽉 붙잡은 손을 어색하게 풀었다. 바로 그 순간, 인영이 먼저 춘상의 입술에 자신의 입술을 가져다 댔다. 춘상은 순간 당황했지만 곧 격정적으로 입을 맞추었다. 이런 모습을 은밀히 지켜보던 일봉의 가슴은 속절없이 타들었다.

인영은 키스가 끝나자 멋쩍은 마음에 말을 꺼냈다.

"춘상 씨, 원장실에서 사또와 나눈 은밀한 대화를 엿듣게 되었어요."

"예? 은밀한 대화라니…"

"내일 새벽 소록도에 만주 731부대에서 손님이 온답니다."

일봉은 귀를 인영이 있는 쪽으로 모으고 있었지만 무슨 말인지 또렷하게 들리지는 않았다. 자세를 낮춰 마치 도둑고양이처럼 몇 발짝을 떼었다.

"731부대라면 세균전으로 악명 높은 부대라는 걸 알만 한 사람은 다 아는데 대체 거기에서 이곳 소록도에 무슨 일로 올까요?"

"아무래도 나환자들 대상으로 생체실험을 하려는 것은 아닌지 염려 되네요."

일봉은 731부대와 생체실험이라는 말을 겨우 알아듣고 사지가 떨린 나머지 쏜살같이 그곳을 빠져나왔다.

"아니 뭐요?"

춘상의 호흡이 빨라졌다. 서대문 형무소에서 731부대에 대해 해괴한 소문을 들었었고, 소록도 형무소에서도 이상한 소문을 들었던 것이다.

"춘상 씨, 우리 나환자 동료들 정신 바짝 차려야 되오."

"예. 아픈 것도 서러운데 저놈들의 노리개가 되어서는 안 되겠지요. 인영 씨도 조심하세요. 인영 씨기 내게 가장 소중한 사람이란 거 잊지 마세요."

"고마워요. 나도 마찬가지예요. 춘상 씨가 항상 이 가슴에 있다는 거 명심하세요. 우리 죽는 날까지 함께 해요."

춘상은 인영을 덥석 끌어안았다. 아까보다 더 격정적으로 끌어안은 채로 입술을 더듬었다. 춘상은 뜨거워지는 몸을 주체할 수가 없었다. 소록도에 들어온 이후 이런 감정은 처음이었고, 몸이 이렇게 뜨거워지는 것도 처음이었다. 인영의 가슴은 따뜻하고 푹신했다. 춘상의 기다란 손이 인영의 젖가슴을 움켜쥐었다. 인영의 입술 사이에서 아아, 하는 신음소리가 흘러나왔다.

3

다음날 새벽, 007가방을 들고 731부대의 부관이 정말 소록도의 선착장에 당도했다. 병사들이 깍듯이 예의를 갖추어 부관을 맞았다. 그리고 사또가 마사오와 함께 부관을 지프차에 모시고 본부를 향해 달렸다. 해안가를 달리는 지프차가 새벽안개를 뚫고 신작로를 달릴 때 먼동이 뿌옇게 트고 있었다.

사또가 부관과 함께 원장실 문을 열고 들어갔다. 부관은 먼 길의 여행으로 지쳐 피곤했을 테지만 절도 있게 거수경례를 붙였다. 수호의 옆에는 타다, 수간호사 등이 함께 부관을 기다리고 있었다.

"먼 길 오시느라 수고 많았소."

수호가 부관을 따뜻이 반겼다. 부관이 의자에 앉자 다른 사람들도 자리에 앉았다. 부관은 몹시 서두르는 사람처럼 007가방부터 열고 있었다. 부관이 말했다.

"아시다시피 우리는 하얼빈에 주둔하고 있는 비밀부대요."

수호는 부관의 첫마디에 고개를 끄덕거렸다. 일행들은 007가방의 내부를 보고 몹시 흥미롭다는 표정이었다. 그럴 것이, 007가방 안에서 기이하게 생긴 빨간색 병과 파란색 병을 꺼내탁자 위에 올려놓았기 때문이다. 이제 수호를 비롯한 모든 사람이 긴장한 표정들로 부관의 입술을 바라보았다. 부관의 입술이마침내 일격을 하듯 열렸다.

"우린 궁극적으로 생화학 무기 개발에 주력하고 있습니다."

부관의 이러한 말을 들을 때 유일하게 조선인인 수간호사만이 온몸을 파르르 떨었다. 수호가 손가락으로 가리키며 부관에게 물었다.

"이 용기들은 무엇이오?"

수호의 물음에 부관이 침착한 목소리로 또릿하게 대답했다.

"마루타에 주입할 균액(菌液)이오. 영사기는 준비 되었소?"

부관이 묻자 타다가 예의바르게 대답했다.

"회의실로 자리를 옮깁시다."

그들은 무거운 걸음걸이로 침묵을 한 채로 회의실로 향했다.

회의실에서 그들은 곧장 영사기를 설치하였다. 부관은 미리 준비해온 필름을 걸어 영사기를 돌리면서 관동군 부대를 어필하기 시작했다.

"이시이 시로 관동군 사령관이 발명한 세균배양 상자로 5리터의 농축액을 만들어 세균전을 승리로 이끌 수가 있소."

부관은 손동작을 크게 하면서 영사기의 화면을 보고 설명을 하고 있었다. 화면에 나타나는 세균배양기는 몹시 독특한 모습이며 정교하게 조립이 되어 있었다. 화면이 바뀌면서 이상한 모양의 도구가 나타났다.

"이것은 통방이라는 것인데 페스트에 감염된 벼룩을 세균무기로 사용하기 위해 고안된 쥐 잡는 도구지요. 우리 일본의 찬란한 업적이 될 것이오."

영사기를 통해 화면을 바라보던 사람들이 일제히 박수를 쳤다. 이때, 아침 일찍 본관 청소를 나온 인영은 살며시 문을 열고 들어와 청소를 하면서 그들의 대화를 엿듣고 있었다. 수호가 감탄의 말을 뱉어내고 있었다.

"내 관동군 방역급수부의 정체를 짐작하고는 있었지만 이 정도일 줄은 몰랐소."

부관이 수호의 말을 받았다.

"원장님이야말로 몰핀 중독 연구로 박사학위까지 받지 않았습니까?"

수호가 감탄의 탄력을 더욱 끌어올리고 있었다.

"조선, 중국, 만주, 몽고 게다가 소련까지 전쟁포로를 확보하지 않았소?"

수호는 전쟁에 관하여 많은 연구를 해온 모습이었다. 인영은 열심히 바닥을 닦으면서 은밀히 저들의 대화를 엿듣고 있었다. 수호와 부관이 장단을 맞추듯 주거니 받거니 거듭하고 있었다.

"그러니 더욱 다양한 재료가 필요한 것 아니오? 우린 대일본제국의 번영을 위해 기꺼이 짐승이 되어야 하오."

"알았소, 알았소. 내 대일본제국의 번영을 위해서라면 뭐인들 못하겠소?"

인영은 일본어를 유창하게 잘하지는 못했지만 오랫동안 익힌 덕분에 무슨 말인지 거의 알아들을 수는 있었다. 부관이 못을 박듯 힘을 주어 말했다.

"피부 표본은 변형을 막기 위해 죽은 자의 것은 아니 되오."

인영은 이제 저들의 계획을 어느 정도 짐작할 수가 있었다. 피부의 표본이란 말을 통해 저들이 살아있는 나환자들을 통해 생체실험을 하리라는 확신이 섰다.

"하하하… 그거라면 자신 있소. 부관, 나를 따라오시오."

수호 원장의 말투에는 자신감이 넘쳤다. 수호 일행은 부관을 데리고 본관의 극비보관실로 향하고 있었다. 인영은 청소를 대충 마무리하고 자연스럽게 저들의 뒤를 쫓았다. 수호가 사또를 향해 소리쳤다.

"사또, 준비 되었나?"

"원장 각하의 명령이신데 여부 있겠습니까?"

수호는 사또의 대답에 흡족한 표정으로 부관을 쳐다보며 말했다.

"부관을 위해 특별한 추억거리를 준비해 두었소."

"아니 날 위해 추억거리를 준비해 두다니… 아무튼 고맙소."

부관을 대동한 일본 관리자들은 수술실로 향하고 있었다. 미리 대기하고 있던 간호사들이 수술복을 입고 대기하고 있었다. 수술 침대에는 배가 부른 여자가 몸부림치며 누워있었다. 그들은 장갑, 마스크 등을 착용하고 곧장 수술실로 향하더니 여자의 가랑이를 번쩍 들어올렸다. 의무관이 턱짓을 하자 간호사가 여성의 다리를 힘껏 벌렸다. 수술대에 누운 여성 환자의 입에는 흰 거즈가 물려 있었는데 여자의 울음소리는 밖으로 새어나오지 못했다. 의무관이 장갑 낀 손을 여성의 생식기 안으로 집어넣은 이후 곧 아이의 울음소리가 들렸다. 달이 못 찬 갓난아이를 맨손으로 긁어낸 것이었다. 그들은 순식간에 뱃속의 아이를 꺼내 포르말린 용액이 담긴 병 속에 아이를 거꾸로 집어넣었다. 그리고 간호사에게 뒤처리를 맡기더니 매우 만족한 표정들로 수술실을 빠져나왔다.

은밀히 수술을 시범 보인 수호 일행은 태연한 모습으로 극비보관실로 향했다. 수간호사는 저번 날 그랬던 것처럼 서랍에서 놋쇠로 된 열쇠를 꺼내더니 극비보관실 문을 열었다. 그들은 무슨 중대한 모의를 하듯 진지한 표정들이었다.

부관은 안내를 받아 극비보관실로 들어가더니 곧장 탄성을 자아내고 있었다. 인영은 살며시 고개를 들이밀어 안쪽을 엿보고 있었다. 먼빛으로 얼른 살펴보니 유리관들이 즐비하게 늘어서 있었는데 유리관에 들어있는 것은 사람의 형상이었다. 인영은 저도 모르게 입이 떡 벌어졌고, 하마터면 소리를 지를 뻔했다. 호흡을 가다듬으며 문밖으로 나와 바닥 청소를 하는 시늉을 하며 안쪽에 귀를 기울이고 있었다.

"이것들은 내가 수 년 동안 수확한 표본들이오."

수호 원장의 설명이었다.

"가히 실험용 사체들의 백화점입니다. 이 시료는 조금 독특한데…"

부관의 목소리에 설렘마저 묻어 있는 느낌이었다.

"내 가장 아끼는 시룝니다. 세이코 상, 이게 몇 개월 된 아이였지?"

인영은 순간 손에 쥐고 있는 걸레자루를 바닥으로 떨어뜨릴 뻔했다.

"거의 만삭이었지요."

"탯줄로 하나 된 이 모습이 아름답지 않소?"

훈장을 뽐내는 듯이 수호의 목소리에 자신감이 넘쳤다.

"아름답다 뿐입니까? 내 정신이 다 맑아지는 것 같소."

부관의 목소리에도 흡족함이 묻어 있었다. 부관의 목소리에 극비보관실 내부에서 한꺼번에 만족한 웃음소리가 흘러나왔다. 인영은 재빨리 치료실에서 빠져나와 거듬거듬 정리한 다음 마을을 향해 뛰기 시작했다.

4

731부대의 부관이 소록도에 삼입한 이후 며칠 동안 소록도에는 놀라운 일들이 벌어지고 있었다. 부락마다 실종된 환자들이 나타났다. 사라진 환자들은 비교적 가볍게 앓고 있는 자들이었다. 중증환자들이 입소해 있는 중앙리를 제외하고 다른 부락들은 모두 실종자가 나타났던 것이다.

그렇게 실종된 소록도 나환자들 중에 며칠 만에 나타난 사람도 있고, 영원히 나타나지 않은 사람들도 있었다. 생체실험을 당했는지 손발에 동상을 입거나 얼굴이 검게 타고 몸뚱이에 상처가 짓물러 돌아온 환자들이 많았다. 그들은 부락 사람들에게 자신에게 일어난 일을 한 마디도 들려주지 않았다. 어떤 환자는 멀쩡했던 사람이 말을 제대로 하지 못할 정도로 형편없는 몰골로 돌아왔다.

온몸을 붕대로 칭칭 동여맨 채로 중환자실의 침대에 누워있다 죽음을 맞은 사람들도 몇 명 있었다. 그들의 엉덩이 피부는 벗겨져서 핏물이 붕대에 흥건히 고였고, 썩은 냄새가 났다. 배를 칼로 열어본 자국이 있고 엉성하게 꿰맨 자국이 있는 환자도 있었다. 위를 절제하여 식도와 창자를 연결하는 실험을 하였을 것으로 의심되는 환자는 음식을 전혀 삼키지 못하다가 며칠 만에 눈을 감았다.

젊은 남자와 여자 환자는 간을 제거당했는지 하루 만에 얼굴색이 노랗게 변했다. 물을 마실수록 배에 복수가 차올랐다. 그들은 곧 눈을 감았고, 그날 밤에 화장장에는 밤새도록 검은 연기가 피어올랐다. 화장장으로 들어오는 시체들이 화장장 문 앞에 줄을 서서 자신의 몸이 태워지기를 기다리고 있었다.

이러던 어느 날, 이날은 소록도의 면회일이었다. 일 년에 한두 번 열리게 되는 면회는 소록도의 환자들에게 가장 기다려지는 날이었다. 소록도의 면회는 전염을 염려하여 면회하는 숲이 따로 있었다. 소록도의 내부 널찍한 솔숲에서 면회가 이루어졌는데 면회객과 환자가 5미터 간격을 두고 멀리 떨어져서 서로 바라보며 면회를 했다. 병사들이 면회객들과 나환자들을 철저히 통제했다. 아이들은 따로 마련된 장소에서 면회를 했다. 역시 부모와의 거리는 5미터 거리를 두었다.

면회객들이나 나환자들은 맘껏 껴안아보지도 못했다. 멀찍이서 얼굴이나 보고 궁금한 대목을 물어보는 정도였다. 어떤 부모들은 자식을 끌어안아 보고 싶었지만 삼엄한 통제 탓에 마음뿐이었다. 성미가 급한 아이들은 거리두기가 무색하게 달려들어 잽싸게 부모를 끌어안다가 황급히 놀란 감시원들의 채찍을 맞고 물러났다. 면회를 하다 가장 당혹스러울 때는 바람의 방향이 바뀌는 순간이었다. 바람의 방향에 따라 면회하는 대열의 방향도 바뀌는 것이었다. 감시자들이 대열을 통제한 다음 지시에 따라 면회를 해야 한다.

춘상 일행은 아침부터 들떠 있었다. 동료 중에 누가 집에서 면회를 왔는지가 관심거리였다. 쌍수와 광팔은 대빵인 춘상과 함께 일찍부터 면회 장소에서 어슬렁거렸다. 쌍수와 광팔은 면회 올 가족이 없어서 아예 기대하지 않았다. 동료들이 오랜만에 가족을 만나 면회하는 모습만 바라보는 것으로 그들은 충분히 기뻤다. 특히 2대 독자 이동은 분녀와 함께 어머니를 면회하고 있었다. 춘상은 이런 모습만으로 마음이 들떴다. 그런데 춘상이가 보니 창옥이나 종희 대표 등도 면회 올 가족이 없는 모양이었다.

춘상 등이 면회장 근처를 기웃거리고 있을 때 또덕과 막순이도 사이좋게 손을 잡고 나타났다. 쌍수와 광팔은 얼른 시선을 회피했다. 막순에게 빨랫감 낙점을 청했다가 바보 또덕이한테 밀려났기 때문이다. 또덕과 막순이는 가족이 면회에 오지 않았는지 시무룩한 모습으로 돌아가는 모양이었다. 이때, 갑자기 쌍수가 소리쳤다.

"대빵, 저기 면회 숲에 인영이 누나 아니오?"

쌍수의 물음에 광팔이 끼어들었다.

"맞네. 춘상이 성님… 잘못 짚었어라. 저 봐… 자식 맞네."

춘상은 뜻밖의 광경에 어리둥절 놀라고 있었다. 춘상의 눈에 들어온 장면은 정말 화사하게 차려입은 고운 딸과 다정한 엄마로 변한 인영의 모습이었다. 이때, 일장기의 깃발이 펄럭거리더니 바람의 방향이 반대로 바뀌었다. 일장기의 모습을 유심히 쳐다보던 병사가 호루라기를 길게 불었다. 삐릭 삐릭… 병사들이 소리쳤다.

"대열이동 12시 방향!"

호루라기 소리가 요란하게 울리자 감시자들의 지시에 따라 면회자들은 쏜살같이 12시 방향으로 대열을 전환했다. 대열이 정리되자 여기저기에서 다시 면회가 시작되었다. 춘상 일행은 인영이 쪽을 바라보고 있었다.

"엄마, 나 엄마하고 살면 안 돼?"

"수철아, 그건 안 돼! 엄만 환자잖우."

인영을 향해 수철이란 아이가 어리광 섞인 말을 했다. 인영은 아이의 응석에 단호한 태도를 보이고 있었다.

"대열이동 9시 방향!"

호루라기 소리가 다시 요란하게 울렸다. 면회자들이 감시자들의 지시에 따라 쏜살같이 9시 방향으로 대열을 전환했다. 동작이 늦은 사람들은 어김없이 채찍으로 목덜미를 얻어맞았다. 수철이가 목덜미를 얻어맞으며 울면서 말했다.

"엄마, 나 일본 사람이야? 나 일본말 배우기 싫단 말이야."

"수철아 엄마 말 잘 들어. 뭐든 열심히 배워야 착한 아이야."

인영의 말에 아이는 고개를 끄덕였다. 춘상 등은 인영이 쪽을 향하여 더욱 바짝 다가가 있었다. 면회객들이 많아 주위가 소란스러웠지만 인영이가 아이와 나누는 대화를 충분히 엿들을 수가 있었다.

"엄마 손 한번 잡아보고 싶어."

"안 돼, 수철아."

아이에 대한 인영의 반응은 단호했다. 춘상은 인영에게 아이가 있으리라고는 생각지도 못한 일이었다. 몰래 연애를 해서 아이를 낳아 키우는 사람도 있다고 들었는데 인영이가 그런 사람이었을지 예상하지 못했다. 수철이가 5미터 간격의 규칙을 어기고 순식간에 인영에게 넘버들었다. 수철에게는 엄마의 품이 너무 간절했던 모양이었다. 병사의 채찍이 수철의 목덜미를 다시 훑었다. 인영의 어깨에도 날카롭게 채찍이 얹히고 있었다. 춘상은 순간 일본 병사들에 대한 분노로 들끓었다. 혀를 깨물듯 어금니를 앙다물었다. 춘상의 마음 한구석이 까닭 모를 고통으로 끓어올랐다.

"광팔아, 인영이 누나한테 아들 있단 소문 들었냐?"

쌍수의 물음에 광팔은 펄쩍 자리에서 뛰었다.

"그런 소문 꿈속에서도 듣지 못했다. 인영이 누나는 소록도에 워낙 어릴 적에 들어왔다니까 혹은 우리가 모르는 일이 있는지도 모르지…"

쌍수가 궁금해 죽겠다는 듯 말을 이었다.

"죽은 하나이 원장이 억수로 인영이 누나 아껴주었다는데 무슨 모사(某事)가 있는 거 아닐까? 수호 원장 각하가 못 잡아먹어 안달이기도 하잖아, 응?"

쌍수의 입에서 죽은 하나이 원장의 이름이 튀어나올 때 춘상은 저도 모르게 부르르 몸을 떨었다. 인영에 대한 어떤 과거의 소문을 듣고 싶지 않았기 때문이다. 이런 생각과 함께 인영의 달콤했던 입술과 뜨거웠던 몸짓이 떠올랐다. 춘상은 머리를 쥐어뜯으며 소리쳤다.

"이놈들아, 인영 씨 이름 욕되이 입에 담지 말거라. 더 볼 거 없다. 호사로 돌아가자!"

"예, 대빵!"

춘상 일행이 면회장에서 몇 발짝 돌아서는데 수철이란 아이가 으악, 하고 울었다. 순간, 춘상 등은 뒤를 돌아보았다. 인영의 품에 안긴 아이에게 병사의 채찍이 내리꽂히는 중이었다. 인영의 몸에서 병사가 겨우 아이를 떼어놓았는데 다른 쪽의 아이하나가 부모의 품에 안기려고 뛰어들자 병사들이 그 아이에게 채찍을 휘두르며 우루루 달려갔다.

그들이 마을을 향해 한참 달려서 해안가의 숲길에 도착했을 때 막순이와 또덕이가 숲속에 앉아 있었다. 막순과 또덕은 숲속에 앉아 바다를 내려다보고 있었다. 하늘이 파랗고 맑은데 파랑새가 머리 위로 날아가고 있었다. 또덕이가 말했다.

"저 새는 바다를 건널 수 있어서 좋겠다."

막순이가 시무룩한 표정으로 대꾸했다.

"엄마가 안 왔어. 죽었나 봐."

또덕이는 막순이를 달래주려고 애를 썼다.

"아냐, 바빠서 못 오신 거겠지."

"올 여름에도 바쁘셨나? 작년 겨울에도? 이놈에 손가락이 다 없어지면 오시려나?"

막순이가 손가락 하나를 뚝 꺾어 수풀로 던져버리고 흐느꼈다. 또덕이 부리나케 숲속으로 달려가서 막순의 손가락을 찾았다. 또덕이가 한숨을 내쉬면서 막순이를 원망하는 말을 흘렸다.

"아무리 그래도 그렇지… 우리 숲속에 묻자."

막순이와 또덕이는 숲속에 손가락을 묻고 바다를 바라보며 물끄러미 앉아 있었다. 춘상 일행이 이곳에 도착했을 때 숲길 저만치에서 창옥과 종희 아저씨가 어울리지 않게 울고 있었다. 이때, 최일봉 부락 대표가 뒤에서 따라붙으며 야단을 쳤다.

"네 놈들은 뭐 땜에 우는 겨? 그깟 면회 안 왔다고?"

쌍수와 광팔이 일봉 아저씨 곁에 다가와서 입을 열었다.

"이 성님들이 어째 우는지 몰라라?"

"난 그냥 척 보면 알겄는디…"

춘상과 일봉이 쌍수와 광팔을 쳐다보았다. 쌍수가 가슴에 불을 지폈다.

"분녀가 시어머니 될 이동 엄니한테 인사했잖아."

광팔이 불난 가슴에 기름을 쳤다.

"고부(姑婦) 상봉을 했제…"

창옥은 속으로 흐느껴 울면서도 자신한테 약 올리는 소리를 듣고 있었다. 창옥은 갑자기 광팔과 쌍수를 향해 달려와 머리를 한번 쥐어박았다. 일봉이 비아냥거리는 말을 흘렸다.

"쓰잘 데 없는 소리 말고 저 막순이나 위로해 줘 새끼들아."

춘상의 머릿속에 문득 인영의 모습이 떠올랐다. 아니 인영의 모습보다 인영의 아이 모습이 떠올랐다. 춘상은 정신없이 마을을 향해 내달리기 시작했다. 춘상을 따라 막순이와 또덕이도 달리기 시작했다.

"춘상이 저놈은 또 어째 뛰는 겨?"

일봉이 물었다.

"몰라서 묻는다요?"

창옥이 아픈 가슴을 쓸어내리며 되물었다.

"인영이 가시나 숨겨놓은 딸내미 있대."

종희가 인영의 면회 장면을 지켜보았다는 듯 가슴을 훑어대는 말을 흘렸다.

"에이 씨팔…"

일봉은 누구에게 하는 욕설인지도 모를 욕설을 내뱉으며 춘상을 따라 달리기 시작했다. 일봉을 따라 쌍수와 광팔도 뛰기 시작했다. 쌍수, 광팔을 따라 오후의 햇살이 뉘엿뉘엿 기울고 있었다. 이날은 면회를 했던 사람도 울었고, 면회를 하지 못한 사람들도 울었다. 면회일에 소록도의 하늘은 맑고 바다는 푸르렀지만 하루 종일 소록도의 나환자들은 가슴을 치면서 울었던 날이었다.

8장

단종(斷種)수술

1

춘상은 또덕이를 통해 은밀한 연락을 받았다. 인영이가 구북리 해안가에서 밤에 은밀히 만나자는 전갈이었다. 춘상은 종일 가슴앓이를 했던 터라 밤에 만나자는 소식에 기뻤다. 저녁을 먹는 둥 마는 둥 하고 어둑한 해안도로를 걸어 약속장소에서 기다렸다. 그런데 인영이 약속 시간 전인데도 춘상이 보다 먼저 약속 장소에 나와 있었다. 춘상은 온갖 복잡한 마음의 갈래를 추스르며 부드러운 목소리로 말했다.

"빨래터에서 보면 될 것을…"

어둠 속에 비치는 인영의 표정이 무겁게 가라앉아 보였다.

"급히 전할 말이 있어서…"

"수철이 얘기라면 듣지 않아도 됩니다. 애가 있어서 오히려 다행이에요. 변명하지 않아도 돼요. 수철이 그놈 참 똑똑하게 생겼던데요. 몇 살이에요?"

춘상은 인영의 가슴에 상처를 남기지 않으려고 조심스럽게 말했다. 하지만 뜻밖에 말이 길어졌으며, 인영 씨와 아이에 관한 애기를 하게 될 줄 전혀 예상하지 못했다.

"지금 무슨 생각 하는 거예요?"

"왜요? 내 말이 틀렸어요?"

"소록도에 지금 끔찍한 일들이 일어나고 있단 말예요. 당장 예방접종부터 막아야 해요."

인영의 대답은 전혀 뜻밖이었다.

"아니 뭐라구요?"

춘상은 인영으로부터 731부대의 부관이 은밀히 소록도에 방문하여 수호 원장 일행과 나누었던 애기들을 들었다. 특히 극비 보관실에 대한 애기를 듣고 자신이 인영을 오해한 사실이 몹시 부끄럽게 느껴졌다.

"수호의 자부심이 하늘을 찌르기 전에 조치를 취해야겠어요."

"어떻게요?"

춘상의 마음 역시 매우 다급해졌다. 춘상이 숨을 몰아쉬면서 물었다.

"먼저 동생리 부락 최일봉 대표하고 상의해서 막아내면 어떨까요?"

"부락 대표들은 결국 일본 놈들 편이에요."

인영의 말은 틀림없는 말이었다. 소록도에서 수호 원장을 비롯한 일본 관리자들은 무엇보다 부락 대표와 환자대표 고문들을 이용해서 환자들을 다스리고 있었다.

"그래도 우리 마을 대표는 나빠 보이지 않아요. 인영 씰 넘봐서 탈이지 사람은…"

이런 중에도 춘상은 인영 씨에 대한 서운한 감정의 여운이
남아 있었다. 최일봉이란 부락 내표와 여전히 빨랫감을 공유하
고 있으며 몰랐던 아이가 있었다는 것에 대해 서운했던 것이다.
그런데 춘상의 하소연이 끝나기도 전에 인영이 갑자기 그에게
매달리며 키스를 퍼부었다. 춘상은 저번 날처럼 끌어안고 오래
오래 몸부림치며 솔숲에서 뒹굴었다. 비릿한 미역 냄새를 맡고
퍼덕이는 파도 소리를 들으며 인영의 입가에서 삐져나오는 가
느다란 신음소리를 들었다. 춘상은 인영 씨와의 이런 순간을 온
몸이 기억할 수 있도록 인영 씨 머릿결에서 맡아지는 냄새를 맘
껏 들이마셨다. 그리고 인영의 몸에서 나오는 온갖 야릇한 냄새
와 미세한 떨림의 소리들을 머릿속에 새겨 넣었다. 소록도에서
나환자의 삶이란 노예의 신분이나 다름이 없다는 생각에 이르
자 이런 모든 것들이 말할 수 없을 정도로 소중하게 느껴졌다.

숲속에서 은밀히 애정을 나눌 때는 죽음도 두렵지 않다는 생
각이 들었다. 이대로 죽어도 여한이 없다는 생각은 인영 역시
마찬가지인 모양이었다. 병사들이 해안이나 숲속 오솔길들을
거닐며 플래시를 비추며 순찰을 도는 데도 하나도 두렵지 않았
다. 새벽이슬을 맞으면서 마을로 돌아오는 발걸음은 가벼우면
서도 마음은 결코 편치 않았다.

"수철이 같은 아들이 있었으면 좋겠어요. 그 아이는 내가 낳
은 애가 아니랍니다. 수철이 엄마는 걔가 어릴 적에 죽었지요.
소록도에 처음 입소하던 날부터 나를 끔찍이 챙겨주던 순임이

란 언니였지요. 수철일 부탁한다고 제대로 눈도 감지 못했어요. 수철이 엄마 넋은 저 만령당에 잠들어 있지요."

만령당은 소록도에서 죽은 나환자들의 넋이 잠든 곳이다. 춘상은 인영 씨로부터 이런 말을 듣고 한편 가벼운 마음도 있었지만 당장 소록도에서 벌어질 일들을 생각하면 결코 편할 수는 없었던 것이다. 마을로 돌아오는 내내 복잡한 생각으로 머리가 어지러웠고, 호사에 들어와서도 내내 잠을 이룰 수가 없었다. 그럼에도 흡족한 마음은 인영 씨의 몸과 자신의 몸을 한데 섞었다는 데서 오는 책임감이었다. 혼인은 하지 못해도 이제 마음속에 영원히 지켜야 할 가족이 생겼다는 생각 때문에 잠이 오지 않았다. 춘상은 수철이를 자신의 아이로 받아들일 수 있으리란 생각을 하면서 노곤한 몸을 잠시 눕혔다.

이튿날, 이른 아침부터 부락 대표들이 수호 원장실 회의 탁자에 모여 회의를 하고 있었다. 수호는 마을 유지들을 불러 대일본제국에 충성할 기회를 주겠다며 회유를 하고 있었다. 마을 유지 중에서도 수호 원장의 취지에 가장 적극적인 사람이 앞을 보지 못하는 박순주 고문이었다. 박 고문은 부락 대표들보다 먼저 충성맹세를 했다.

"원장님의 뜻이라면 뭔들 못하겠습니까?"

박 고문의 말을 이어받아 수호 원장이 칼로 무를 자르듯 단호히 명령했다.

"각 부락에서 환자 40명씩을 차출하시오."

수호 원장의 말에 일봉이 토를 달 듯 덧붙이고 나왔다.

"노역은 할당대로 잘하고 있는데 어인 일로…"

일봉의 말에 수호 원장은 약간 난저한 듯 머리를 공연히 어루만지면서 시선은 사또를 향하고 있었다. 사또에게 설명을 하라는 눈치인 모양이었다.

"탁월한 치료제를 상부로부터 공수 받았소."

사또가 마을 유지들의 표정을 조심스럽게 살피며 낮은 목소리로 말했다. 사또의 말에 중앙리 부락 대표 노양춘이 눈을 크게 뜨며 애걸조로 말했다.

"중앙리는 중증환자가 많으니께 100명 정도 혜택을 주면 안되겠소?"

노양춘의 요청에 수호 원장이 단칼로 자르듯 말했다.

"중증환자는 제외시키시오."

노양춘이 대표를 맡고 있는 중앙리 부락은 대개 중증환자들이 살고 있었다.

"밤마다 잠 못 이루는 환자가 부지기수라서…"

"닥치시오. 중앙리는 제외하고 부락 당 40명씩 내일 아침 9시까지 치료실 앞에 대기시키시오."

사또의 무례한 말을 듣고 부락 유지들은 이해가 되지 않았다. 탁월한 치료제를 상부로부터 공수 받았다면 중증환자부터 치료받는 게 옳다는 생각이었다. 그런데 단칼에 중앙리 환자들 치료를 거부당하니 어리둥절했던 것이다.

그날 밤, 춘상은 마을 뒤쪽 나무 아래에서 최일봉 대표와 이야기를 나누고 있었다. 마을을 등지고 밤바다를 향해 앉은 춘상이 최 대표를 향해 무시무시한 말을 했다.

"대표님, 저놈들은 지금 우리한테 주사 실험을 하려는 겁니다."

"무슨 흰소리여? 탁월한 치료젤 공수해 왔다는데…"

최일봉 대표의 마음을 춘상은 읽을 수가 없었다. 일본 놈들의 계략을 아무 것도 모르는 것인지 아니면 알면서도 일부러 모르는 척하는 것인지 얼른 분간이 서지 않았다.

"치료제는 무슨 치료젭니까. 인영 씨가 똑똑히 듣고 봤답니다. 혹시 극비보관실 얘길…"

춘상이 말을 하고 있는데 최 대표의 손바닥이 급히 춘상의 입을 틀어막았다. 이런 행동으로 봐서 최일봉 역시 알고 있는 모양이라고 춘상은 생각했다.

"내 말 잘 들어 춘상이… 살아서는 그 얘길 뻥긋하면 안 되어."

최 대표의 이런 말을 통해 춘상은 최일봉이 극비보관실에 대한 무서운 비밀을 알고 있는지도 모른다는 확신이 섰다.

"왜요? 우리 같은 환자는 벌레 취급 당해도 된답니까?"

"누가 그 속을 모르나… 어쩔 도리가 없지 않은가…"

소록도의 나환자들이 일본인의 노예라는 것을 최 대표 역시 부정하지 않고 있었다. 춘상은 화가 나서 주먹을 불끈 쥐면서 말했다.

"저놈들 생각하면 치가 떨려요."

"그 맘 나도 안다. 여기 소록도에서 조선 놈치고 저놈들한테 당해보지 않은 사람 있냐? 괜한 객기 부리들 말아⋯ 죽는 놈이 아니라 사는 놈이 이기는 거여."

최 대표의 말이 춘상에게는 비겁하게 들렸다. 목숨을 붙들려고 노예처럼 굽실거리며 살아야 하는 처지를 두둔하면서 일본인들의 앞잡이 노릇을 하는 부락 유지들을 생각하면 구역질이 올라왔다. 춘상이 이처럼 증오의 마음을 담아 욕설을 입에 올렸다.

"성님은 저놈들 똥구멍 빨면서 오래오래 사시오."

"예끼 이놈아⋯ 인영 씨를 품었다는 놈이 그딴 말을 하냐?"

춘상이 주먹을 말아 쥐었을 때에는 일봉은 이미 자리를 떠버리고 없었다.

2

아침 일찍부터 각 마을에서 차출되어 나온 환자들이 치료실 입구에서 웅성거리고 있었다. 환자들은 탁월한 치료제가 공수되어왔다는 말에 몹시 들떠 있었다. 수간호사의 지시 아래 다른 간호사들 역시 부락 별로 할당된 인원을 확인하느라 바빴다. 간호사들이 부락 별로 열심히 호명을 하고 있었는데 호명 당한 환자는 치료받을 순서대로 대열을 이루었다. 구북리, 남생리, 서생리, 동생리, 신생리 등 중앙리를 제외한 모든 부락의 환자들이 줄을 서서 치료받을 순서의 호명을 기다리고 있었다.

그런데 치료를 받기 위해 대기하고 있는 사람들은 대개 건강한 축에 속했다. 젊은 청년, 장년, 노인들도 건강한 노인 중에 뽑혔다. 면회 때 부모까지 알현한 분녀와 이동도 대열에 섞여 있었다. 춘상과 쌍수, 광팔 등도 뽑혀서 대열에 서성거리고 있었다. 인영은 여느 날과 다름없이 열심히 청소하고 있었다. 또덕이와 막순이가 헐레벌떡 뛰어왔다. 또덕이가 먼저 말했다.

"나도 주사 맞고 싶다."

막순이가 또덕을 향해 대꾸했다.

"DDS보다 좋담서, 나도 주사 맞을래."

DDS는 소록도 나환자들의 공식 치료제였다. 이때, 인영이 또덕과 막순을 막아섰다.

"네들은 안 돼! 명단에도 뽑히지 않았잖아."

"어째 우린 안 되어? 주사 맞고 빨리 낫고 싶은데."

막순이가 떼를 쓰듯 말했다.

"글쎄 안 되어, 내 말 들어 막순아, 이 주사 맞으면 큰일 나, 어서 돌아가. 또덕이도…"

인영이가 막순이와 또덕이를 저쪽으로 밀어붙이며 말렸다. 이때, 옆을 지나가던 박순주 고문이 지팡이를 짚고 가다 인영의 소리를 듣고 멈칫거렸다. 박 고문이 지팡이를 더듬으며 다시 치료실 쪽으로 걸어가고 나서 인영이가 막순에게 소리쳤다.

"막순아, 어서 돌아가라. 또덕아, 막순이 데리고 어서 마을로 돌아가, 어서…"

"예, 누나."

막순이와 또덕이가 투덜거리며 돌아가는 것을 보고 대열 중에 서서 순서를 기다리고 있던 이동이 분녀를 향해 말했다.

"분녀야, 우리 그냥 가자. 이 주사 맞지 말자."

"오라버니, 난 주사 맞고 빨리 낫는 게 소원이에요."

분녀는 정말 나병을 빨리 치료하여 이동의 아이를 낳아주는 게 소원이었다.

"난 안 맞을 겨. 그럼 분녀는 소원이니까 맞아 보드라고…"

이동이 분녀를 남겨두고 혼자 대열에서 이탈했다. 춘상이 쌍수와 광팔에게 눈치를 주었다.

"야, 우리도 가버리자."

춘상이 눈을 찡긋거리자 쌍수와 광팔이 살며시 대열에서 이탈했다. 순서를 기다리며 다른 환자들은 호명을 당하면 치료실 안으로 들어갔다. 간호사가 남생리 이동의 이름을 호명했지만 이동은 자리를 이탈하고 없었다. 동생리 이춘상 역시 호명을 당했지만 자리를 이탈하고 이미 없었다. 호명 당한 분녀는 몹시 설레는 마음으로 팔을 내밀었다. 간호사들은 호명 당해 불려온 환자들의 팔을 올리고 주사액을 주입했다. 춘상 일행과 이동은 마을을 향해 터벅터벅 걷고 있었다.

"춘상아, 저 주사 맞으면 안 되는 거 맞지?"

"예감이 좋지 않아요."

"에이 악착같이 분녀를 끌고 왔어야 하는 건데…"

쌍수와 광팔은 안타까워하는 이동의 모습을 보고 고소하다는 듯 서로 마주보고 웃었다. 그들은 창옥과 종희 형님을 재끼고 분녀를 낚은 이동을 보니 은근히 질투심이 일었다. 그러면서 자신들은 주사를 맞지 않아 다행이라는 생각이 들었다. 대빵이 맞지 말라고 막을 때는 그만한 까닭이 있을 것이라고 그들은 생각했던 것이다.

그런데 그날 오후, 그들에게 문제가 생겼다. 731부대의 부관이 은밀히 가져온 예방접종을 회피한 나환자들을 색출하는 것이었다. 수호는 원장실에서 일본 엔카 새장의 새(籠の鳥)를 감상하고 있다가 보고를 받았다.

"예방접종을 거부한 놈이 있다고?"

간호주임 사또가 대답했다.

"네, 남생리 1명, 동생리 3명입니다."

보고를 받은 수호 원장은 화가 머리끝까지 차올라 사또의 정강이를 걷어찼다.

"당장 잡아들여! 당장!"

수호는 이놈들을 불에 태워 죽여도 분이 풀리는 않을 듯이 사또에게 고함을 쳤다. 사또는 당장 병사들을 데리고 예방접종 회피자를 체포하러 나섰다. 동생리 이춘상, 쌍수와 광팔 그리고 남생리의 이동 등은 순식간에 병사들에 체포되었다. 그들은 당장 포박당한 채로 감금실로 끌려 들어갔다. 말로만 듣던 감금실에 끌려온 그들은 감금실이 지옥이라는 것을 깨달았다. 살아서는 밖으로 나올 수 없다는 말이 전혀 무색하지 않았다.

고문을 전문으로 하는 듯한 병사들이 그들을 알몸으로 만들었다. 뜨거운 불구덩이에서 빨갛게 이글거리는 고문 도구를 보는 순간 온몸이 바들바들 떨렸다. 녹슬어 무디어진 쇠고랑이 그들의 발목을 굴비처럼 엮었다. 몸의 곳곳에 채찍이 떨어졌다. 온몸에 진물보다 징그러운 핏줄이 섰다. 발목에서 족쇄를 풀고 철봉에다 손목을 묶어 거꾸로 매달리게 했다. 몇 분을 매달렸을 정도인데 온몸에서 땀이 흘렀다. 춘상을 비롯한 환자들은 모두 숨을 헐떡였다. 이때, 수호 원장을 비롯하여 사또 주임 등이 감금실에 들이닥쳤다. 수호 원장이 구둣발로 춘상의 머리통을 짓밟으며 소리쳤다.

"네놈들이 감히 대일본제국의 나아가는 길에 반기(反旗)를 들어?"

사또가 흔들리는 백열전등을 머리통으로 툭, 툭 치면서 수호를 향해 보고한다.

"원장 각하! 이놈은 서대문 형무소 출신으로 아주 악질입니다."

"나도 잘 알고 있지… 마사오를 때려눕힌 놈이 네놈이지? 인영이 년을 붙어먹었냐? 그래 하나이 원장의 여자를 붙어먹는 맛이 어떻던가, 응?"

"서대문 형무소에서도 아주 요주의(要注意) 인물이었답니다!"

"그래… 소록도 감금실이 어떤 곳인지 이놈들한테 확실히 보여줘라, 사또!"

수호 원장은 단단히 지시를 내린 다음 감금실에서 나가버렸다. 사또는 이제 제대로 고문을 시작하기라도 한다는 듯 상의를 벗었다. 사또는 병사를 시켜 펄펄 끓는 물을 그들의 목덜미에 들이붓도록 하였다. 쌍수와 광팔은 이를 악물고 신음을 참아 냈지만, 이동은 고통을 참지 못하고 버럭버럭 고함을 치고 있었다. 춘상은 이러다가 죽을지도 모른다고 생각했지만 적어도 일본 놈들에게 약한 모습을 보여주고 싶지 않았다. 감금실에 갇혀서 두 시간을 넘게 그들은 고문을 받았다. 춘상을 비롯한 일행 모두 쭉 뻗어버렸는데 아무래도 소문처럼 살아서는 나갈 방법이 없는 듯했다.

바닥에 뒹굴던 그들에게 저녁 고문이 다시 시작될 모양이었다. 그들은 발가벗은 몸으로 다시 철봉 끝에 굴비처럼 발목을 엮고 대롱대롱 매달려 있었다. 춘상은 자신이 사람이 아니라 한 마리의 짐승만도 못한 듯이 여겨졌다. 이때, 인영이 최일봉을 앞장세우고 감금실 입구에 도착했다. 경비병에게 뇌물을 주고 춘상 일행을 만나려고 하였지만 거절당했다.

한바탕 몸이 가루가 되도록 고문을 당했다. 두 번의 혹독한 고문을 당한 이후 더는 살아서 나갈 방법이 없다고 여겨 절망에 빠져들었다. 이때, 감금실 입구에서 병사가 지나가며 말했다.

"여기서 살아나가는 방법이 하나 있다."

그들 중 가장 상태가 좋은 쌍수가 재빨리 물었다.

"뭐입니까요?"

감금실 복도에서 병사가 황당한 대답을 했다.

"네놈들 불알을 까는 것이지, 불알을 까면 당장 꺼내줄 테다."

병사의 대답에 일제히 욕설을 내뱉었다.

"씨부랄 놈들!"

하루 종일 그들은 생각에 잠겼다. 아무리 생각을 해봐도 감금실을 빠져나갈 수 있는 방법은 불알을 까는 방법밖에 없는 것 같았다. 저녁 무렵 수호 원장 일행이 들어와서 다시 고문을 혀가 빠지게 하고 나서 제의를 했다.

"불알을 깐다면 당장 밖으로 내보내 줄 테다. 그대들의 의견은 어떤가? 불알을 까는 일은 나병을 앓고 있는 사내놈들이 대일본제국에 충성할 수 있는 유일한 방법이다."

이렇게 말해놓고 조롱하듯 히죽거렸다. 일본은 나병이 유전이라고 생각했다. 그래서 되도록 소록도의 남녀 사이에는 연애라는 것을 금지 당했다. 일본은 가능한 많은 수의 나환자들에게 불알을 까도록 권유했다. 조선 땅에 나환자가 늘어나는 것을 원치 않았기 때문이다. 쌍수와 광팔은 이미 마음의 결정을 해버린 모양이었다. 춘상을 바라보며 애원하듯 말했다.

"성님, 우리 불알 깝시다. 여기 감금실은 살아서는 못 나간다고 안 하요."

"예… 우리 불알 까자. 대빵, 어쩔라요?"

춘상은 부하들의 간청에도 불구하고 전혀 동요하지 않았다. 천정을 물끄러미 바라보며 길게 한숨을 쉬었다. 이동 역시 춘상의 곁에 누워 천정을 물끄러미 바라보았다. 이동으로서는 불알을 까는 일은 가문의 핏줄을 끊는 불효나 다름이 없었던 것이다. 목에 당장 칼이 들어온다 하더라도 불알을 까는 짓은 있을 수가 없는 일이라고 생각하고 있었다. 이동이 한심한 목소리로 말했다.

"나는 씨발 2대 독자란 말이여."

광팔이 이런 상황에도 장난기가 돌아 이동에게 물었다.

"분녀하고 한 번이나 해봤소?"

이동이 광팔의 장난질에 울면서 팔을 툭 쳤다. 팔을 치면서 이동은 고개를 저었다.

"에이 부모님 면회까지 했으면서 뭣 하러 뜸을 들여요? 얼른 눕혀 버리지."

광팔이 여전히 장난질을 하자 이동이 흐느끼면서 광팔을 툭, 툭 쳤다. 쌍수가 애가 탄 듯 춘상을 바라보며 말했다.

"성님, 우리 불알 저당 잡히지 않으면 여기서 물귀신 되요. 그냥 눈 찔끔 감고 불알 까버립시다."

그런데 바로 그때, 춘상이 갑자기 간수를 불렀다.

"어이 간수 양반, 좀 봅시다."

간수의 걸음보다 마음이 바쁜 사람은 이동이었다. 춘상의 목소리에서 불길한 느낌을 받았던지 이동은 춘상을 원망스럽게 바라보았다.

"춘상이, 안 되어! 불알을 까는 짓은 조상님한테 불효를 하는 짓이여. 나는 죽었으면 죽었지 불알 안 깔라네."

이동의 펄쩍 뛰는 말에 광팔과 쌍수가 번갈아 말대포를 쏘았다.

"이동 아저씨는 그럼 혼자 여기서 죽으시오."

"예, 그래도 사는 놈이 여 물통에서 물귀신 되는 것보다 낫겠지."

감금실에서 가장 살벌한 것이 물통에 사람을 집어넣고 물을 채워 익사시키는 방법이라고 했다. 목구멍에 물이 자오를 때는 의연한 척해도 코밑에 차올라 숨을 막아대는 순간에는 살려고 무슨 짓이든 한다는 것이었다. 이때, 감금실 복도에서 어슬렁거리던 간수가 문을 열고 말했다.

"그래 나를 불렀나?"

춘상이 대답했다.

"불알을 까고 나가겠소."

"오호 그래… 아주 좋은 생각이야. 진작 결정했으면 괜한 고문을 피했을 텐데… 자, 네들 네 놈 모두 불알을 까는 거냐?"

나이 젊은 간수가 조롱하듯 말했다. 이때, 이동이 간수를 향해 퉁을 주었다.

"나는 아녀 새끼야. 불알을 저당 잡히느니 그냥 여기 물통에서 죽을 테야."

하지만 간수를 비롯한 병사들이 감금실에 들어와서 혼자 버텨보려는 이동의 몸을 강제로 밖으로 끌어내렸다. 이동 역시 반강제적으로 감금실에서 나와 단종대(斷種臺)로 향했다. 단종대는 감금실 바로 옆에 마련되어 있었다. 감금실에 갇히는 환자는 죽어서 나와야 하고, 살아서 나오려면 단종대에 누워 불알을 까야 했기 때문에 단종대는 감금실 바로 옆에 붙어 있었다.

수호 원장을 비롯하여 의사 타다, 수간호사 세이코 등이 장화를 신고 마스크에 장갑과 모자까지 무장을 하고 단종대에 누운 환자를 내려다보았다. 단종대에 누워 가장 먼저 가랑이를 벌리고 불알을 저당 잡힌 사람은 쌍수, 이어서 광팔의 순서였다. 불알을 까는 데는 오랜 시간이 걸리지 않았다. 춘상 역시 단종대에 눕자 저절로 울먹이기 시작했다. 사내의 구실이란 집안의 핏줄을 잇는 것임을 모르지 않았기에 차가운 칼날이 가랑이 사이로 들어와 차가운 사타구니를 찢을 때 울컥 목이 메었던 것이다.

"이동, 누워라!"

수호 원장보다 사또가 명령했다. 사또는 특별히 이동에게 폭력적이었다. 소나무를 옮겨 심어달라는 그의 명령을 무시해버렸기 때문이다. 사또는 단종대에 눕는 이동의 몸에 방망이를 내리쳤다. 분녀를 넘보다가 이동이란 놈한테 빼앗겼다고 생각하니 더욱 증오심이 일었다.

"소나무만도 못한 자식아."

사또의 구둣발이 이동의 아랫도리를 짓밟았다. 이동은 이를 악물고 참아냈다. 고통을 호소하는 것은 자존심에 흠이 가는 일이라고 생각했다.

"가랑이를 벌려라!"

이동은 일부러 발가벗은 가랑이를 오므렸다. 사또의 사악한 손이 이동의 가랑이를 쩍 벌렸다. 이동은 저들의 힘에 눌려 가랑이를 벌려주고 말았다. 치욕스런 순간이었다. 사또는 조롱하듯 이동의 사타구니를 주물럭거렸다. 이동이 몸부림을 쳤다. 곧 차가운 메스가 국부에 닿아 정관(精管)을 자를 때 엄청난 통증이 깊은 심장을 찢었다.

"아악!"

이동은 버럭 고함을 쳤다. 정관수술, 즉 불알을 까고 그들은 모두 감금실에서 풀려나올 수가 있었다. 불알을 까여 어기적어기적 걷는 춘상 일행의 모습은 몹시 우스꽝스러웠다. 뒤뚱뒤뚱 걷는 그들의 뒷모습이 서글퍼 보였다. 그들이 마을을 향해 조심스럽게 걸어 들어갈 때 부락의 나환자들이 손가락질하며 껄껄 웃었다. 이동은 훗날 수술대 위에 올라 치욕스러웠던 단장(斷腸)의 시(詩) 한 수를 이렇게 읊었다.

그 옛날 나의 사춘기에 꿈꾸던 꿈은 깨어지고 여기 나의 25세 젊음을 파멸해 가는 수술대 위에서 내 청춘을 통곡하며 누워 있노라! 장래 손자를 보겠다던 어머니의 모습… 내 수술대 위에서 가물거린다. 정관을 차단하는 차가운 '메스'가 내 국부에 닿을 때 모래알처럼 번성하라던 신의 섭리를 역행하는 '메스'를 보고 지하의 히포크라테스는 오늘도 통곡한다.

　－이동(李東)의 시(詩)

이동은 남생리도 돌아가고 춘상을 비롯한 일행은 동생리로 돌아왔다. 동생리 마을 앞에는 가마니를 치는 여자들이 저만치 보였다. 가마니틀 소리가 둔탁하지만 규칙적으로 들렸다. 춘상은 무엇보다 부락 대표 일봉에게 자존심이 상했다. 인영 씨와 빨랫감을 공유한다는 점에서 여전히 일봉에 대한 증오심이 숨어 있었다. 춘상을 기다렸다는 듯 일봉이 입을 열었다.

"오늘 일은 안 됐구나. 핏줄까지 끊겨 불효자 낙인찍히고…"

"성님, 이놈들의 만행을 세상천지에 알려야 합니다!"

춘상은 끓어오르는 감정을 진정시키며 소리쳤다. 울음을 보이지 않으려고 하는데도 자꾸 눈물이 흘렀다.

"어허 춘상아, 괜한 객기 부리지 말라고 안했냐? 어째 자꾸 명 재촉을 혀."

춘상이 이를 앙다물며 소리치듯 일봉을 향해 대꾸했다.

"이깟 목숨 하나도 아깝지 않소. 성님이 힘 좀 써서 나 딱 한 번만 나가게 도와주십쇼."

"아니 이 사람이 시방, 어째 자꾸 입장 난처하게 혀? 어서 들어가 어서."

일봉은 일본인들의 앞잡이 노릇을 하는 부락 대표가 맞는다는 듯 춘상에게 마음을 열어 보이지 않고 있었다. 춘상은 성질 같아서는 당장 주먹질을 하고 싶었지만 그러지를 못했다. 동료들이 모두 호사로 돌아간 이후에도 춘상은 가슴이 진정되지 않아 마을 앞에서 서성거렸다. 쌍수가 어기적거리며 춘상을 데리러 나왔을 때에야 편하지 않은 발걸음을 호사로 향했다. 호사로 돌아오니 동료들이 김이 모락모락 나는 냄비를 밥상 위에 올려놓고 춘상을 기다리고 있었다. 냄비 안에는 닭 두 마리가 몸에 양념을 두르고 공손하게 주인을 기다리고 있었다. 최일봉이 의 젓한 목소리로 말했다.

"네들 몸보신은 해야 않긋냐?"

쌍수가 얼른 먹고 싶어 몸이 닳듯 말했다.

"아이고 성님밖에 없어라이."

광팔이가 닭 다리를 하나 집어 들면서 장난삼아 말했다.

"씨암탉 본께 한 번 더 까야겠네."

일봉이 광팔의 머리통을 쥐어박았다. 동료들이 떠나갈 듯 웃어재꼈다. 춘상은 냄비에 김이 모락모락 올라오는 닭고기를 차마 먹을 수가 없어 보자기에 쌌다. 일제히 춘상을 바라보았다. 춘상이 성의껏 마련해준 일봉에게 허리를 굽실거렸다.

"성님, 미안합니다."

일봉이 삐딱한 표정으로 춘상에게 물었다.

"누굴 가져다주려고?"

춘상은 겸연쩍은 표정으로 머리를 긁적였다. 광팔과 쌍수가 마치 약속이나 한 듯 동시에 지껄였다.

"인영 씨…"

일봉의 눈동자가 순간 요란하게 움직거렸다. 춘상이 묵묵히 보자기를 들고 자리에서 일어섰다. 창옥과 종희 등 호사 동료들이 멀뚱히 춘상을 바라보았다. 일봉이 빈정거리는 투로 말했다.

"불알은 네놈이 깠는데…"

창옥이가 춘상의 난처한 상황을 알고 일봉을 향해 실없는 말을 꺼냈다.

"빨래 보답은 해야 하겠지라우."

종희가 입을 헤벌리며 춘상을 향해 물었다.

"춘상이 참말 그러는교?"

종희의 말을 받아 빈정거리듯 일봉이 대꾸했다.

"빨래 보답이라면 내가 먼저지?"

춘상은 순간 일봉을 날카롭게 쏘아보며 기분 나쁘다는 듯 소리쳤다.

"그 더러운 손으로 씨암탉 삶아준다고 넙죽 받아먹겠습니까?"

"아니 보자보자 하니까 부락 대표 알기를 아주…"

춘상은 일봉의 말이 끝나기도 전에 문을 박차고 나와 자전거 페달을 밟았다. 페달을 정신없이 밟아 구북리를 향하고 있었다. 순찰을 도는 순시들의 모습을 피해 잠깐 숲속으로 몸을 숨겼다. 순시들의 모습이 보이지 않을 때를 기다려 다시 자전거 페달을 밟았다. 춘상은 구북리 인영의 호사에 도착했다. 늦은 밤에 갑자기 나타난 춘상을 보고 인영은 기뻤다. 단종 수술을 받고 감금실에서 나오게 되었다는 소식을 들은 터라 안타까운 마음이 들었다. 춘상이 겸연쩍은 표정으로 냄비 싼 보자기를 인영에게 건넸다.

"뭐예요?"

"닭 한 마리 잡았소. 많이 야윈 것 같아서… 미순이 배도 불러 오고…"

인영은 속으로는 감격스러웠지만 진심에서 춘상이 걱정을 해주었다.

"몸보신은 나보다 그쪽이 해야 할 텐데…"

춘상은 희미한 미소를 지으며 고개를 저었다. 인영은 춘상이가 건넨 냄비를 받아들었다.

"잠깐 기다리세요."

하고 인영이 안으로 들어간다. 문이 열리자 가마니 치는 소리가 멈췄다. 춘상은 문 앞에서 안쪽의 소리를 듣고 있었다.

"언니, 이게 뭐야?"

미순이가 철없는 목소리로 물었다. 인영은 냄비를 열고 닭고기를 가늘게 찢어발겼다.

"한 점씩 맛만 보고 양 다리는 미순이가 먹어."

인영의 말이 떨어지기가 무섭게 미친 애들이 걸신들린 귀신처럼 주워 먹기 시작했다. 인영은 애들이 이렇게 먹는 모습을 보며 밖으로 나왔다. 춘상과 함께 바닷가 백사장을 걸었다. 파도가 어둠속에서 혀를 날름거리듯 출렁거렸다. 춘상이 품속에서 하모니카를 꺼내 '고향의 봄' 한 소절을 불고 멈추었다. 개펄 냄새가 바다 쪽에서 훅 끼쳐온다. 인영이 조심스럽게 입을 열었다.

"주사 맞은 이후 갑자기 사라진 환자들이 많아요."

"시체 운반하는 일이 얼마나 더 바빠졌습니까?"

"이 일을 맡기 전엔 몰랐지만 엄청나게 죽어나가요."

인영의 입에서 저절로 한숨이 새어나왔다.

"화장하지 않고 수장시킨 환자도 많다던데…"

"배가 뒤집혀 수장된 환자들이 한둘인가요?"

"쳐 죽일 놈들!"

하고 춘상이 욕설을 뱉어냈다.

"시체 운반 일도 허드렛일 치곤 목숨이 위태로워요. 놈들의 비밀을 많이 알고 있어서…"

"허드렛일이란 게 참 이래저래 힘든 일이네요."

춘상은 인영과 나란히 팔짱을 끼고 바닷가 나무의자에 앉았다. 검은 바다에서 들리는 것은 오직 파도 소리뿐이었다. 조선의 나환자들을 대상으로 생체실험을 했다는 것이 분명해지자 춘상의 가슴이 마구 타들고 있었다.

"관사지대 지도는 구할 수 없을까요?"

인영은 이렇게 묻는 춘상을 이윽히 쳐다보았다. 관사지대는 수호 원장을 비롯한 일본인 직원들의 숙소가 자리하고 있는 곳이다. 춘상이 인영의 입술에 자신의 입술을 가져다 비볐다. 인영이 겸연쩍어하는 것을 보고 춘상은 기회는 이때다 생각하며 자연스럽게 말했다.

"수호 원장 동선을 살펴보려고요."

하지만 인영의 반응은 몹시 부정적이었다.

"클 날 소리예요. 관사지대는 경비가 삼엄해요."

관사지대는 항상 경비가 지키고 있었다. 외부인의 출입을 철저히 통제했다. 인영이 춘상의 팔을 붙잡아 끌어당겼다. 춘상의 팔이 많이 불편하다는 것을 알기에 하는 행동이었다. 인영은 사랑하는 춘상의 팔을 오래오래 붙들어주고 싶었다. 춘상이 팔을 움직여 인영의 가슴을 더듬었다. 청춘 남녀의 자연스런 감정의 발로였다. 인영이 수줍어 고개를 숙이는데 이때, 저쪽에서 인기척이 났다. 깜깜한 밤인데 박순주 고문이 안내자의 손을 붙들고 걸어가고 있었다. 인영의 입에서 갑자기 재채기가 터졌다. 박 고문은 청신경이 남달리 발달한 터라 가다 말고 멈춰서 말했다.

"구북리 인영이냐?"

"예 고문님…"

인영이 흥분을 가라앉히며 대답했다.

"어서 들어가. 통금시간 지났는데…"

하고 박이 저만치 걸어가자 인영이 본능적으로 욕설을 입에 올렸다.

"뼛속까지 사쿠라 자식…"

"인영 씨, 극비보관실에 몰래 들어갈 방법이 있소?"

춘상의 물음에 인영은 대답 대신에 고개를 저었다. 극비보관실을 환자들이 드나든다는 것은 곧 죽음을 의미하는 것이다. 춘상은 인영의 태도에 몹시 실망하고 있었다.

"내가 괜한 의협심을 품었네요. 벌레처럼 살다 죽기엔 너무 억울할 거 같아서…"

"왜 그런 생각을 하세요. 내게 방법이 있기는 해요."

"정말이요?"

춘상의 머리에 번개가 치는 듯했다.

"하나만 약속해 줘요. 내 곁을 떠나지 않겠다고…"

이런 말을 하는 인영의 가슴속으로 슬픔의 덩어리가 밀려들어온다.

"인영 씬 언제나 내 가슴 속에 있을 겁니다."

인영은 춘상의 이런 대답을 듣고 마음이 불편했다. 하지만 춘상을 우울하게 만들고 싶지는 않았다.

"나학회가 열리면 기회 잡을 수 있어요."

"나학회?"

"세계적인 나학회가 여기서 열린다고 들었어요. 그땔 틈타 극비보관실에 잠입할 수 있을 거예요."

춘상은 이제야 가슴을 틀어막고 있던 한숨을 내쉬었다.

"유리관을 꺼내온들 무슨 수로 바깥에 알릴 수 있겠습니까…"

"유리관 알고 있었네요. 극비보관실 잠입 문제는 나한테 방법이 있어요."

춘상은 인영 씨 앞에서 당당한 사내가 되고 싶었다. 일본 관리자들의 횡포를 두고만 볼 수 없는 일이었다. 춘상은 인영으로부터 극비보관실 열쇠에 대한 얘기를 듣고 기회가 되면 극비보관실에 잠입할 수 있을 것이라는 믿음이 생겼다.

이튿날, 소록도에는 엄청난 일들이 벌어지고 있었다. 각 마을에서 차출되어 예방주사를 맞은 환자들에게 이상한 반응이 나타난 것이다. 호사에서도 픽, 픽 쓰러졌고, 작업장에서도 많은 환자들이 픽, 픽 쓰러졌다. 특히 작업장에서 노역을 하다가 목을 꺾고 쓰러지는 환자들이 많았다. 일본인들이 탁월한 치료제라고 선전했던 주사는 사실 소록도 나환자를 대상으로 은밀히 생체실험을 했던 것이었다. 벽돌을 나르던 쌍수와 광팔이 동시에 소리쳤다.

"오메. 저기 보소. 목이 꺾이네."

리어카를 끌고 가던 환자가 목이 꺾이며 쓰러졌다. 지게에 짐을 지고 가던 환자가 거품을 물고 쓰러졌다. 사또를 비롯한 감시자들이 득달같이 달려와 채찍을 휘둘렀다. 구북리 마을 앞에서 가마니를 치던 분녀의 목이 갑자기 꺾였다. 동료들이 분녀를 부축해서 치료실 본관을 향해 달렸다. 치료실 복도에는 각 마을에서 실려 온 환자들로 가득했다. 대부분 목이 꺾인 환자들이었다. 목이 꺾이거나 입에 거품을 물고 의식을 잃은 환자들이 감당할 수 없을 정도로 생겨났다. 건강한 사람들을 선발해서 주사액을 투여한 수호 원장 일행은 당황한 나머지 어쩔 줄을 몰랐다.

간호사들의 발바닥이 눈코 뜰 새 없이 움직였다. 환자들이 침대에 아무렇게나 나뒹굴었다. 신음소리가 가득 차고 환자들의 얼굴이 잔뜩 일그러졌다. 분녀의 고통은 그녀의 고함소리를 통해 가늠할 수가 있었다.

"아이고 나 죽네. 나 좀 살려줘요."

"엄살떨지 마 이년아. 너만 아픈 거 아니야."

분녀의 엄살을 지켜보던 수간호사가 너스레를 떨지 말라고 소리쳤다. 이때, 소록도의 상황실은 비상사태에 돌입해 있었다. 병사들이 열심히 상부에 무전을 쳤다. 상부에서 소록도에 전해진 무전의 내용은 '소록도 상황을 당일 자정까지 보고 하라'는 내용이었다. 이런 위기 상황에서도 수호 원장은 축음기에서 흘러나오는 엔까 새장의 새(籠の鳥)를 감상하고 있었다. 조국에 대한 향수, 고향에 대한 향수를 불러일으키는 가요였다. 사또와 의무관 타다가 원장실에 들락거리며 생체실험의 상황을 보고했다. 사또가 보고했다.

"파상풍 균액 200명 접종 후 절반 이상에서 목 당긴 증상이 나타났습니다."

여기에다 타다가 덧붙였다.

"전신경련 30명, 나머지는 발열, 오한으로 유감인 것은 목 당긴 환자 전원이 사망했습니다."

부하들의 가슴은 타들었지만 수호 원장은 크게 놀라지 않았다. 어차피 생체실험을 통해 많은 수의 사상자가 발생하리라는 예상을 했기 때문이다. 의자의 팔걸이에 두 손을 걸치고 눈을 지그시 감은 채로 부하들을 향해 지시했다.

"음… 사망률 50%라… 생존 환자들 각별히 관찰하고 바로 상부에 보고하라."

사또와 타다가 동시에 네! 하고 대답했다. 서두르듯 원장실을 나가는 사또와 타다를 불러 세워놓고 수호가 아주 작은 소리로 지시했다.

"시체는 해부하지 말고 곧장 소각하도록 하라."

사또와 타다는 상황실로 돌아와서 무전병에게 지시했다. 무전병은 주사를 맞고 소록도의 나환자들에게 다음날 발생한 상황에 대해 사실대로 열심히 모스 신호를 보냈다. 그날 밤, 소록도의 소각장에서는 밤새도록 시체 태우는 냄새가 났다. 삼엄한 감시 속에 일본 병사들은 시체를 소각했다. 부락의 주민들이 몰래 숨어서 시체 태우는 장면을 넋을 놓고 구경했다. 다음날, 소록도에는 하루 종일 비가 뿌렸다. 이동은 리어카에 실려 화장터로 향하는 분녀의 시신이 실린 리어카를 붙들고 목이 터지도록 통곡을 했다. 분녀의 시체가 화장장에 던져지는 순간 이동은 그만 정신을 잃었다. 춘상과 인영 등 넷및 일행이 모여 비를 맞으며 울면서 소록도를 떠나는 분녀를 위해 마지막으로 장송곡을 불러주었다.

3

수호 원장은 긴장된 마음으로 수화기를 집어들었다. 미나미 총독의 전화였다. 미나미 총독은 이번 생체실험에 대해 매우 만족하고 있는 느낌이었다. 미나미가 낄낄 웃으며 말했다.

"대일본제국의 압도적 의술발전에 그대의 공로가 크오."

수호가 굽실거렸다.

"총독각하의 큰 은혜덕분입니다."

"내가 심은 나무는 잘 자라고 있소?"

"잘 자라다 뿐입니까? 아주 물이 올랐지요."

미나미 총독이 소록도에 방문했을 때 자혜의원 앞의 화단에 기념 식수한 단풍나무를 말하는 것이었다. 단풍나무는 요즘 비를 듬뿍 맞은 탓에 더욱 울창해진 모습이었다. 미나미 일행이 소록도에 당도했을 때 삼천 칠백여 명의 나환자들 앞에서 훈시한 일은 두고두고 잊지 못할 것이다. 내선일체, 황국신민을 외치며 천황폐하를 향해 모든 소록도의 주민들이 머리를 숙였던 장엄한 순간이었다. 수호는 정중히 예의 삼아 언제든 찾아주기를 간청했다. 수화기 너머로 미나미 총독의 또렷한 음성이 가슴을 설레게 만들었다.

"생체실험의 공적은 사망자 증감으로 판단하오."

"총독 각하께서 다녀가신 이후 꾸준히 사망자가 늘었습니다. 173명에서 282명으로 지난해에는 무려 432명으로…"

"훌륭하오. 전투기의 연료가 턱없이 부족하오."

수화기 너머로 감탄 섞인 미나미 총독의 목소리가 들렸다.

"거금도 소나무까지 샅샅이 뒤져 드럼통을 채우겠습니다."

"나환자를 통제할 더욱 강력한 징계, 검속권을 주겠소."

수호 원장에게 있어 가장 듣기 좋은 말이었다. 수호는 자신의 궁전 같은 소록도에서 강력한 권력을 통해 소록도를 세계 제일의 나환자 동산으로 만들고 싶었다. 그러나 수호는 속으로 미나미 총독을 비웃고 있었다. 미나미가 권력을 주지 않는다 하더라도 수호는 이미 엄청난 권력을 누리며 소록도를 통치하고 있기 때문이다.

"총독각하의 은혜에 반드시 보답하겠습니다."

수호는 전화를 끊었다. 그리고 혼잣말을 했다.

"징계 검속권은 뭘… 알아서 잘하고 있는데… 흐음…"

수호는 축음기를 돌렸다. 새장 속의 새라는 노래가 다시 흘러나오고 있었다. 내일 당장 나환자들을 더욱 다그쳐서 송진을 채취할 생각이었다.

이튿날, 소록도의 나환자들이 벌떼처럼 숲속으로 들어갔다. 마을의 길목에서 자란 소나무까지 몸속의 피를 빨렸다. 송진을 채취당한 소나무들은 몸의 군데군데 혹이 자라났다. 달빛이 밝은데 나환자들이 소나무에 매달려 밤새 송진채취를 했다. 소나무의 혹은 나환자들의 땀과 눈물이었다. 나환자들의 한과 흘린 피가 맺힌 결실이었다.

일본인들의 패악이 심해지면서 나환자들의 저항 역시 끊이지 않았다. 나환자들은 비록 나병에 걸렸지만 조선의 백성이었다. 몸은 망가져도 정신은 바로 섰다. 일본의 앞잡이 노릇 하는 몇몇 조선인을 제외하면 하나같은 마음이었다. 소록도 나환자들의 정신은 종교를 통해 다져졌다. 종교는 형식이고 종교를 가장하여 의식을 키웠다. 특히 소록도에 반입된 종교잡지 '성서조선'은 소록도 나환자들의 정신을 한껏 무장시키는 역할을 하였다.

성서조선의 주필은 소록도에서 구독자가 늘어나자 고무되었다. 소록도에서 원하는 만큼 부수를 늘려 보내주었다. 소록도 나환자들과 성서조선의 인연이 해가 거듭될수록 깊어져서 나중에는 성금도 보내고 축구공 같은 것도 보내주었다. 하지만 성서조선의 발행인은 제185호의 권두문에서 조와(弔蛙)라는 글을 게재하였는데 이 글이 사상적으로 문제가 되었다. 죽은 개구리를 애도한다는 의미의 이러한 글이 실리자 성서조선 잡지와 서신 등을 압수했다. 김교신 등의 주동자들은 경찰서에 구류되고 소록도 독자들도 가택수색을 당했다. 나라를 빼앗긴 조선이 지금은 개구리처럼 겨울잠을 자고 있지만 곧 봄이 오면 세상 밖으로 나오게 된다는 의미가 담겨 있다는 뜻에서 온갖 핍박을 받게 된 것이다. 조선의 백성들이 독립을 꿈꾸면서 지금의 상황을 애도 한다는 의미로 해석한 탓에 소록도에서도 야단법석이 났던 것 이다.

수호 원장이 펄쩍 뛰면서 박 고문을 향해 물었다.

"얼음장 밑에서 살아남은 개구리를 보았는가?"

"저야 눈이 보이질 않아서…"

수호 원장이 이번에는 일봉을 향해 다그치듯 물었다.

"최 대표, 살아남은 개구리는 일제에 저항하는 조선 놈을 말 하는 거지?"

최일봉이 천연덕스럽게 대답했다.

"개구리야 얼음장이 아니라 땅속에서 겨울을 나지요."

"총독부 위생회의 때 성서조선 주필 김교신을 만나 잡지반입 을 허락했건만 감히 배신을 하다니, 이봐 사또!"

네! 하고 사또가 잔뜩 긴장하며 대답했다.

"당장 신사참배 거부자들을 색출하고 불량한 성서조선을 압 수하라!"

네! 하고 사또는 있는 힘껏 배에 힘을 주어 대답했다. 조선의 나환자들이 자신들을 배신한 것만 같아 사또의 속이 부글부글 끓었다.

"샅샅이 뒤져서 임신한 년들도 잡아들여라!"

사또 일행은 마을을 돌아다니면서 사상의 배반자들을 수색 하기 시작했다. 무엇보다 신사참배를 거부하는 사상불량자를 색출해내는 게 관건이었다. 그래서 수호 일행은 나환자들에게 부락별로 시간을 정해 신사참배를 하도록 지시했다. 그리고 멀찍이 숨어 신사참배에 거부하는 자를 색출할 생각이었다. 부락별로 대열을 이루어 차례대로 참배를 했다. 환자 1열이 고개를 숙였다. 2열도 모조리 고개를 숙였다. 그런데 3열 중 고개를 숙이지 않는 자들이 눈에 띄었다. 사또는 부락 대표에게 불성실한 자를 기록하도록 하였다.

구북리의 차례가 되었다. 인영은 언제부턴지 신사참배를 거부하고 있었다. 절대 고개를 숙이지는 않을 생각이었다. 1열부터 5열까지 빠짐없이 신사참배를 했다. 인영은 6열에 속해 있었다. 동료 가운데 서서 인영은 고개를 숙이지 않았다. 신사참배는 신념의 문제요 조선인 양심의 문제였다. 인영이 신사참배를 거부하는 것을 멀찍이 서서 수호 일행이 보고 있었다.

그날 밤에 인영의 호사로 신발을 신은 채로 병사들이 득달같이 들이닥쳤다. 닥치는 대로 세간을 파헤쳤다. 방의 구석에서 〈성서조선〉을 한 무더기 발견하고 환자들을 발로 찼다. 병사 하나가 나환자들을 향해 소리쳤다.

"미련한 조선 것들이…"

다른 병사가 꽥 소리쳤다.

"죽은 개구리를 애도하다니…"

사또가 인영의 호사에 나타나서 인영을 끌어냈다.

"강인영, 너는 신사참배를 거부한 사상불량자다. 당장 감금실로 끌고 가라!"

병사들이 사또의 명령이 떨어지자마자 인영을 체포했다. 손목을 묶어 감금실을 향해 지프차를 몰았다. 수호 원장이 직접 감금실에 나와 신사참배 거부자들을 고문하고 있었다. 수호 원장이 다그쳤다.

"정달수! 신사참배를 계속 거부할 텐가?"

"고로시데 구다사이!(죽여주세요!)"

"문석두, 너는 궁성요배도 거절했다고?"

궁성요배란 일본의 왕이 사는 동쪽을 향해 허리를 숙여 인사를 올리는 의식이다. 문석두란 환자가 소리쳤다.

"고로시데 구다사이!"

"아니 이 조선 놈들이…"

다시 고문이 시작되었다. 감금실에서는 살아나올 수 없다는 말처럼 가혹한 고문이었다. 인영 역시 처음에는 고문을 견뎌보았다. 하지만 인내에는 한계가 있었다. 어떻든 살아서 나가야 한다고 생각했다. 감금실에서 고문을 당해 죽는다는 것은 정말 가치 없는 죽음밖에 되지 않을 것이다. 창자를 끊어내는 아픔이 몰려왔지만 인영은 끝내 단종대에 눕지 않을 수가 없었다. 입에 재갈이 물려지면서 인영은 본능적으로 몸부림을 쳤다. 사내들의 억센 손놀림에 인영의 저항은 이내 아무런 소용이 없었다. 인영은 치욕스러움을 느끼고 있었다. 생명의 단절이란 수치보다 일본의 폭력에 저항할 수 없는 자신의 처지 때문에 견딜 수가 없었던 것이다.

그날 밤, 소록도의 나환자 50여 명이 성당의 예배당에 모였다. 예배당에 몰래 숨어 기도라도 하지 못하면 미칠 것만 같았기 때문이다. 달빛이 새어들고, 창문에 드리워진 커튼 자락으로 촛불이 펄럭거렸다. 인영은 마음속으로 이런 기도를 올렸다.

은총이 넘치는 주님이시여, 우리가 무슨 죄를 지었는지 말씀해 주소서.

하느님에 뜻으로 이런 시련을 주시는 것이옵니까?

바로 이때, 성당 앞에 사또 주임과 십여 명의 병사들이 나타났다. 사또와 병사들은 나환자들이 예배당에 모여 은밀히 기도를 하고 있다는 정보를 입수한 뒤 들이닥쳐 마구 짓밟고 기물을 부순 다음 해산시켜버렸다. 그리고 다시는 예배당으로 사용하지 못하도록 예배당을 없앤 다음 부락의 치료소로 사용하겠다고 엄포를 놓았다.

4

춘상은 이튿날, 성당의 예배당 소식을 들었다. 인영이 여성성을 잃었다는 것에 대한 자괴감이 일었다. 감옥 같은 데서 노예처럼 살다 죽어갈 소록도 나환자들의 처지를 생각하면 한숨부터 흘렀다. 소록도에서 일본인들의 온갖 횡포를 가슴속에 묻어둘 수는 없다고 생각했다. 소록도의 실상을 밖에 알려야 한다는 생각이 들었다. 춘상은 고민 끝에 심산 김창숙 선생님께 편지를 썼다. 춘상의 손이 부르르 떨렸다. 편지를 곱게 접어 봉투에 넣고 급히 자전거 페달을 밟았다.

    소록도의 만행을 차마 눈 뜨고 볼 수가 없어 급히 아룁니다.
    소록도는 환자 치료는 허울 뿐이고 6천여 환자를 노예요
벌레처럼 대하고 있습니다.

    춘상의 편지는 구북리 인영에게 전달되었다. 그들은 해안가
를 걷고 있었다.
    "인영 씨, 빠를수록 좋습니다."
    "알겠어요. 아, 이건 관사지도예요. 수호 원장의 동선도 어느
정도 파악했어요. 저는 솔직히 두려워요. 그쪽이 어떻게 되리라
는 것을 아니까."
    춘상이 다짐을 하듯 말했다.
    "이 한 몸 희생해서 6천 환자들이 사람답게 살 수만 있다
면…"
    인영이 이 말을 듣고 뼈 있는 말을 흘렸다.
    "금화 아주머니가 그랬지요. 그쪽한테 정 주지 말라고 상처
뿐이라고…"
    춘상이 마지막이듯 인영을 꼭 안아주었다. 그들은 서로의
눈 속으로 빨려들 듯 그윽이 바라보다 앞을 다투듯 키스를 퍼
부었다.
    인영은 춘상의 편지를 서낭당에 올라온 금화에게 은밀히 건
넸다. 환자들의 편지는 검열을 하였기 때문에 이처럼 소록도의

횡포에 대한 얘기는 은밀히 바깥으로 내보내야 하는 것이다. 금화가 통통배를 타고 뭍으로 돌아갔고, 금화는 심부름꾼을 시켜 은밀히 편지를 심산 김창숙 신생에게 전달했다. 심산 김창숙은 춘상의 편지를 읽고 향교의 뒤뜰 방에서 독초가루를 싼 꾸러미와 편지를 심부름꾼의 손에 쥐어주었다.

한편, 남생리의 앞마당에는 잔치가 벌어지고 있었다. 숯가마의 깜깜한 어둠 속에서는 시뻘겋게 목재가 타고 있었다. 앞마당에 멍석들을 펼치고 마을 사람들이 조촐한 음식을 먹고 있었다. 소록도에 환갑을 맞은 환자가 있으면 다른 부락 사람들까지 와서 음식을 만들어 먹었다. 한쪽 구석에서는 부침을 하고 파전을 부치느라 김이 모락모락 올랐다.

"아픈 몸으로 영광스러운 환갑을 맞이하신 조공례 어르신께 큰 박수 부탁드립니다."

부락 대표 최일봉이 말하자 일제히 박수를 보냈다. 전국 팔도에서 들어온 나환자들이기에 온갖 재주를 지닌 탓에 소록도 악극단까지 집합했다. 바보행세를 하는 또덕이는 악극단들 앞에서 연주가 시작되기도 전에 요란하게 몸을 흔들었다. 드디어 악극단의 연주가 시작되었다. '홍도야 울지마라'가 흘러나오자 미친 애들이 먼저 몸을 흔들며 술렁거렸다. 미순이는 애를 밴 배가 불러서 마을 앞에 나오지 못했다. 분위기가 점점 무르익고 흥타령이 흘러나온다. 이때, 올망졸망 앉은 사내들 중 창옥이가 이동을 바라보며 입을 열었다.

"분녀 죽은 것은 분명 그 주사가 문제여."

창옥의 말에 여기저기서 꼬리를 물었다.

"나쁜 놈들, 목 땡긴 주사를 치료제로 속인 거지."

"이번에 보니께 세 번 죽는다는 말이 딱 맞더라니까."

그들은 처음 들었던 말처럼 이곳에서 살아나가지 못하고 세 번 죽는다는 것을 이번에 확실히 보았던 것이다. 죽어서도 이 섬을 떠나지 못한다는 것을 뼈저리게 느꼈다. 춘상은 동료환자들의 얘기를 귀 담아 들으며 혼자서 깊은 한숨을 흘렸다. 저쪽에서는 극단의 단원들이 그림자극을 하는 모양이었다. 단원들이 만들어내는 검은 그림자를 보며 또덕이와 막순이가 탄성을 질렀다. 바로 그때, 저쪽에서 더듬더듬 지팡이를 짚고 박순주 고문이 다가왔다. 최일봉 일행이 있는 데로 걸어온 박 고문이 들으라는 듯 크게 말했다.

"오늘 이 자리는 원장각하께서 마련해주신 지상낙원 덕분이여."

환자들이 일제히 박순주를 꼬나보았다. 일본 놈들 앞잡이를 하며 동료들을 괴롭히는 박 고문을 마을민들은 탐탁찮게 생각하고 있었다.

"그러니 이번 동상 참배 땐 한 명도 빠지지 말어."

창옥이 박 고문을 향해 욕설을 내뱉었다.

"염병할… 환자들 돈 뜯어 만든 동상에 무슨 절이요 절은…"

박순주가 어이가 없다는 듯 소리쳤다.

"저, 저, 전라도 대빵이라는 놈 말하는 거 보게."

"니기미, 내가 왜 전라도 대빵이여."

창옥의 말을 받아 종희가 받았다.

"나라 뺏긴 것도 서러운데 얼어 죽을 지상낙원이여."

박순주가 소리 나는 쪽을 향해 지팡이를 한번 휘저었다. 사람들이 몸을 숙여 지팡이를 피했다. 박순주가 환자들의 가슴에 대못 박는 말을 내뱉었다.

"네놈들은 가슴 속에 여적 못난 조선을 담아두었남, 혁…"

춘상은 끓어오르는 화를 가까스로 잠재우고 있었는데 박 고문의 못난 조선이란 말에는 도저히 참을 수가 없었다. 춘상은 마시려던 막걸리 사발을 박 고문을 향해 던졌다.

"저놈의 영감탱이 주둥아릴 그냥 칵!"

춘상은 몸을 일으켜 세우는데 쌍수, 광팔이 주저앉혔다. 바로 이때, 저쪽 마을 골목에서 아악, 하는 비명이 들렸다. 비명소리에 소록도의 악극단 연주가 멈추었다. 일본군 병사들이 배부른 미순이를 붙잡아 지프차에 싣고 있었다. 미순이를 악착같이 생각했던 쌍수와 광팔이 박차고 일어서며 연달아 소리치고 있었다.

"으메, 미순이 저거…"

"배가 부른데 저놈들이 두고 보겠어?"

인영 역시 소리를 치며 미순이가 끌려가고 있는 쪽으로 내달렸다.

"미순아… 미순아…"

미순이는 일본인들에 의해 밤새 감금되었다. 이튿날, 날이 밝은 다음 수호 원장을 비롯한 의무관들이 간호사들을 대동하고 치료실에 모였다. 그들은 온몸을 장화, 장갑, 마스크, 모자로 무장하고 수술실로 향했다. 수술실에는 미순이가 죽은 듯 수술 대에 누워있었다. 미순의 가랑이를 벌리고 수술이 시작되었다. 수호가 타다와 구리하라 의무관을 향해 입을 열었다.

"네들은 아직도 이 병이 유전이 아니라고 생각하나?"

사또가 고개를 저었고 타다와 구리하라 의무관은 대답을 하지 않았다. 수호가 다시 입을 열었다.

"환자 한 놈이 늘어나면 대일본제국 체면이 그만큼 추락한다는 걸 명심해!"

수호의 말에 일제히 네, 하고 대답했다. 미순은 입막음을 한 채 수술대에 누워있었다. 아무리 발버둥을 쳐도 손발이 밧줄에 묶여 꼼짝하지 못했다. 구리하라가 허리를 깊게 숙여 자궁 쪽으로 손을 가져갔다. 아이의 울음소리가 가녀리게 들렸다. 수호가 외치듯 물었다.

"태아의 감염 여부는?"

"외형상 특이점은 없는 것 같습니다."

수호가 실망스런 태도로 말했다.

"이런 이런… 장기 손상이 있을 줄 알았는데 팔다리도 멀쩡하고 쯧 쯧… 야 사또, 네 짓이지? 내 들은 소문이 있는데…"

사또가 허리를 연신 굽실거리며 소리쳤다.

"고로시데 구다사이! 고로시데 구다사이!"

수호가 사또의 머리를 빈정대듯 툭 치며 소리쳤다.

"흐흐, 헛소문인줄 알았더니 맞구나. 더러운 조선 것들을 건

들다니, 구역질이 올라온다!"

사또의 허리가 연신 다시 숙여졌다. 인영은 명자와 함께 복도 청소를 하면서 수간호사가 가슴에 꼬르밟린 용기를 싼 보자기를 안은 채로 극비보관실 문을 따고 들어가는 모습을 지켜보았다. 어둔 통로를 따라 수간호사가 바삐 걸어갔다. 인영은 명자와 같이 기절한 미순이를 이동식 침대에 싣고 수술실 밖으로 나왔다. 미순은 팔과 다리가 밧줄에 묶인 채로 아랫도리에 피를 흘리며 기절한 상태였던 것이다.

9장

극비보관실의 비밀

1

춘상은 동생리 30호사 뒤뜰에서 밤이면 날마다 칼을 갈았다. 그리고 표적을 향해 단도를 던지는 연습을 하루도 빠짐없이 하고 있었다. 표적은 수호 원장의 웃는 얼굴이었다. 춘상이 칼을 갈거나 단도를 던질 때는 매우 진지한 표정이었다. 칼이 쓰륵쓰륵 갈리는 소리는 긴장감을 높이면서도 진지하게 들렸다. 시간이 흐를수록 칼날은 번쩍거렸다. 춘상이 이렇게 진지하게 칼을 갈 때 바보 또덕이는 옆에서 춘상을 바라보며 빙긋 웃었다.

"대빵…"

춘상은 또덕을 힐끗 바라보며 칼을 갈았다. 또덕이 바보처럼 물었다.

"토끼 잡으려고?"

춘상이 묵묵히 칼을 갈면서 대답했다.

"아니, 호랑이…"

"소록도에 호랑이 있나?"

또덕이는 결코 바보가 아니라고 춘상은 생각했다. 소록도에서 나환자들이 수호 원장을 호랑이처럼 무섭게 여긴다는 것을 또덕이가 모를 리가 없을 것이다.

"또덕인 몰라도 돼."

춘상은 칼 가는 것을 멈추고 바다를 향해 앉았다. 또덕이가 춘상이 옆에 나란히 앉는다. 춘상이 물었다.

"또덕인 엄마 안 보고 싶어?"

"난 엄마 같은 거 몰라."

춘상은 씽긋 웃으며 또덕의 등을 다독여주었다. 또덕이가 활짝 웃으면서 말을 이었다.

"난 막순이만 있으면 되어."

"막순일 많이 좋아하는구나?"

춘상의 물음에 또덕이 망설이지 않고 대답했다.

"DDS가족이잖아. 막순인 내가 지켜야 해."

DDS가족이란 소록도의 은어로서 의형제 가족을 의미한다. 같은 호사에 사는 동료라면 적어도 DDS가족이라 해도 틀리지는 않을 것이다. 또덕이처럼 춘상 역시 인영을 지켜야 한다는 생각이 들었다.

"그래, 또덕이 멋지다!"

이때, 또덕이가 이전과는 사뭇 다른 진지한 목소리로 말했다. 즉 내가 언제 바보였느냐, 하고 되묻는 듯이 말이다.

"대장…"

"왜 또덕아."

또덕이가 춘상에게 처음으로 이런 고백을 했다.

"나 바보 아냐."

춘상은 또덕을 바라보며 묵묵히 고개를 끄덕거렸다. 순간, 또덕의 입에서 더욱 놀랄만한 말이 흘러나왔다.

"나도 조선 사람이야, 피 끓는 혈기도 있고 뜨거운 심장도 있어."

춘상은 자세를 고쳐 앉았다. 그리고 또덕의 눈을 그윽이 들여다보았다. 아마 낮이었다면 또덕의 눈에 눈물이 비쳤을 것이다.

"그 호랑이, 같이 잡자."

춘상은 일말의 망설임도 없이 소리쳤다.

"그건 안 돼. 또덕인 막순일 지켜야지."

그러자 또덕이가 마치 준비라도 했다는 듯 바지를 벗었다. 춘상은 또덕의 몸에 퍼졌을 짓무른 상처를 보지 않아도 알 수 있을 것만 같았다. 또덕이가 다그치듯 말했다.

"대장, 이래도? 이래 죽으나 저래 죽으나 매한가지야."

"또덕아… 나 혼자서도 충분해!"

이때, 저쪽에서 플래시를 켜고 걸어오는 그림자가 있었다. 부락 대표 최일봉이었다. 일봉은 플래시로 춘상과 또덕을 한번 비쳐보았다.

"어이 또덕이, 바보는 어여 돌아가!"

어둠 속에서 또덕은 최일봉을 뚫어지게 쏘아보았다. 그러다가 혼자서 미소를 짓고는 저쪽으로 사라졌다. 춘상이 최 대표에게 물었다.

"이 밤에 어인 일이십니까?"

"춘상이한테 안 좋은 소식이 있어서…"

춘상은 담배를 하나 뽑아 물었다. 최 대표에게 외출 문제에 대해 의논했었다. 소록도 밖으로 한 번만 나갈 수 있게 해달라고 부탁을 했던 일이었다.

"춘상이 외출 문제를 원장님 하고 상의했는데…"

일봉이 자신 없는 목소리로 말끝을 흐렸다. 춘상의 외출 문제를 의논하려 하자 수호 원장은 적개심부터 내뱉었다. 그놈 눈엔 적개심으로 가득 차 있지… 감히 외출을 꿈꾸다니… 하면서 일봉의 무릎을 걷어찼던 것이다. 수호는 외출을 논의한 후 오히려 춘상에게 더한 벌칙을 가했다. 춘상이를 중앙리의 부첨인으로 보내도록 했던 것이다. 부첨인이란 경환자에게 중증환자를 돕도록 하는 것이다. 일봉은 더 자신의 뜻을 비치지 못하고 돌아설 수밖에 없었다.

"그래 당장 중앙리로 가서 시중을 들라 이 말입니까?"

"낸들 어쩌겠나. 저놈들 뜻을 감히 누가 꺾는단 말인가."

춘상은 다음날부터 곧장 중앙리 병사로 보내졌다. 춘상은 중앙리 병사에서 중환자들을 지극히 보살폈다. 누워있는 환자를 일으키고, 몸을 씻기면서 자신의 몸은 아직 걷고 움직일 수 있다는 데 고마움을 느꼈다.

한편, 인영은 정오의 타종 소리에 땀을 뻘뻘 흘리며 서낭당으로 달렸다. 금화는 약속했던 것처럼 서낭당에 당도해 있었다. 사람들의 시선을 피해 인영은 은밀히 금화로부터 편지와 작은 꾸러미를 받았다. 호사로 돌아오는데 다리가 후들거렸다. 인영은 또덕을 시켜 춘상에게 은밀히 쪽지를 넣었다.

춘상은 또덕으로부터 은밀히 쪽지를 받고 시간을 기다렸다가 밤이 되어서야 구북리 우물가로 달렸다. 춘상은 우물가에서 자신을 기다리고 있는 인영을 만났다. 인영으로부터 편지와 꾸러미를 받아들자 온몸이 감격스러움에 떨렸다. 인영과 오랜만의 그리운 감정을 나눌 새도 없이 춘상은 자전거 페달을 부지런히 밟았다. 호사로 돌아와서 아무도 눈치채지 못하도록 은밀히 편지를 개봉했다. 편지는 간단하게 몇 자 적은 심산 김창숙이 보낸 편지였던 것이다.

자넬 보니 의열단의 나석주가 생각이 나네. 조선식산은행에 폭탄을 투척하고 결연히 죽음을 선택하더구만. 조선을 위해 희생해달란 말은 염치가 없네만 자네 뜻이 부디 헛되지 않기를 바라네. ─심산 김창숙

2

춘상은 이때부터 수호 원장의 관사 근처를 은밀히 배회했다. 인영으로부터 관사지대의 지도를 구한 이후 수호의 동선이 눈에 들어왔다. 수호 원장의 관사 앞에는 항상 네 명의 병사가 경비를 서고 있었다. 춘상의 품속에는 잘 갈린 단도가 밖으로 나

올 순간을 기다리고 있었다.

춘상의 의도를 알고서 동생리 30호사의 동료들이 합세했다. 그들은 힘을 합쳐 수호 원장을 제거하는데 뜻을 모았다. 그들은 호사에서 관사지도를 펼쳐놓고 머리를 맞대어 지혜를 모았다. 관사지대의 구조를 속속들이 염탐할 수 있는 지도를 구한 사실에 일행은 모두 깜짝 놀랐다. 하지만 춘상은 인영으로부터 구했다는 얘기를 하지 않았다. 춘상은 남포등을 바짝 끌어들이며 관사지도를 비췄다. 관사지대가 남포등 불빛 아래 적나라하게 드러나자 일봉은 재빨리 자리를 떠버렸다.

"난 이 자리에 없는 거여."

"쳇, 목숨이 저리도 아까운가?"

쌍수와 광팔이 손가락질을 했다. 춘상은 지도에 꼼꼼히 표시를 하며 의견들을 나누고 있었다.

"잘 들어. 내가 숨어서 관찰해보니 수호 이놈 운동반경이 관사 뒷길 1킬로인데…"

춘상의 말에 창옥이 끼어들었다.

"철조망 넘는 것이 관건이여."

종희는 이야기가 정말 심각하게 흘러가자 일행의 의중을 심각하게 물었다.

"정말로 소록도 호랑이를 잡겠다고?"

춘상은 일행을 향해 다시 고개를 끄덕거렸다. 춘상은 이튿날에도 은밀히 수호의 뒤를 밟았다. 수호는 운동반경 중에서 천천히 달리기를 하고 있었다. 춘상은 수호의 길목에 잠입해서 멀찍이 숨어 지켜보았다. 품속에 기다리고 있는 단도를 여러 번 확인해 보았다. 붙잡히면 당연히 죽은 목숨일 것이다. 하지만 춘상은 목숨을 아깝게 생각하지 않았다. 여러 번의 시도 끝에 춘상은 기회를 잡았다.

수호가 운동을 하며 춘상이 몸을 웅크리고 엿보고 있는 근방까지 접근한 것이다. 수호는 운동을 하다 인기척을 느꼈는지 뒤를 돌아보았다. 하지만 아무 일도 아니라는 듯하던 운동을 계속했다. 나무에 몸을 숨기고 있던 춘상은 수호가 가장 가까이 접근했다 싶을 때 품속에서 단도를 꺼냈다. 호사 뒤뜰에서 연습하던 대로 수호의 목을 향해 힘껏 단도를 던졌다. 하지만 단도는 수호의 목에서 비껴났는데 수호는 나무에 꽂힌 단도를 뽑아 유심히 살폈다.

"여기 경비병, 경비병!"

수호의 목소리는 매우 긴장해 있었고, 고함을 치던 수호의 목소리를 듣고 경비병들이 쏜살같이 수호 쪽으로 뛰어왔다. 쌍수와 광팔은 미리 준비한 수건을 말아 춘상이가 다치지 않고 철조망을 넘어올 수 있도록 도와주었다. 춘상은 비록 수호의 저격에는 실패했지만 기회를 엿볼 수 있는 계기가 되었다.

그날 밤, 수호의 관사 앞에는 경비병들이 8명이나 보강 되었다. 수호 원장은 직접 경비병들과 사또 주임까지 세워놓고 마구 발로 걷어차며 채찍을 휘둘렀다.

"대체 어느 놈이 내 목을 겨눈 거냐? 당장 나학회가 코앞인

데… 소록도를 샅샅이 뒤져 단도의 출처를 알아내도록 하라, 당
장!"

수호는 한바탕 수선을 떨어놓고 관사로 돌아가서 축음기를
틀었다. 새장의 새라는 엔카를 듣는데 갑자기 소름이 돋았다.
자칫 소록도에서 목숨을 빼앗길 수도 있겠다는 두려움이 엄습
했던 것이다. 일본에 있는 아내와 자식들 얼굴이 불현듯 떠올랐
다. 수호는 넋이 나간 사람처럼 서랍을 열고 서류들을 살폈다.
그리고 혼잣말을 하고 있었다. 미쓰다 만은 이기고 싶은데 왜
이렇게 불안하지… 미쓰다는 일본 최고의 나병 권위자였다.

그날 밤, 소록도의 마을마다 불시에 검열을 받았다. 동생리
30호사에도 사또를 비롯한 검열단들이 우당탕 들이닥쳤다. 최
일봉을 비롯한 나환자들은 잠결에 일어나 검열을 받았다. 사또
가 환자들에게 단도를 들이밀었다.

"이거 누구 거냐?"

아무도 대답하지 않았다. 사또가 최일봉을 향해 물었다.

"누가 원장각하 목을 노렸냐?"

일봉이 고개를 저었다. 사또가 채찍으로 일봉의 맨살을 내려
치며 다시 소리쳤다.

"부락 대표는 뭐하는 놈이야!"

10호사의 동료들은 발가벗은 몸으로 벌을 섰다. 부엌의 칼이
란 칼은 모두 끌어내 끝을 완전히 박살 냈다. 검열단들은 칼끝
을 뭉개서 아무데나 던져버렸다.

구북리 인영의 호사에도 검열단이 들이닥쳤다. 검열단들은

동생리를 거쳐 구북리에 들이닥친 것이다. 깊은 잠에 빠져들 무렵 구북리 사람들은 자다가 홍두깨처럼 황당한 검열을 받았다. 사또는 미친 여자애들한테 단도를 들이밀며 누구 것인지 물었다. 미친 애들은 멀뚱멀뚱 웃기만 하고 대답을 하지 못했다. 사또가 인영을 향해 단도를 들이밀었다.

"너, 이거 본 적 없냐?"

인영은 고개를 저었다. 온몸이 긴장한 탓에 부들부들 떨렸다. 춘상 씨가 관사지대를 답사하여 이런 일을 저지른 것임을 직감하고 있었다. 검열단들은 여자들이라고 사정을 봐주지 않았다. 채찍과 곤봉을 혹독하게 휘둘렀다. 미친 애들은 채찍을 맞으면서 울기도 하고 웃기도 하였다. 누가 봐도 아수라장 같은 분위기였다. 망치 등으로 부엌의 칼을 짓뭉갰고, 살림살이를 박살내고서 검열단들은 중앙리로 향했다.

춘상은 중앙리의 병사에서 부첨인으로 일을 하고 있었다. 검열단들이 들이닥칠 것을 춘상은 각오하고 있었다. 중앙리의 병사에는 대개 중증환자들로 구성되어 있다. 따라서 검열단들이 중앙리에 들른 것은 자신을 의심하기 때문이라고 춘상은 생각하고 있었다. 검열단들은 춘상의 소지품을 꼼꼼히 검사했다. 춘상에게 단도를 들이밀 때 춘상은 심호흡을 했다. 태연한 척 딴청을 피웠다. 춘상에게 항상 반감을 지니고 있던 사또가 단도를 들이밀려 물었다.

"혹시 이거 네 거냐?"

춘상은 대답하지 않고 고개를 저었을 뿐이다. 순간, 사또가 곤봉으로 춘상의 어깨를 후려쳤다.

"감히 소록도 호랑이를 노린 놈이 누구야?"

사또의 역성에 중환자 하나가 누운 채로 대꾸했다.

"사또 주임님, 여기는 다 중환자들이요. 토끼사냥도 못한데 먼 호랑이 사냥을 한다고 그래요?"

"아니 이 새끼가?"

사또는 누워있는 환자에게 채찍을 휘둘렀다. 그러고도 화가 풀리지 않는지 구둣발로 몸의 이곳저곳을 짓밟았다.

그날 이후, 관사지대는 물론 해변의 경비도 강화되었다. 인영은 춘상을 만날 생각에 밤마다 우물가에 나갔다. 하지만 춘상은 좀처럼 모습을 보이지 않았다. 인영의 가슴은 몹시 안타깝고 답답할 뿐이었다. 이날도 늦은 밤에 인영은 물동이를 이고 우물터에 나갔다. 공연히 우물가에 앉아 밤하늘을 바라보고 있었다.

"밤마다 우물가에 나온다고?"

사또의 목소리에 인영은 뒤를 돌아보았다. 사또는 경비병을 대동하지 않고 혼자였다. 밤에 빨래터에 은밀히 혼자 나타난 탓에 더욱 두려웠다. 인영은 이런 이상한 분위기에서 벗어나고자 두레박질을 했다. 그런데 사또가 인영의 손목을 덜컥 붙들었다.

"따라와!"

"이게 뭐하는 짓이야!"

인영은 붙들린 손목을 낚아챘다. 사또가 더욱 큰 소리로 엄포를 놓고 있었다.

"따라오란 말이야!"

인영은 끌려가지 않으려고 발버둥을 쳤다.

"이거 놔! 이거 놔!"

하지만 사또의 완력(腕力)을 인영이 당해내기 어려웠다. 발버둥을 치는데도 인영은 이끌려갔던 것이다. 이때, 이런 모습을 우물터에서부터 지켜보는 그림자가 있었다. 인영이 사또에게 이끌려갈 때, 바로 뒤쪽에서 몸을 숨기며 뒤를 쫓는 그림자였다. 어둠이 짙었고 얼굴을 모자로 감싼 탓에 누구인지 분명하지 않았다. 사또는 인영의 팔을 끌어 등대 앞에서 멈추었다. 소록도의 등대는 낮은 언덕에 세워진 탓에 바다 쪽은 물론 소록도의 마을들이 한눈에 들어온다. 사또는 등대의 뒤쪽에 인영을 몰아넣고 인영의 몸을 더듬기 시작했다. 인영은 미순이를 생각하며 악착같이 저항했다.

"이년이 감히 어디서…"

하며 사또가 인영의 뺨을 올려쳤다. 하지만 인영 역시 사또의 뺨을 올려쳤다. 사또에게만큼 죽는 한이 있더라도 억울하게 당하지는 않을 생각이었다.

"한 번 더 조선 여잘 건들면 그땐 가만두지 않을 게야."

인영의 대꾸에 사또는 더욱 발악하며 인영의 턱을 거친 손으로 움켜잡았다.

"가만 안 있으면 네년이 어떡할 건데?"

"네 놈의 짓거리를 온 세상에 알릴 테다!"

인영의 대꾸에 사또가 권총을 빼 들었다.

"하하하… 죽고 싶어 환장했구나, 너!"

그러나 인영은 결코 기가 죽지 않았다. 언제부턴가 죽음도 두렵지가 않았던 것이다.

"그래, 죽여, 나 하나 죽인다고 입막음이 될까? 입막음하려면 여기 조선 여잘 다 죽여야 할 걸! 파렴치한 놈. 일본 여잔 건들지도 못하면서 힘없는 조선 여잘 건드려?"

사또는 어이가 없어 권총의 방아쇠를 당기려고 장전한다. 인영은 눈을 지그시 감았다. 이렇게 죽는 것이 차라리 나을지도 모른다고 생각했다. 사또가 겨누는 총구에 인영은 일부러 이마를 가져다 댔다. 그리고 세상의 마지막이라고 생각하며 살며시 눈을 감았다. 그런데 바로 이때 등대 뒤에서 용수철처럼 튕겨 나오며 사또의 가슴을 벌렁 걷어차는 사내가 있었다. 사또가 비틀거리다가 겨우 중심을 잡으며 말했다.

"너 누구야?"

하지만 사내는 아무런 대답도 없이 묵묵히 사또를 공격했다. 한바탕 두 사람은 치고박고 실랑이를 했다. 사또는 결국 완전히 뻗어버렸다. 뻗은 사또를 향해 정체불명의 사내가 말했다.

"살아서 고향에 가려거든 더 이상 죄를 짓지 마라."

사내는 인영을 데리고 걸음을 재촉했다. 인영이 걸으면서 물었다.

"누구세요? 혹시 일봉 아저씨?"

하지만 사내는 대답하지 않았다. 익숙한 목소린 듯하면서도 대체 누구인지 가늠할 수가 없었던 것이다. 사내는 인영을 구북리 호사 앞까지 데려다주고 뒷모습을 보이며 사라졌다.

3

　기상나팔 소리가 울렸다. 새벽 동이 트기 훨씬 전이다. 부락마다 환자들이 작업 도구들을 지참하고 일터로 향했다. 수백여 명의 환자들이 벽돌을 찍어 이고 짊어지고 손수레에 싣고 부지런히 움직였다. 수호 원장 저격 사건 이후 소록도의 분위기는 몹시 침통했다. 검열 이후 환자들에 대한 학대가 심해졌다. 사망자들이 이전보다 훨씬 늘어났다. 소록도의 주민들은 일본인들의 횡포를 어디에도 하소연하지 못했다.

　춘상 일행은 노동을 하며 삼삼오오 눈짓을 하며 말로써 한풀이를 했다. 사또를 비롯한 감시병들의 시선을 피해 은밀한 얘기들을 나누었다. 창옥이 더는 참을 수가 없다는 듯 말했다.

　"우리가 이러고 당하고 살아야 쓰겠나?"

　동료들이 일제히 고개를 저었다. 목숨보다 소중한 것이 자유였다. 하지만 소록도의 나환자들에게 어떤 자유도 허락되지 않았다. 그들은 오직 일본인들을 위한 노예밖에 되지 않았다. 소록도는 치료보다는 노동을 중시했다. 오직 일본의 영광을 위해 일하는 것을 최고의 영예로 인정했다.

　"성님, 미나미 총독 다녀간 뒤부터 사망자가 배로 늘어났어라."

　"배가 뭐여? 한 해에 사오백 명씩 죽어나가는데…"

종희가 창옥의 말을 받을 때 부락 대표 최일봉이 이들을 노려보았다. 쌍수가 답답하다는 듯 끼어들었다.

"성님들, 우리도 힘이 있다는 거 보여줍시다."

"예, 그래요. 성님들…"

광팔이 쌍수의 말을 거들었다. 이윽고 사나운 매의 눈으로 최일봉이 입을 열었다. 일봉은 마을 동료들의 삐딱한 생각들이 언제나 마음에 거슬리는 사람이었다.

"부락 대표 입장 난처하게 하들 말아, 이놈들아!"

일봉의 비아냥거리는 말에 창옥이 찍는 소리를 흘렸다.

"참 성님도 너무하시오. 이게 사람이 사는 세상이어라?"

종희가 일봉을 향해 비꼬는 말을 내쏘았다.

"성님은 언제까지 저놈들 꼭두각시놀음 하실라 그럽니까?"

"이놈들아, 네들 주제 파악을 혀, 네놈들이 먼 심이 있다는 거여."

일봉은 조선 나환자들은 영원히 일본의 노예처럼 살아야 한다는 믿음을 가지고 있는 듯 부락 동료들에게 무시하는 말을 뱉었다. 이때, 춘상이 저쪽에서 걸어와 끼어들었다.

"이놈들 만행을 바깥에 알려야지라. 성님 나한테 좋은 생각이 있소. 딱 한 번 도와주십쇼."

춘상은 자신의 말을 들으려고 손사래를 치는 일봉을 붙들고 열심히 무엇인가를 설명하고 있었다. 벽돌공장 창고 뒤뜰에서 춘상은 부락 대표 최일봉을 설득하느라 진땀을 흘리고 있었다. 춘상은 일봉에게 어려운 부탁을 했다.

"내가 공연단에 들어가게 힘 좀 써주십쇼."

"아이 참, 거기서 자네가 뭘 하겠다고?"

춘상은 칼을 찌르는 손동작을 보여주었다. 그리고 일봉의 귀에 대고 은밀히 속삭였다. 일봉은 그 말을 듣고 펄쩍 뛰었다.

"뭐, 이차돈의 사에서 자객?"

"예, 성님."

"어허, 큰일 날 소리. 난 일절 안 들은 걸로 하려네. 당최 가망 없는 생각 하덜 말아 이 사람아."

춘상은 소록도에서 열리는 세계나학회 때 수호 원장을 제거할 기회를 잡을 생각을 하고 있었다. 소록도에는 나환자들로 구성된 악극단이 있었다. 외부에서 귀한 손님이 방문할 때 특별히 공연을 하여 축하해 주었다. 이번 소록도 세계나학회는 세계 여러 나라의 나병 전문가들이 참석한다. 이차돈의 사란 작품에서 자객이 몸에 칼을 숨기고 등장한다. 춘상은 자신이 자객 역할을 함으로써 기회를 보아 귀빈들과 함께 앞에서 극을 관람하는 수호 원장의 목을 따버릴 계획을 세우고 있었다.

한편 수호 원장은 성큼 다가온 세계나학회 일정을 살피며 관계자들을 원장실로 불러 모았다. 사또와 타다, 세이코는 물론 의무관 해부의사 구리하라까지 한 자리에 앉혀 장차 열릴 세계나학회를 점검하고 있었다. 사또는 이마에 흰 붕대를 두르고 있었다.

"나학회 준비는 어찌 되어가나?"

수호는 사또의 이마를 뚫어져라 들여다 본 다음 물었다. 사또가 태연한 척 시치미를 떼며 대답했다.

"총회 개회식을 시작으로 이틀간의 일정이 잘 준비되고 있습니다."

"안전에는 이상 없겠지?"

사또의 이마에 꽂히는 시선을 애써 털어내며 수호가 물었다.

"감시병을 배로 늘려 만전을 기했습니다."

"극비보관실은 철저히 통제하라. 조선 놈들은 뭉치면 걷잡을 수 없어…"

수호는 누군가로부터 공격을 받은 이후 나환자들을 조심하리라 마음먹었다. 언제든지 조선 나환자들은 자신을 다시 공격할 수 있을 것이라고 생각했다. 하지만 무엇보다 두려운 것은 조선 나환자들이 극비보관실의 비밀에 대해 알게 되는 것이었다.

"타다, 환영식 준비는 어찌 되어가고 있나?"

수호의 물음에 의무관 타다가 세계나학회의 준비사항에 대해 보고했다.

"6개 부락 소방조가 기를 앞세우고 도열할 것이며 4천 5백여 환자들이 중앙운동장에 모여서 환영식을 거행할 것입니다."

"오호, 그래. 아주 성황리에 나학회가 개최가 되겠구나. 음… 이번 나학회의 연제는 몇 개나 되는가?"

타다가 준비한 자료를 뒤적거리며 수호에게 보고했다.

"발표될 연제만도 82개로 가장 성대한 나학회가 될 것입니다."

수호 원장이 흡족한 웃음을 보이지 다른 일행들이 일제히 웃었다. 원장실 밖에서는 박순주 고문을 비롯해 최일봉, 김민옥, 노양춘 등이 대기하고 있었다. 사또가 밖에 대기하고 있던 박순주 일행을 들어오도록 했다. 최일봉의 이마에도 흰 붕대가 감겨 있었다. 박순주 일행이 자리에 앉자마자 수호가 물었다.

"박 고문, 환영행사 준비는 어찌 되고 있소?"

박순주가 소리 나는 쪽으로 몸을 돌리면서 대답했다.

"경증환자들이 농악놀이 선보일 계획이고 관사지대 해변에서 가설음식점을 개설할 예정입니다."

"아주 좋소, 좋아. 한데 자넨 얼굴이 왜 그리 되었나?"

수호 원장이 일봉에게 시선을 돌리며 물었다. 수호는 이상한 시선으로 사또와 일봉의 이마에 똑같이 둘러매진 붕대를 바라보았다.

"발을 헛디뎌 넘어졌습니다."

"참 기이한 일이로구나. 네놈들이 동시에 발을 헛디뎌 넘어졌단 말이지?"

하고 수호 원장은 일봉과 사또를 번갈아 쳐다보았다. 그런 다음 일봉을 향해 뼈 있는 한 마디를 흘리고 있었다.

"자넨 지난번 토끼몰이 때도 그러더니… 그래 자네가 이끌고 있는 창극단에선 뭘 준비하는가?"

수호 원장의 물음에 일봉은 속으로 부르르 떨었다. 춘상과 나눈 얘기가 문득 떠올랐기 때문이다.

"이차돈의 사(死)와 곤지키 야샤(金色夜叉〈장한몽〉)를 무대에 올릴 계획입니다."

이차돈의 사를 말하면서 일봉은 온몸이 굳어오는 듯했다. 극중 인물의 칼을 이용해 수호 원장을 없애지는 춘상의 얘기를 듣지 않은 걸로 하자고 했었다. 일봉은 겨우 떨려오는 몸을 진정시켰다. 이런 일봉의 모습을 보며 수호 원장이 뇌까렸다.

"갑자기 몸을 왜 떨고 그러나… 곤지키 야샤라, 신파극 중에 으뜸이지."

일봉은 원장실에서 회의를 마치고 나오면서 한숨을 몰아쉬었다. 춘상이 더러 듣지 않은 걸로 하겠다고 하였지만 수호를 만나자 득달같이 떠올랐던 것이다. 수호는 그럼에도 이곳 소록도에서 열릴 세계나학회를 생각하며 가슴에 부풀었다. 나환자들이 자신의 목숨을 노리고 있다는 것을 알면서도 더는 대수롭지 않게 생각하고 있었다.

4

남생리 숯가마 앞에서 악극단 배우들이 열심히 연습하고 있었다. 최일봉과 춘상 역시 배우 중에 섞여 있었다. 춘상은 몹시 긴장된 표정이었다. 쌍수와 광팔은 숯가마가 보이는 남생리 입구에서 감시병들이 오는지 망을 보고 있었다. 춘상의 의지가 악극단의 배우들에게 전달되어 마침내 수호 원장을 제거하는 일을 상의하고 있었기 때문이다. 소록도 악극단 박철규 단장이 우려 섞인 목소리로 최일봉을 향해 입을 열었다.

"자객을 맡게 해 달라고?"

일봉이 지금까지의 태도와는 달리 목을 매달 듯 애원했다.

"몇 번을 말해요, 단장님…"

단장은 턱도 없는 소리라는 듯 고개를 흔들었다.

"근디 이수일이 제복을 여기 병사들 옷으로 입혀 달라고? 하면 그 제복을 빌려 입고 어딜 다녀온다는 겨?"

"건 단장님이 몰라도 돼요."

일봉의 말에 춘상 역시 곁에서 고개를 끄덕거렸다. 박철규 단장이 조바심 섞인 소리로 말했다.

"이수일이 등장할 시간에 못 돌아오면?"

춘상이 얼른 대답했다.

"걱정마십쇼. 한 식경이면 충분합니다."

"뭔 일 생기면 나 책임 못 져. 예민한 시기여 이 사람들아."

"예, 예…"

일봉과 춘상이 동시에 대답했다. 춘상은 일봉 형님에게 고맙다는 생각이 들었다. 계속 비아냥거리면서 반대를 하더니 갑자기 마음을 달리 먹고 춘상을 돕는 일에 앞장을 서기 때문이었다. 최일봉도 사람인지라 일본인들에게 당할 만큼 당하며 살아온 세월에 한이 맺혔을지 모른다. 춘상은 일봉의 손을 잡아 고마운 마음을 전했다. 그러면서 쌍수와 광팔을 향해 소리쳤다.

"야, 끝났다. 어서 와라."

춘상이가 외치는 소리에 쌍수와 광팔이 후닥닥 뛰어왔다.

"성님, 어떻게 되었소?"

"단장님하고 얘기 마쳤다. 이차돈의 사에 자객은 어려울 것 같고, 이수일이 제복 문제는 우리 계획대로 얘기 잘 되었다."

춘상의 말에 쌍수와 광팔이 활짝 웃었다. 일봉은 동생리로 돌아오는 길에 수호 원장의 저격은 심사숙고하라고 당부하면서 극비보관실은 반드시 잠입해서 일본인들의 짐승만도 못한 만행(蠻行)을 세상에 알려야 한다고 피력했다.

세계나학회가 열리던 날, 통통배를 타고 소록도로 들어오는 외부 손님들로 아침부터 붐볐다. 외부 손님들 중에는 일본인은 물론 미국인, 영국인, 러시아인들도 있었다. 수호 원장은 새벽부터 일어나 선착장에서 손님을 정성껏 맞았다.

배에서 내린 손님들은 안내를 받아 신사참배소에 들렀다. 신사참배를 마치고 소록도 본관을 향해 안내를 받았다. 일본 군함 행진곡을 들으며 길을 걸을 때 일장기를 손에 든 수백여 명의 나환자들이 길가에 도열하여 환영 인사를 올렸다. 외부 손님들에 대한 공식적인 환영 행사는 소록도 대운동장에서 개최 되었다. 대운동장에는 4천 5백여 명의 나환자들이 부락별로 도열해 있었다.

부락의 대표 격인 소방조는 낡은 경찰 정복을 입었다. 검정 모자에는 빨간색 두 줄이 나란히 쳐져 있었다. 소방조는 자신의 부락 대열의 맨 앞에서 기(旗)를 높이 쳐들고 기상을 뽐내고 있었다. 이윽고 일본의 고관들이 운동장에 나타났다. 고관 중에

니시가와 시의관이 조회대 위에 올라가 나환자들을 향해 일장 연설을 했다. 일본이 세계의 영웅제국이며 세계의 평화에 앞장 서며, 나환자들은 일본의 신민으로 명예와 긍지를 지녀야 한다 는 것이었다. 니시가와 시의관이 마지막으로 도열한 나환자들 을 향해 당부 말을 했다.

"여러분의 수양과 행복이 있기 바랍니다."

사회자가 조선말로 나환자들에게 통역을 했다. 그리고 환자 대표 이조발의 답사가 있었다. 이조발은 일본의 무한한 사랑과 보살핌으로 황국의 신민이 된 것을 자랑스럽게 생각한다고 덧 붙였다. 이렇게 세계나학회는 화려하고 웅장하게 막을 올렸다. 나학회는 행사 순서에 따라 차질 없이 진행되고 있었다.

제14회 나학회 현수막이 걸린 세미나실에서는 수호 원장이 나병에 대해 연구한 학문을 발표하고 있었다. 외부 손님들은 수 호 원장의 발표에 심혈을 다해 귀를 기울였다. 다른 공간에서는 강렬한 빛을 내뿜으며 영사기가 돌고 있었다. 영사기 너머의 스 크린에는 일본의 부강을 홍보하는 군국주의 분위기의 동영상이 상영되고 있었다. 강렬한 군국주의식 남성 내레이션이 행사장 을 쩌렁쩌렁 울렸다.

우리는 홍콩과 싱가포르, 필리핀에서 영국, 미국인 등 2천여 명 이상의 연합국 포로를 붙잡는 쾌거를 이룩했습니다. 731부 대 의무부대가 세균전을 펼치면서 전세는 우리에게 기울고 있 습니다.

남성의 우렁찬 내레이션이 끝날 즈음에 수호 원장이 나타나 일장 연설을 늘어놓았다. 수호는 자나 깨나 소록도를 세계에서 가장 행복한 꽃동산이라 치켜세우고 있었다.

일찍이 우가끼 총독이 말했듯이 소록도갱생원은 명실공히 경주, 금강산과 함께 조선의 3대 명소가 되었습니다.

수호 원장은 나환자들의 피땀으로 소록도를 아름답게 꾸미는 데 매진했었다. 조선의 자랑이요 명소로 만들기 위해 나환자들의 죽음 같은 것은 안중에도 없었다. 수호의 연설이 끝나자 방문객과 나환자들의 박수갈채가 흘러나왔다. 일본 본토에서 특별히 방문한 나병의 권위자인 미쓰다가 단상에 올랐다.

6천 나환자들이 명령에 복종하고 완벽한 연구시설에 감탄을 금할 길이 없습니다.
역시 소록도의 수호 원장은 대일본제국의 자랑이십니다.

수호 일행은 수간호사를 따라 극비보관실로 안내되었다. 외부에서 초대된 학자들은 수호의 설명을 들으며 연신 감탄을 흘렸다. 그들은 보관실에 진열되어 있는 유리관의 규모에 깜짝 놀랐다. 수백 개의 유리관이 진열되어 있었는데 유리관마다 사람의 사체가 포르말린 용액에 담겨 고요히 숨을 죽이고 있는 모습이었다. 미쓰다가 입을 열었다.

"오늘 이 시료들을 보니 대일본제국의 앞날이 아주 밝아 보입니다. 이런 열정이면 나병에 있어서도 세계를 지배할 날이 멀지 않은 듯 합니다."

"미쓰다 박사님, 이 시료를 보십시오. 아주 아름답지 않습니까?"

"하하하… 아이의 탯줄에서 강인한 생명력이 느껴집니다. 그래 나병은 이 탯줄을 통해 전염이 됩니까?"

미쓰다의 물음에 수호는 얼른 대답하지 않았다. 나병이 부모로부터 아이에게 전염이 된다는 것을 실험을 통해 아직 알아내지 못했기 때문이다.

"그게 관건이지요. 대일본제국이 가장 먼저 나병을 다스리게 될 것이오. 이렇게 소록도에서 세계나학회가 열린다는 것은 세계의 이목이 대일본제국에 집중되어 있다 이런 뜻이 아니겠습니까?"

"하하하…"

일제히 호탕하게 웃었다. 수호 원장의 안내로 그들은 이제 관사지대 해변을 향해 걸었다. 해변에는 임시로 설치한 가설음식점이 영업하고 있었다. 해변에는 온갖 음식점들이 임시로 문을 열고 영업을 하고 있었다. 나환자들에게도 식권 등을 발행하여 음식을 사 먹도록 특별한 조치를 하였다. 수호 원장은 각별히 정성을 들인 탁주점으로 외부 손님들을 안내하였고, 국밥점, 우동점, 떡점, 팥죽점, 주먹밥전, 과자점을 차례대로 방문하였다. 원장을 비롯한 상관 직원들과 환자 간부들도 음식을 나르며 봉사에 참여했다.

이윽고 기다리던 악극단의 공연이 시작되었다. 저녁 무렵 외부 손님들을 비롯하여 일본 직원들과 가족들 그리고 나환자들까지 공회당을 가득 메웠다. 공회당의 공연은 세계나학회 축제의 마지막 장이었다. 행사에 참여하는 배우들은 검문소에서 명단을 확인받고 소독까지 마치고 통과하여 공회당으로 들어갔다. 춘상은 공연단과 함께 검문소를 통과할 수 있었는데 농악대의 단원으로 통과한 것이었다.

이윽고 악극단 연주가 시작되었다. 악극단은 당시 조선 땅에서 널리 불리고 있던 '홍도야 우지마라'라는 곡이었다. 행사장 가득 손님들이 앉아 있는데 수호 일행, 일본인 가족들, 간호사들도 열을 지어 앉아 있었다. 악대가 연주를 시작하자 관객석의 수호 일행들이 옆 사람과 뭐라 담소를 나누었다.

시간이 경과하고 무대에서는 이윽고 장한몽이 시연되고 있었다. 춘상은 무대 뒤에서 이수일의 의상으로 환복하려고 옷을 벗고 있었다. 옷을 반쯤 벗는데 사또가 무대 뒤로 살피러 오자 벗던 옷을 얼른 꿰입었다. 사또는 그리 의심하지 않고 뒤쪽을 슬쩍 엿보고 다시 돌아가고 있었다. 지금 무대에는 남녀 배우 두 명이 올라가 이수일과 심순애 즉 장한몽을 펼치고 있었다. 배우는 손동작 몸동작으로 연기를 하고 소리는 변사의 입을 통해 관객들에게 전달되고 있었다.

무대 위의 배우의 입에 맞추어 여자 변사가 읊조렸다.

"수일 씨, 한눈팔지 말고 꼭 성공해서 돌아오셔야 해요. 흑…"

남자 변사가 배우의 입에 맞추어 읊조렸다.

"수일 씨, 한눈팔지 말고 꼭 성공해서 돌아오셔야 해요. 흑…"

극중의 수일이 순애를 향해 당부의 말을 늘어놓는다.

"내 어찌 순애 씨를 잊겠소. 고무신 거꾸로 신지 말고 기다리시오."

수일과 순애가 무대 위에서 부둥켜안았다. 순애는 수일 씨의 바짓가랑이를 단단히 부여잡고 흐느끼고 있었다. 하지만 수일은 순애의 절규를 뿌리치며 다급히 밖으로 나온다. 춘상은 가슴이 타도록 수일 역을 맡은 배우를 기다리고 있다가 수일이 나타나자 황급히 옷을 갈아입었다. 소록도에 근무하는 병사들의 의상과 거의 똑같은 의상이었다. 춘상이 의복을 모두 갈아입고 모자까지 갖춰 착용하자 다급한 소리로 일봉이 말했다.

"삼십 분이여 삼십 분… 그래야 수일과 순애가 제대로 상봉을 할 거 아니여?"

"예, 형님… 걱정마시오."

춘상은 말이 끝나기도 전에 밖으로 튀어나갔다. 춘상은 미리 준비해 둔 자전거에 올라타고 부지런히 페달을 밟았다. 한 치의 오차 없이 기회를 잡아 극비보관실에 잠입해야 한다. 그래야 조선인에 대한 일본인들의 만행을 세상천지에 알릴 수가 있는 것이다. 춘상은 이번 작전에 함께 참여하는 인영을 생각하며 일본 병사의 복장으로 관사지대를 통과하고 있었다.

한편, 치료실에서는 인영이가 미리 계획한 대로 찻잔에 은밀히 독초가루를 흩뿌려 넣있다. 간호사인 료코가 슬쩍 곁눈질을 했다. 이날따라 간호사 료코는 인영에게 부드럽게 대해주고 있었다. 인영은 찻잔을 들고 평소처럼 수간호사에게 다가갔다. 수간호사는 인영으로부터 찻잔을 받아들고 자연스레 차를 마신다.

춘상은 검문소를 통과할 때 경비병의 거수경례를 받았다. 동료 병사인 것처럼 자연스럽게 거수경계로 답례하며 페달을 부지런히 밟아 곧 본관 치료실에 도착했다. 그때, 수간호사는 쨍그랑 찻잔을 떨어뜨린다. 수간호사는 인영을 쩨려보며 따귀를 한 대 날렸다. 배를 만지작거리며 치료실을 나와 화장실로 향하는 모양이었다. 기회를 놓치지 않고 인영은 수간호사의 서랍을 뒤져 잽싸게 열쇠를 꺼냈다. 주머니에 열쇠를 넣고 서랍을 닫을 때 누군가 뒤에서 어깨를 잡아챘다. 인영이 바라보니 간호사 료코였다. 인영은 입이 덜덜 떨렸다. 다른 간호사들의 시선이 인영에게 쏠리자 료코가 인영의 뺨을 올려쳤다.

"이년이 감히 어디에 손을 대!"

"잘못했습니다. 실은 항생제가 필요해서…"

인영은 얼른 둘러대었다.

"그렇다고 서랍을 뒤져, 이년아?"

"아시잖습니까? 우리들이 어떻게 살고 있는지…"

한창 인영과 료코가 실랑이를 하고 있을 때, 수간호사는 화장실 바닥에 쓰러져 토사물을 게워내고 있었다.

5

춘상은 건물 뒤로 몸을 숨기면서 경비병에게 발각되지 않으려고 애를 썼다. 그런데 어느 지점에서 경비병의 눈에 띄어버렸다. 낭패다 싶었는데 경비병이 담배를 후닥닥 버리며 경례를 붙였다. 춘상은 얼른 태연한 척 경례를 받으며 큰길로 나왔다. 그리고 얼마를 달려 본관 뒤뜰에 도착했다. 본관 뒤뜰에서 대기하고 있던 인영을 만나 본관 내부로 향했다. 본관 복도에서 구두 발자국 소리를 듣고 얼른 몸을 벽의 뒤쪽에 붙였다. 발자국 소리가 물러가면 다시 걷고 소리가 들리면 숨고 하기를 반복했다. 춘상은 벽에 걸린 회중시계를 바라보았다. 밤 아홉 시를 가리키고 있다. 이때 끼익! 하고 밖에서 지프차 멈추는 소리가 들렸다.

지프차에서 내리는 사람은 사또 간호주임이었다. 사또의 허리춤에는 권총이 매달려 있었다. 사또가 권총을 매만지며 본관으로 들어섰다. 본관의 복도에 들어서며 사또는 큰 소리로 경비병! 경비병 하고 외쳤다. 두 명의 경비병들이 해찰을 하다가 부르는 소리에 놀라 후닥닥 달려왔다. 사또가 경비병들의 정강이를 걸어찼다. 정강이를 걸어차인 경비병들은 각자 맡은 구역으로 쏜살같이 달려갔다.

인영은 사또가 복도 끝을 향해 걸어오고 있음을 알았다. 더는 도망칠 수 없는 상황이다. 복도 끝에서 삐끄덕 문을 열어 보는데 문이 살며시 열렸다. 춘상과 인영은 사또의 발자국 소리에 다급해서 안으로 들어갔다. 안쪽에서 간호사 료코가 이를 지켜보며 까닭 모를 웃음을 지있다.

사또는 복도 끝을 살폈다. 분명 인기척을 느꼈기 때문이다. 수상한 느낌을 받았는지 허리를 바짝 숙여 문틈까지 엿보았다. 인영과 춘상은 안쪽에서 사또의 그림자를 보고 있었다. 사또의 그림자가 문틈 사이로 멀어졌다. 이런 모습을 지켜보고 있던 간호사 료코를 맞닥뜨리자 인영은 어쩔 줄을 몰랐다. 그런데 료코가 아무 말도 하지 않고 상냥하게 웃어주었다. 인영이 허리를 깊게 숙였다.

"정말 고맙습니다."

"정말 고맙소."

춘상 역시 간호사에게 허리를 숙였다. 간호사 료코가 소리를 질렀으면 춘상은 틀림없이 사또에게 붙들렸을 것이다.

"나도 조선 사람이에요. 근데 두 사람, 왜 여기 있어요?"

하고 간호사가 말을 할 때, 사또는 뒷짐을 지고 천천히 복도를 걷고 있었다. 그러다가 멈칫하며 뭔가 이상한 듯 옆구리에 찬 권총을 빼 들었다. 사또는 춘상과 인영이 숨어있는 문 쪽으로 걸어와서 천천히 문을 열고 들어온다. 이때, 춘상은 문 뒤에 숨었다가 일격에 사또의 뒤통수를 가격했다. 춘상의 갑작스런 가격에 사또는 순간 정신을 잃었다. 이런 사실을 모르는 마사오는 본관 앞 지프차에 걸터앉아 하염없이 담배를 피우고 있었다.

극비보관실 입구에는 이날따라 순찰 경비병 2명이 경계근무를 서고 있었다. 수호 원장은 저격을 당한 이후 나환자들에 대한 경계를 더욱 단단히 하였다. 특히 극비보관실 앞의 경비를 소홀히 하지 않았다. 간호사 료코는 다른 간호사와 함께 간식을 준비한 다음 경계병 2명을 불러들여 간호실에서 잠시 간식을 먹도록 하였다. 경계병들은 간호실로 들어와서 잡담들을 나누면서 열심히 간식을 먹고 있었다.

춘상과 인영은 이 틈을 타서 재빨리 열쇠로 극비보관실 문을 따고 들어갔다. 료코가 이들이 들어간 다음 밖에서 열쇠를 잠갔다. 경계병들이 간식을 먹고 극비보관실을 살핀 다음 밖으로 나갔다. 춘상과 인영은 준비한 사진기로 극비보관실에 진열된 용기들을 찰칵찰칵 찍었다. 그들은 보관실에 진열된 시험관 유리병들을 보고 깜짝 놀랐다. 경비병들이 돌아간 것을 알고 료코가 다시 문을 땄다. 춘상과 인영의 의도를 이해하고 료코가 같은 조선인으로서 동참한 것이었다.

갓난아이의 사체가 들어있는 작은 유리병을 춘상이 집어 들었다. 이런 모습을 보고 인영이 말했다.

"없어진 걸 알아차리면 어떡하죠?"

"그건 내가 알아서 할게요."

하고 춘상이 든직한 목소리로 대답했다. 춘상은 미리 준비한 공단 보자기에 갓난아이 사체가 담긴 작은 유리관을 정성껏 싸맸다. 그리고 세 사람은 극비보관실을 유유히 빠져나왔다. 춘상은 유리관을 싸맨 공단 보자기를 인영에게 건넨 다음 자전거를 타고 축하공연장을 향해 부지런히 페달을 밟기 시작했다. 검문소를 통과할 때 경비병들과 경례를 주고받았다. 춘상이 행사장에 도착했을 때는 약속한 시간보다 5분 정도 늦은 시각이었다. 하지만 변사의 재치로 수일은 속옷차림으로 무대에 나섰다. 관객들의 웃음보따리가 터져 나왔는데 마침 춘상이 도착해서 다시 무대 뒤에서 환복을 하고 당당한 수일의 모습을 보여주었다.

한편, 인영은 춘상에게 건네받은 보자기를 들고 부리나케 서낭당으로 뛰었다. 인영의 뒤를 밟는 발자국은 다행히 보이지 않았다. 축하 행사를 하는 시간이라서 많은 경비병이 행사장에 관객으로 참여한 까닭이었다. 인영은 뒤를 돌아볼 틈도 없이 서낭당 옆의 돌무덤에 시험관 유리병을 숨겨두었다.

행사장에서는 수일이 환복을 하고 당당히 무대로 걸어 나온 터라 관객들의 시선이 수일과 순애한테서 떨어지지 않았다. 변사의 입이 호기롭게 열렸다.

"그러면 그렇지… 수일 씨!"

"이 더러운 손 놔라!"

"수일 씨 없인 못 살아요. 내가 잠깐 눈이 삐었었나 봐요."

"어허 체통 없이 뭔 짓이냐!"

심순애가 이수일의 바지를 붙들자 헐렁한 바지가 곧장 흘러내렸다. 객석에서 관객들이 배꼽을 잡고 웃었다. 수호 원장과 외부 고관대작들의 모습이 보였다. 경비병들, 간호사들, 나환자들도 분리된 공간에서 장한몽을 보며 맘껏 웃는 시간이었다.

"어디서 바지를 벗기느냐!"

"수일 씨, 제발 나를 다시 받아주시오!"

"더러운 손을 치워라! 외간 사내의 금반지가 그렇게도 그립더란 말이냐?"

변사의 구성진 소리에 공연행사장은 웃음바다, 눈물바다가 되었다. 춘상 일행은 세계나학회 행사를 기회로 삼아 이렇게 일본의 만행을 외부에 알릴 수 있는 증거물을 빼돌리게 되었던 것이다.

10장

마지막 밤에

1

사또는 그날 밤 누군가 본관에 침입한 사실을 알게 되었다. 극비보관실의 문을 열고 누군가 침입해서 유리관을 훔쳐 간 사실도 알게 되었다. 사또 간호주임은 간호사들을 복도에 일렬로 세워놓고 호통을 치고 있었다.

"야밤에 본관에 침입한 놈이 누구야? 마사오, 수상쩍은 놈 못 봤나?"

마사오가 입술을 깨물면서 대답했다.

"보지 못했습니다."

사또가 료코를 바라보며 물었다.

"료코 너는?"

료코는 대답 대신에 고개를 저었다. 사또가 눈을 희번덕거리면서 물었다.

"근데 세이코는 어디에 있는 거야?"

세이코의 행방에 대해 아는 사람은 아무도 없었다. 사또를 비롯한 근무자들은 세이코를 찾아 일제히 흩어졌다. 간호사 하나가 곧 세이코를 발견했다. 세이코는 화장실에 뒤집힌 채로 쓰러져 있었다. 사또와 마사오가 연락을 받고 달려갔을 때, 세이코는 입에 거품을 물고 몸을 바들바들 떨고 있었다. 화장실 바닥에는 주사기 하나가 널브러져 있었다. 사또가 놀라 소리쳤다.

"이런 미친년, 순진한 줄 알았더니 날 잡아 뽕을 했나?"

마사오가 구둣발로 세이코의 옆구리를 툭 차며 소리쳤다.

"이봐, 세이코 상! 세이코 상!"

세이코는 아무런 의식이 없이 몸을 떨고 있을 뿐이었다. 세이코를 등에 업고 사또와 마사오는 본관 병실로 뛰었다. 침대에 눕혀놓았는데도 세이코는 여전히 의식을 회복하지 못하고 거품만을 흘리고 있었다.

춘상 일행은 모든 공연을 마치고 마을로 돌아오는 중이었다. 검문소를 통과하며 동료들은 몹시 들떠 있었다. 일본의 만행이 숨어 있는 극비보관실의 증거물을 빼돌리는데 성공한 사실을 알았기 때문이었다. 악극단 단원들의 공연이 신명 나게 이어지고 있었다. 농악을 하는 공연 팀은 꽹과리와 장구, 징과 북, 소고를 치며 관사지대를 지나고 있었다.

달아달아 밝은 달아~ 쾌지나 칭칭 나네~

우주강산에 비친 달아~ 쾌지나 칭칭 나네~

강변에는 잔돌도 많다~ 쾌지나 칭칭 나네~

솔밭에는 공이도 많다~ 쾌지나 칭칭 나네~

달밤에 신명 나는 악기음과 타령소리들이 하늘을 울렸다. 남생리의 단원 하나가 메기는 소리를 하면 뒤를 따르는 단원들이 메기는 소리를 받았다. 수호 원장이나 일본인들로 보면 세계나학회의 화려한 폐막 행사에 다름 아니었지만 춘상의 일행들에게는 일본에 저항하는 최초의 목숨을 건 작전이었다.

　그날 늦은 밤에 공원 숲속에는 야외 파티장이 마련되어 있었다. 수호 원장을 비롯한 귀빈들은 악극단 행사장에서 야외행사장으로 자리를 옮겼다. 야외 파티장에는 일본의 악단이 초대되어 노래를 부르고 있었다. 기모노를 정갈하게 입은 일본의 여가수가 악단 반주에 맞춰 일본 엔카 '그리운 센다이(ミス仙台)'를 부르고 있었다.

　　숲의 서울 꽃 처녀 달에 배를 젓는 히로세 강
　　젊은 하룻밤 사랑의 마음 센다이 센다이 그립구나
　　아오바 거리에 가을이 오면 네온 빛 물든 이치반쵸
　　사미센의 음색도 눈물에 젖는 센다이 센다이 그립구나

　파티장 위에는 만국기가 걸리고 군데군데 조명이 화려하게 빛나고 있었다. 기모노 입은 여인들이 서빙을 하고 외국 나학회 관계자들과 담소를 나누는 수호의 모습은 아주 들떠 보였다. 통역들이 귀빈들 사이에 앉아 열심히 일본어를 섞어 통역을 하고 있었다.

니시가와 박사가 수호 원장을 향해 아부하는 말을 흘렸다.

"소록도 시설이 본국보다 훨씬 좋은 것 같습니다."

이에 수호보다 먼저 미쓰다가 끼어들었다.

"장차 세계 나학회 회장은 아마 원장께서 하셔야 할 것 같소."

수호 원장이 박장대소를 하며 겸손을 가장했다.

"하하하… 과찬이십니다."

"과찬 아니오. 사실을 사실대로 말한 겁니다. 하하하…"

미쓰다가 호탕한 말솜씨로 변죽을 울리듯 말했다. 바로 이때, 사또가 허겁지겁 뛰어오더니 수호에게 귓속말로 속삭였다. 수호의 표정이 순식간에 일그러지고 있었다. 하지만 수호 원장은 무르익은 분위기를 깨트리지 않으려고 조심스럽게 말을 꺼냈다.

"지금 파티 중인 거 모르나? 항생제 좀 없어진 거 가지고 뭘 그러나…"

사또가 다시 귓속말로 가만히 말을 흘렸다.

"원장님, 극비보관실에 누군가 잠입한 거 같습니다."

"아니 뭐야?"

"비상을 걸고 검열을 할까요?"

"그건 귀한 손님들에게 예의가 아니지… 일단 경계태세를 게을리 하지 말고 손님이 빠져나가는 대로 샅샅이 검열을 하도록 하라!"

수호 원장의 말처럼 외부에서 입도(入島)한 손님들이 새벽에 모두 빠져나간 이후 소록도는 비상사태를 발령했다. 수호는 부하들을 대동하고 극비보관실을 유심히 살피고 있었다. 그가 가장 소중히 여기며 자랑스럽게 생각했던 유리관의 시료가 도난당한 것이었다. 선착장을 빠져나가는 외부 손님들을 꼼꼼히 살펴 보았지만 행적이나 수상한 소지품을 지닌 사람이 없었다. 수호가 안절부절못하며 탄식을 하듯 소리쳤다.

"내 가장 아끼던 시료를 도둑맞다니… 반드시 범인을 색출하고 무슨 수를 써서라도 도난당한 시료를 되찾아야 해! 알겠나?"

"네!"

하고 부하들이 일제히 대답했다. 수호는 범인이 소록도 내부에 있을 것이라고 장담했다. 아무리 생각해봐도 극비보관실의 시료를 훔쳐 간 범인은 나환자들의 소행일 것만 같았다. 수호는 일이 이렇게 되었으니 장차 무슨 일이 일어날지 모른다고 생각했다. 원장실에서 사또가 말했다.

"원장각하! 이 시료들을 가져가려는 자가 누구이겠습니까?"

수호는 골똘히 생각하며 의자에 앉은 채로 사또를 쳐다보았다. 사또가 전혀 상상 밖의 얘기를 꺼냈다.

"나병 권위자인 미쓰다 선생이야말로 가장 부러워하는 시료이지요."

수호는 사또의 말에 고개를 휘저으며 퉁명스럽게 퉁을 주었다.

"못난 놈, 일본 사람을 의심하다니… 세이코는 어디에 있나?"

"예, 치료실에 가료 중입니다."

"아니 뭐야?"

수호는 사또로부터 자초지종을 들으며 치료실을 향해 뜀을 뛰듯 걸었다. 수간호사인 세이코는 침대에서 부들부들 떨고 있었다. 투박한 거즈로 료코가 세이코의 입술을 닦아주고 있었다. 수호가 버럭 화를 내며 물었다.

"대체 어찌된 일이야? 이봐 사또, 극비보관실 기입 장부를 가져오너라!"

사또가 장부를 찾아 수호 원장에게 들이밀었다. 수호가 누워 있는 세이코를 향해 장부를 보여주며 물었다.

"세이코, 이거 세이코 상이 기록했지?"

수호의 물음에 세이코는 입을 달싹거리려고 해보는 모양이지만 소리가 밖으로 나오지 않았다. 료코가 연신 거즈로 입가에 거품을 닦아주며 수호 일행을 은밀히 살피고 있었다. 인영 역시 청소를 하며 저들의 동태를 면밀히 주시하고 있었다. 사또가 장부를 꼼꼼히 살피며 수호를 향해 말했다.

"장부를 자세히 보면 지운 흔적이 있습니다."

"쓸데없는 소리… 누가 감히 기입 장부에 그런 짓을 한단 말이야?"

사또가 아주 작은 소리로 주위를 살피면서 말했다.

"솔직히 세이코 상은 너무 많은 것을 알고 있어서…"

그러자 수호 원장이 무슨 결심을 한 듯 사또에게 귓속말로 무슨 지시를 했다. 사또는 재빨리 원장실로 달려가서 주사기를 가지고 나왔다. 그리고 치료실로 돌아와서 침대에 누운 세이코의 엉덩이에 주사바늘을 푹 찔렀다. 세이코는 자신의 엉덩이에 주사바늘이 꽂힌 것을 알면서도 빤히 쳐다볼 수밖에 없었는데 몸이 움직이지 않았기 때문이다.

한편, 박순주 고문을 비롯한 부락의 대표들이 원장실로 불려왔다. 그들은 간밤의 사건을 들어서 알고 있었기 때문에 모두 침통한 표정을 짓고 있었다. 수호 원장이 호통을 쳤다.

"내 목을 노리고 극비보관실에 침입한 놈이 있다!"

박순주 고문이 흐릿한 눈을 손바닥으로 비비면서 큰 소리로 확답했다.

"반드시 범인을 잡아내겠습니다."

수호 원장은 연달아 일어난 사건을 생각하니 울화통이 터졌다. 그는 조선인 나환자들이나 조선인 출입자 중에 범인이 있을 것이라고 생각하고 있었다.

"최근 입도자(入島者) 가운데 조선인에 대한 기록 가져왔나?"

사또가 수호의 물음에 대답했다.

"조선인 입도자로는 서낭당에서 비손을 하는 금화라는 무당 밖에 없습니다."

수호의 얼굴이 흉측하게 일그러졌다.

"금화라… 내 진즉에 이년의 왕래가 거슬렸었지. 박 고문, 대일본제국을 위해 선봉에 설 사람이 당신 아니요?"

수호의 시선이 박 고문을 향해 날카롭게 꽂히고 있었다. 박 고문을 쏘아보았다.

"구로시데 구다사이!"

박 고문이 허리를 굽혀 숨을 헐떡거릴 때 부락의 대표들도 안절부절못해 머리를 조아렸다. 사또가 수호 원장을 향해 의견을 말했다.

　"아무래도 축하 행사 하고 연관된 일인 것 같습니다."

　사또의 말에 수호가 최일봉을 향해 물었다.

　"최 대표, 단원 중에 관사지대를 벗어났다 되돌아온 놈이 있나?"

　최일봉이 고개를 저으며 시치미를 뗐다.

　"그럴 리가요…"

　수호가 일봉의 뺨에 난 생채기를 뚫어지게 쳐다보며 물었다.

　"자네의 그 상처는 영광의 상처인가?"

　최일봉이 허리를 숙이며 죽여 달라고 외쳤다.

　"구로시데 구다사이!"

　수호가 조선인들을 싸잡아 욕설을 퍼부었다.

　"너희 조선 놈들은 애초부터 믿을 수 없는 버러지 같은 존재들이야!"

　하고 욕설을 하면서 사또를 향해 귓속말을 흘렸다. 최일봉 등은 수호 원장이 무슨 말을 지껄였는지 들을 수가 없었다. 최일봉 일행은 원장실에서 나왔다. 본관 앞으로 나가니 병사들 여럿이서 2열로 대기하고 있다가 최일봉 일행이 나타나자 쏜살같이 포박해버렸다. 최일봉 일행은 그때서야 수호 원장이 사또의 귀에 대고 무슨 말을 지껄였는지 짐작할 수 있었다. 최일봉 일행은 영문을 모르고 끌려가면서 사또를 향해 하소연을 하고 있었다.

"대체 나한테 왜 이러는 거야?"

사또가 앙칼지게 대답했다.

"몰라서 묻나? 네 이마의 상처가 영광의 상처는 아니잖아?"

앞이 보이지 않아 영문을 모른 채로 끌려가던 박순주 고문이 물었다.

"뭔 일인데 이런 소란인가?"

구북리 대표 김민옥은 끌려가면서도 오직 하나님을 의지하고 있었다.

"주여!"

최일봉 일행은 감금실로 끌려갔다. 일봉은 자신들을 벌레처럼 취급하는 수호 원장과 사또 주임에 대해 원망을 키우고 있었다. 대일본제국을 위해 조선인들의 손가락질을 받으면서도 충성을 다한 날들이 하루아침에 허물어지는 느낌이었다. 감금실에 처넣어지면서 일봉은 고래고래 소리를 질렀다. 박순주는 어디로 왔는지 감을 잡은 모양으로 지팡이를 더듬거리며 혼잣말을 흘렸다.

"내 살다 살다… 인제 나는 죽었구나. 아이고 답답해."

일봉 일행에 이어 감금실에 갇힌 사람은 서낭당의 돌무덤에서 비손을 하던 금화 무당이었다. 금화는 돌무덤을 향해 비손을 하고 있는데 병사들이 득달같이 쫓아와서 포박을 하여 감금실에 던져졌던 것이다. 금화가 감금실에 던져졌을 때 일봉 일행은 고약한 고문을 당하고 있었다.

"어느 놈이야!"

"어서 불어 이놈아!"

가랑이 사이에 쇠막대기를 끼우고 두 놈이 X자로 젖히고 있었다. 최일봉과 박순주 등이 일제히 기절을 하고 있었다. 기절을 하자 병사들이 찬물을 끼얹었다. 찬물을 뒤집어쓰자 일봉과 박 고문은 퍼뜩 정신이 들었다. 한바탕 모진 고문을 당한 이후 그들 넷은 감금실 차가운 바닥에 쪼그리고 앉았다. 그들은 어떻게 하면 모진 감금실에서 살아갈 수 있을지 궁리하고 있었다. 박 고문이 일봉을 향해 가만히 입을 열었다.

"일봉이, 난 자네가 아끼는 인영이 이년이 수상쩍단 말이여."

"누구 죽는 꼴 보려고… 일본 놈들 앞잡이 이제 지겹잖소?"

일봉이 펄쩍 뛰었다.

"그런 소리 말아 이놈아, 피는 조선 것이어도 사상이란 것은 뼛속까지 사쿠라란 말이여."

옆에서 박 고문의 말을 듣고 있던 중앙리 노양춘 대표가 비꼬는 말을 흘렸다.

"니기미, 앞도 못 본 양반이 무슨 영화를 보자고…"

"이, 이놈 말하는 거 보게. 아 구북리 대표 뭐라 말 좀 혀 봐."

박 고문의 말에도 무사태평한 사람은 구북리 대표 김민옥이었다. 김민옥은 오직 생활 자체가 하나님으로 점철되어 있는 사람이었다.

"나야 하나님이 인도하는 길이 나의 길이요."

하자 박 고문이 답답하다는 듯 가슴을 두드리며 쇠창살 밖을 향해 큰 소리로 말했다.

"흐어… 하나님… 거기 나 좀 보소. 아이고 답답해 죽겠네… 내 말 할 테니 나 좀…"

이렇게 말하는 박의 목을 무겁게 누른 사람은 최일봉이었다. 중앙리 대표 노양춘이 이런 상황을 들키지 않도록 문 앞을 가렸다. 숨이 막혀 몸부림을 치고 다리를 떨며 허우적거리는 박 고문을 바라보면서 구북리 대표 김민옥은 가슴에다 성호를 그으며 기도를 하고 있었다.

감금실에서 박 고문이 죽어갈 때 금화는 초췌한 모습으로 고문을 당하고 있었다. 고문을 하던 병사들이 원하는 대답을 듣지 못하자 시뻘겋게 달아오른 인두를 장작불 더미에서 집어 들었다. 고문 병사가 시뻘겋게 달궈진 인두를 들이대기도 전에 금화는 겁에 질려 소리부터 내질렀다. 다른 병사가 금화의 머리채를 뒤로 홀떡 젖히며 소리쳤다.

"그러니까 얘길 해, 이년아! 유리관을 어디에 숨겼어?"

금화가 이를 앙다물면서 겨우 대답했다.

"모, 모른다. 차라리 날 죽여라 이놈들아!"

금화는 결코 유리관의 행방에 대해 입을 열지 않았다. 아니 입을 결코 열 수가 없었던 것이다. 어차피 감금실에 잡혀 온 이상 죽어날 수밖에 없을 것이라고 생각했다. 죽는 한이 있더라도 이번 기회에 일본인들의 악행을 반드시 밖에 알려야 할 것이다.

2

수호는 마음이 편치 않았다. 자신의 목숨까지 노리는 조선 놈들이 있다는 사실에 놀라지 않을 수가 없다. 또한 극비보관실 이 뚫렸다는 생각을 하니 잠을 이룰 수가 없다. 바깥에 알려지 면 조선인들의 저항이 만만하지 않을 것이라고 생각했다. 날마 다 듣는 엔까 새장의 새(籠の鳥)는 이날따라 더욱 가슴을 쥐어뜯 는 것 같았다. 복잡한 생각들이 머릿속에 어지럽게 떠다녔다. 사또가 화들짝 원장실로 뛰어 들어왔다. 수호가 마음을 진정시 키며 물었다.

"이봐, 사또… 왜 그렇게 호들갑인가?"

"박순주 고문이 죽었답니다."

사또의 대답에 수호의 표정이 뜻밖에 활짝 밝아졌다. 수호가 혼잣말처럼 읊조렸다.

"듣던 중 반가운 소리로다."

하지만 사또의 용무는 아직 끝나지 않은 모양이었다. 사또 가 약간 머뭇거리며 뭔가 망설이는 듯했다. 수호가 채근하듯 물었다.

"왜 더 할 얘기가 있나?"

"저 금화 무당마저 자결을 했답니다."

수호의 표정이 약간 일그러졌다. 하지만 수호는 망설임 없이 사또에게 지시를 하고 있었다.

"금화 년이 죽은 건 좀 유감이구나. 밤을 넘기지 말고 둘 다

화장해버려라. 주위 사람들 입단속 잘 하고 말이야."

"네!"

사또는 대답하며 발바닥이 보이지 않게 냅다 뛰었다. 그날 밤에 두 구의 시체가 리어카에 실렸다. 인영과 명자가 시체를 싣고 리어카를 끌고 화장터로 향했다. 감금실에서 마을 앞을 지나 숲길을 돌면서 인영은 시체의 흰 천을 걷어내려 얼굴을 살폈다. 박 고문과 금화 아주머니였다. 인영은 깜짝 놀라 한동안 걸음을 떼지 못했다. 명자가 재촉을 하고서야 천천히 걸음을 옮기기 시작했다. 금화를 생각하니 가슴 깊은 데서 슬픔이 피어올랐다. 리어카를 끌고 가는 인영의 몸이 철 지난 파처럼 축 늘어졌다. 눈물을 얼마나 흘렸던지 이제 눈물마저 흘러내리지 않았다.

그날, 정오까지도 극비보관실 문제에 대한 해결책을 찾지 못했다. 수호 원장은 원장실에 하염없이 앉아 화풀이를 하고 있었다. 수호가 사또를 향해 물었다.

"아직 유리관을 못 찾았나?"

"면목이 없습니다."

타다가 곁에서 우려스런 목소리로 끼어들었다.

"금화라는 무당과 인영이가 자주 접촉했답니다."

타다의 말에 수호 원장의 입에서 질투 어린 목소리가 튀어나왔다.

"하나이 원장이 불여우를 품에 안았어."

춘상에게 넙죽 얻어터진 마사오가 지난 수모를 떠올리며 고자질하듯 입을 열었다.

"인영이 곁에는 이춘상이란 놈이 붙어 다니는데 당장 년놈들을 잡아다…"

수호 역시 일본인이 겪은 그날의 수모를 떠올리며 서류철로 마사오의 머리를 후려쳤다.

"못난 놈, 납작하게 당한 주제에…"

사또가 주먹을 불끈 말아 쥐며 수호 원장을 향해 소리쳤다.

"분부만 내려주십시오!"

이때, 간호사 료코가 원장실로 들어왔다. 료코는 원장실에 누가 있는지 얼른 살펴보았다.

"내일은 신성한 동상 참배일이니 참배가 끝나는 대로 년놈들을 잡아들여라! 내일 동상 참배에는 반드시 내가 참석할 것이니 전원 집결시키도록 하라!"

"네!"

하고 일제히 머리를 조아렸다.

원장과 사또, 타다 등이 원장실에 있는 것을 확인하고 료코는 밖으로 나가 숲길을 향해 달리기 시작했다. 사또 역시 이상한 느낌을 받았는지 료코의 뒤를 밟기 시작했다. 료코는 숲길을 지나 은밀히 중앙리의 호사 뒤뜰로 발걸음을 옮기고 있었다. 료코는 중앙리의 호사에 도착해 한아름되는 느티나무 아래서 춘상에게 귓속말로 속삭였다. 사또는 뒤뜰의 저쪽에 숨어 료코가 춘상의 귀에 뭐라 속삭이는 모습을 또렷이 지켜보았다.

사또는 적막한 숲길에 몸을 은폐하고 료코를 기다리고 있었다. 이윽고 료코가 사또가 은폐한 앞길로 걸어오고 있었다. 사또는 득달같이 달려가 길을 막았다.

"하나이 원장이 불여우를 키운 게 아니라 수호 원장각하께서 불여우를 키웠구나. 네년이 이러고노 살아님을 거 같으냐?"

료코는 마음이 여린 여자처럼 싹싹 빌었다.

"제발 살려주세요. 뭐든 시키는 대로 할 거니 제발 살려만 주세요."

"그래, 원장각하의 취향이 점점 궁금해지는데, 오늘 밤 구북리 헛간에서…"

사또의 말이 끝나기도 전에 료코는 미친 듯이 고개를 끄덕거렸다. 지금은 죽을 수밖에 없는 상황임을 모르지 않기 때문이었다. 사또는 말을 마치기도 전에 고개를 끄덕거리는 료코의 모습을 보며 비웃음 가득한 웃음을 얼굴에 가득 담았다.

료코는 은밀히 춘상 일행에게 밤에 구북리 헛간에서 사또를 만나기로 하였다고 고백했다. 료코는 약속한 시간에 약속한 구북리의 해안 헛간으로 들어갔다. 사또가 시간에 맞춰 어둠 속에서 주위를 살피며 쫄랑거리며 헛간으로 들어갔다. 춘상과 쌍수, 광팔, 종희, 창옥, 또덕이까지 근처에 숨어서 이런 사실을 살피고 있었다. 이들의 손에는 송탄유 기름통이 하나씩 들려 있었다. 사또가 헛간으로 들어가자 춘상 일행은 곧장 행동으로 옮겼다. 이미 료코와의 사이에 준비된 약속이었다. 사또가 입가에 야비한 미소를 띠고 료코의 몸에 손을 대려는 순간 춘상 일행이 화닥닥 함석문을 열고 헛간 안으로 들어갔다. 사또가 갑자기 뛰어드는 놈들이 누구인지 알아차리기도 전에 수많은 발길질로 사또를 납작하게 바닥에 눕혀버렸다.

　사또를 초주검을 만들어놓고 료코와 함께 재게 함석문을 빠져나왔다. 그리고 일행은 준비한 송탄유를 헛간 주위에 쏟아붓고 성냥불을 그었다. 깜깜한 밤의 어둠 속에 헛간이 순간 찬란하게 이글거리며 송탄유 기름불에 타올랐다. 춘상 일행은 떨리는 가슴으로 멀찍이 숨어서 활활 타고 있는 구북리 해안의 헛간을 지켜보고 있었다. 저 불 속에서 이제 사또의 몸도 활활 불타 한 점 연기로 사라졌으리라 생각하며 그들은 고통 받은 자신의 영혼을 위로하고 있었다.

　춘상은 밤이 늦게 동생리 32호사로 향했다. 그동안 몰래 날을 세워온 칼을 동생리 32호사의 헛간 선반 위에 올려놓았던 것이다. 춘상은 료코로부터 수호 원장에 대한 소식을 전해 듣고 마음이 급했다. 내일 동상 참배에 수호 원장이 반드시 참석할 것이라는 소식이었다. 춘상은 중앙리의 뒤뜰에서 료코로부터 이러한 소식을 전해 듣고 굳은 결의를 다졌던 것이다. 내일 동상 참배일에 반드시 거사를 성공시키리라. 춘상은 몸을 낮춰 몰래 동생리 32호사 헛간 선반에서 번뜩이는 칼을 꺼냈다. 사쿠라 나무를 길게 깎아 만든 칼로 나무 찌르는 연습을 하려는 것이다. 어느새 또덕이가 춘상의 곁에서 바라보며 씩 웃었다.

　"날 따라오면 안 돼!"

　춘상이 또덕을 가로막으며 말했다.

　"나도 사람답게 한 번 살자."

　또덕이가 뜻밖의 말을 했다. 또덕의 말이 몹시 간절하게 들렸다. 춘상은 순간 도리질을 하면서도 또덕의 몸에 퍼진 상처를 떠올렸다. 그런 몸의 상태로는 결코 오래 살지 못할 것이다. 춘상은 또덕을 가볍게 끌어안았다. 또덕의 몸을 끌어안은 춘상의 가슴이 저렸다. 춘상은 고향 성주 쪽을 향해 큰 절을 두 번 올렸다. 또덕이도 그를 따라 옆에서 똑같이 절을 올렸다. 춘상이 울먹이는 소리로 말했다.

"아버지, 불효자식을 용서하십쇼. 저 세상에서 뵙겠습니다."

또덕이 혼자 춘상의 말을 멍하니 듣고 있었다.

"이러 봬도 나가 조선의 사내란 말이오, 아버지…"

"대빵, 정말로 멋지다. 대빵이 조선의 사내면 이놈도 조선의 사내요."

춘상의 호방한 기상(氣像)에 또덕이 역시 뒤지지 않았다.

3

그날 밤 늦게 비가 내리기 시작했다. 수호 원장은 관사에서 엔까 새장의 새(籠の鳥)를 들으며 만찬을 열고 있었다. 일본의 음식들이 즐비하게 차려져 있었다. 창문을 적시는 관사, 사미센의 특특한 악기소리가 창자를 긁으며 일본에 대한 서정적 향수를 불러오고 있었다. 만찬 자리에는 일본의 간부들이 모두 참석하고 있었다. 마치 수호의 마지막 만찬을 즐기기라도 하듯… 나이 어린 간호사들이 시중을 들었고 시중을 드는 간호사 중에는

료코도 있었다. 그런데 죽을 줄만 알았던 사또가 살아 있었으므로 료코는 어리둥절할 뿐이었다.

수호가 수심이 가득한 표정으로 사또를 향해 입을 열었다.

"사또, 누가 구북리 헛간에서 불장난을 했다고?"

사또가 시치미를 뚝 떼며 대답했다.

"조선 놈들 노는 짓이 그렇지요."

사또의 대답에 수호 원장은 표정을 누그러뜨리며 동료들을 향해 말했다.

"자 비도 추적추적 내리고 고향 생각이 간절한데 한 잔들 마시게."

"원장 각하! 오늘이 무슨 날입니까?"

타다가 술잔을 이마까지 끌어올리며 지나가는 소리로 물었다.

"오늘따라 죽은 아내도 생각나고 경도제대 법학부에 다니는 아들놈 생각이 간절해서…"

동료들이 고개를 끄덕였다. 료코는 복잡한 표정을 짓고 있었는데, 사또가 요코를 날카롭게 쏘아보고 있었다.

"십 수 년 원장각하를 모셨지만 이런 적이 없었습니다."

우시지마 의무과장이 우려스런 표정으로 말했다.

"내 뼈를 묻을 각오로 소록도에 온 지 십여 년이 다 되었으니 향수병이 도질 때도 되었지."

수호는 서랍에서 서류철을 꺼내 회한이 가득한 표정으로 들여다보았다. 수호가 서류철을 들여다보며 계속 입을 열었다.

"그나저나 십 년 공든 탑이 대일본제국에 훌륭한 전리품이 되어야 할 텐데, 왜 오늘따라 새의 깃털마냥 가볍게 보이는지… 저 노래처럼 내가 바로 새장의 새로구나…"

수호 원장의 말에 동료들이 일제히 고개를 끄덕거렸다. 수호는 그날 밤새도록 뒤척이는 꿈을 꾸었다. 꿈에 죽은 아내가 어서 오라고 손짓하고 있었다.

4

춘상 역시 잠을 이룰 수가 없었다. 자정이 지나 비가 추적추적 뿌리는데 춘상은 구북리 바닷가에서 인영을 만나고 있었다. 바닷가 모래밭을 팔짱을 끼고 오래 걷다가 숲속에 나란히 기대어 앉아 마지막일지도 모를 순간을 함께 하고 있었다. 비스듬히 기대어 춘상은 하모니카를 불었다. 하모니카에서 흘러나온 고향의 봄은 어느 순간보다 구슬프게 들렸다. 파도 소리도 잠잠하고 하모니카 소리도 멈추었다. 춘상은 가슴에 묻어둔 말을 어렵게 꺼냈다.

"내일 수호 원장이 동상 참배에 참석한답니다. 사또도 제거했고 내일 거사를 치를 생각입니다."

인영은 말을 듣고 그리 놀라지 않았다. 인영은 춘상에게 정을 주면서 깊은 데서는 냉정히 정을 떼고 있었다. 언젠가는 떠나갈 사람이란 것을 모르지 않았기 때문이다.

"서낭당 금화 아주머니가 그랬지요. 상처뿐이니 그쪽한테 정 주지 말라고…"

"미안해요, 인영 씨. 몹쓸 상처만 남겨서…"

"붙잡을 수 없는 처지인데 누굴 원망하겠어요."

인영의 목소리에 물기가 배어 있었다. 춘상은 미안한 마음이 깊어 어떤 위로의 말을 해줄 수가 없었다. 품에서 하모니카를 꺼내 인영에게 건넸다.

"이거 받아요. 혹시 내 생각날 때 불어 봐요."

인영의 떨리는 손이 느껴졌다. 인영은 하모니카를 떨리는 손으로 겨우 받아 가만히 입에 대고 불어보았다. 인영의 어깨가 심하게 흔들렸다. 춘상이 흔들리는 인영의 어깨를 감싸 안았다. 숨소리가 느껴질 만큼 고조된 분위기가 진정되었을 때 춘상이 입을 열었다.

"인영 씨, 무슨 일이 있어도 유리관과 사진길 세상으로 내보내야 해요."

"염려 말아요. 꼭 지켜낼게요."

인영의 목소리에서 다부진 결기가 느껴졌다. 춘상은 인영의 몸이 격정적으로 떨려오는 것을 느끼면서 흔들리지 말자고 속으로 다짐을 하고 있었다.

"인영 씨, 그동안 고마웠어요."

인영은 직감적으로 느낄 수 있었다. 목숨을 걸지 않으면 극비보관실에 침입할 수 없는 일이었다. 동상 참배일에 수호 원장이 직접 참여한다는 정보는 춘상으로서는 절호의 기회가 되리

라. 둘만의 애틋한 시간을 더 늘린다는 것은 지나친 사치에 다름아닐 것이다. 인영은 억지로 울음을 참으며 담담한 태도로 말했다.

"오늘이 마지막이군요. 저 그쪽 정말 좋아했어요. 비록 몸은 아프지만 그쪽이 있어서 행복이란 걸 느꼈어요."

"인영 씨…"

하고 춘상은 인영을 포옹했다. 둘은 그대로 숲속 수풀더미에 무너졌다. 오랫동안 입술을 맞비비면서 아무런 말을 하지 않았다. 발치 너머에서 파도 소리가 들렸다. 철석, 바위 표면에 부딪치는 파도 소리가 그들의 심장을 물어뜯는 느낌이었다. 둘은 울음을 겨우 참고 있었지만 끝내 울음을 겉으로 터뜨린 사람은 춘상이었다.

"울지 말아요. 내가 살아있는 한 이 순간의 기억이 영원할 거예요."

하고 인영이 춘상의 등을 다독거리면서 말했다.

춘상은 여전히 울음을 멈출 수가 없었다. 울음을 섞어 춘상이 겨우 말했다.

"인영 씨, 내 이름 한번 불러줄래요?"

하지만 인영 역시 얼른 입이 떨어지지 않았다. 겨우 울음을 멎고 그의 이름을 불러주었다.

"춘상 씨, 영원히 잊지 못할 거예요."

"미안해요, 인영 씨. 이렇게밖에 해줄 수가 없어서 정말 미안해요."

그들은 동시에 울음을 터뜨리면서 서로를 힘껏 부둥켜안았다. 파도가 더욱 가까이 넘나들면서 요동을 쳤다. 등대의 불빛도 어둠에 완전히 묻혀버린 듯 세상이 온통 어둠 속에 묻혀 있었다.

에필로그

　1942년 6월 20일은 수호 원장의 동상을 참배하는 보은감사일이었다. 관사지대의 직원들은 출근과 동시에 거동이 불가능한 환자를 제외한 모든 원생을 공원의 동상 앞 광장으로 집결시켰다. 아침 8시, 웅장한 수호 원장의 동상 앞에는 삼천여 명의 환자들이 수호 원장의 훈시를 듣기 위해 대기하고 있었다. 얼마 후 수호 원장이 승용차에서 내려 수행원들과 함께 자신의 동상으로 걸어오고 있었다.

　수호 원장은 머리에 공작 털을 꽂고 있었다. 사또와 타다, 마사오, 다까바시 보도과장, 우시지마 의무과장, 요시자키 서무과장 등을 대동하고 있었다. 수호는 열을 지어 서 있는 나환자들에게 최경례(最敬禮, 사이케이리)를 외치며 손을 흔들었다. 나환자들은 지나가는 수호 원장을 향해 90도로 허리를 숙였다.

　춘상과 또덕은 다른 줄의 같은 열에 나란히 서 있었다. 인영역시 조금 떨어져서 다른 줄의 같은 열에 서 있었다. 춘상과 인영이 시선을 마주치면서 희미하게 웃었다. 춘상은 품속에 밤새도록 날을 세웠던 식칼을 숨기고 있었다. 헛간이 활활 불탈 때 죽었어야 할 사또는 지하 비밀공간으로 피해 천신만고 끝에 살아온 사람이었다. 사또가 춘상의 앞에서 오락가락 왕래하고 있었다. 춘상과 인영은 사또가 살아있는 모습을 보고 몹시 초조하고 놀랐다.

춘상은 사또가 가까이 왔을 때 가슴속에서 울화통이 치밀어 올랐지만 꾹 참아냈다. 춘상의 표적은 사또가 될 수 없었다. 기회는 오직 한 번이었다. 한 번의 기회로 자신의 목숨과 맞바꾸는 일이었다. 춘상은 수호 원장이 자신의 근처로 다가오기만을 가슴을 졸이며 기다리고 있었다. 수호가 춘상이 있는 쪽으로 다가온다. 춘상은 떨리는 가슴을 억누르며 품속의 식칼을 더듬어 보았다. 그런데 수호가 갑자기 방향을 바꿔 저쪽 방향으로 멀어져 간다. 품속을 더듬던 춘상의 손이 떨렸다.

수호 원장이 이제 인영이 있는 쪽으로 걸어온다. 수호의 걸음이 인영이 앞에서 우뚝 멈추었다. 수호는 일부러 인영이 있는 데로 걸어왔던 것이다. 수호가 인영의 턱을 치켜들었다. 인영은 턱을 흔들며 저항하고 있었다. 수호가 인영의 턱을 반대편으로 밀쳐내면서 비난을 던지고 있었다.

"하나이 원장이 불여우를 키웠구나."

인영은 수호 원장을 날카롭게 쏘아보았다. 수호는 비웃음을 떨치며 춘상이가 열을 지어 있는 반대편으로 향했다. 춘상은 순간 당황했지만 또덕이가 나서주었다.

"수호! 이쪽으로 와. 나도 절하고 싶어."

버릇없이 구는 또덕에게 병사들이 다가가려 하자 수호 원장이 손짓으로 말렸다. 수호는 묘한 웃음을 띠면서 춘상이를 향해 다가왔다. 춘상과 또덕은 서로 의미 있는 눈빛을 교환했다. 또덕이가 수호에게 계속 무례를 범했다.

"수호, 가까이서 보니 호랑이처럼 생겼다."

또덕의 말에 수호는 당황했다. 사또와 타다, 마사오까지 달려들어 또덕을 끌어내려 하자 또덕은 안간힘을 쓰며 버텨보았다. 그러자 사또가 뇌까렸다.

"이 자식이 감히…"

사또한테 또덕이 역시 뒤지지 않았다.

"소록도 호랑이 맞잖아!"

사람들의 시선이 또덕에게 쏠려 있을 때 춘상은 기회를 잡았다는 듯 수호 원장을 향해 달려갔다. 사또가 급히 춘상을 가로막았다. 춘상이 조롱을 하듯 말했다.

"사또 임마, 네가 어떻게 살아 있어?"

하며 춘상이 사또를 한 번에 가격했다. 사또가 뒤로 몇 발짝 물러서듯 쓰러졌고, 춘상은 수호 원장과 순식간에 대치했다. 춘상은 아직 품 안에서 식칼을 꺼내지 않았다. 수호는 헛웃음을 치면서도 춘상의 행동에 놀라고 있었다.

"이런 버러지 같은 놈이…"

수호의 욕설에 춘상은 비웃음으로 맞받았다.

"이봐, 수호!"

"아니 이 자식이 무장…"

춘상은 바로 이 순간에 잽싸게 품속에 넣어둔 식칼을 꺼내들었다. 사또와 타다, 마사오와 다른 직원, 병사들이 일제히 춘상을 향해 튀어왔다. 춘상이 오랫동안 가슴에 묻어둔 말을 수호에게 토해냈다.

"너는 우리에게 너무 무리한 짓을 했으니 이 칼을 받아라!"

"하, 요놈 봐라!"

수호 원장은 이때까지도 춘상의 행동을 대수롭지 않게 생각했던 모양이다. 하지만 춘상은 절호의 기회를 놓치지 않았다. 죽음을 무릅쓰고 결행을 다짐했다. 춘상은 품속에 숨겨둔 식칼을 꺼내 빈틈을 보이지 않고 수호를 향해 돌진했다. 춘상은 조선식 식도를 꺼내 수호의 오른쪽 흉부를 향해 힘껏 푹 찔렀던 것이다. 수호가 넘어질 때 간호사 료코는 관사를 향해 뛰기 시작했다. 타다와 병사들이 료코의 뒤를 은밀히 쫓았다.

수호를 호위하는 사람들이 주위에 넘쳤지만 쏜살같은 춘상의 동작을 막아서지 못했다. 수호 원장의 가슴에서 시뻘건 핏줄기가 솟구쳤다. 춘상은 식도를 손에 들고 사또를 향해 돌진했다. 수호 원장 다음으로 죽여야 하는 대상이 바로 사또였기 때문이다. 한 칼에 쓰러진 원장은 차에 실려 관사로 보내졌다. 피묻은 비수를 들고 춘상은 "사또 나와라 이놈!"하고 소리쳤다. 하지만 사또는 겁을 먹고 줄행랑을 치고 없었다.

중앙리의 부락 환자 하나가 춘상을 붙들었다. 춘상은 수호 원장을 저격하는데 성공했으므로 더는 저항하지 않았다. 힘이 장사였으나 순순히 붙잡혀주었다. 직원들은 집합하여 있는 원생들을 즉각 해산하고 전원 통행금지 명령을 내렸다. 일절 방안에서 나오지 못하도록 조치를 취했다. 병원 당국은 모든 종류의 칼끝을 끊어버리라고 명령했다. 원생들은 혹독한 조치가 내려질까 전전긍긍했다.

관사로 옮겨진 수호 원장은 끝내 숨지고 말았다. 중앙운동장에서 옮겨진 지 채 한 시간도 안 돼 절명했다. 춘상이 수호를 찌르고 일본인 직원들과 병사들에게 포위되었을 때, 소록도의 모든 환자들이 춘상을 보호했다. 춘상을 체포하려고 병사와 관리자들이 춘상을 에워쌀 때, 삼천여 명의 나환자들이 일본세력들을 겹겹이 에워싸 버렸다. 쌍수와 광팔, 창옥, 종희 등은 환자들과 나란히 팔을 맞잡고 소리쳤다. 종희가 일본 놈들을 향해 외쳤다.

"우리 대장 건들면⋯ 네놈들도 여기서 죽는다!"

"여기가 네놈들 무덤이지!"

하고 쌍수와 광팔이 소리쳤다. 원생들이 일제히 합세했다. 일본인들은 춘상을 에워싼 채로 한 발짝도 움직이지 못했다. 갑자기 춘상이가 만세를 외쳤다.

"만세! 만세! 만세!"

춘상의 만세삼창을 원생들이 일제히 따라 외쳤다. 일본인들은 결국 춘상과 또덕에게 길을 열어주었다. 춘상이 동상을 향해 달려나갔다. 길을 터준 병사들이 끝내 또덕을 향해 총을 쏘았다. 또덕이 총에 맞아 쓰러졌다. 또덕을 끌어 안은 채로 막순이가 울었다. 총소리에 놀라 새들이 후드득 날아올랐다.

"반드시 생포하라!"

다까바시 보도과장이 소리쳤다. 춘상과 3천여 명의 나환자들이 일시에 덤벼들어 동상을 무너뜨렸다. 원생들 중의 일부는 산쪽으로 도망치는 사또의 뒤를 쫓고 있었다. 여기저기에서 총소리가 들렸다.

소록도가 총성에 휩싸일 때 감금실에 갇혀 있는 김민옥, 최일봉, 노양춘 등은 깜짝 놀랐다. 최일봉이 귀를 의심하며 말했다.

"아니 웬 총소리여?"

"총소리 맞구만. 아니 무슨 사건이 일어난 것 같은데…"

"에구 춘상이 이놈이 일을 저지른 모양일세."

일봉의 표정이 순식간에 일그러졌다. 춘상이가 결국 일을 저질렀다면 여기에서 살아나가기는 힘이 들 것이라 생각했기 때문이다.

수호 원장이 피습되는 순간 수호 원장보다 더 빨리 원장 관사로 뛰었던 간호사 료코는 수호가 애지중지하던 서랍을 우적우적 뒤져 서류를 챙겼다. 료코의 뒤를 밟았던 타다와 병사들이 서류를 챙겨 나오는 료코를 향해 총을 쏘았다. 료코는 가슴에 총을 맞고 그 자리에 피를 흘리며 쓰러졌다. 쓰러진 료코를 향해 타다가 말했다.

"원장각하의 피와 땀이 네년 전리품이 될 수야 없지."

료코는 눈을 감고 죽어 가면서 겨우 말끝을 흐렸다.

"나쁜 놈들… 천벌을 받을 거야."

이때, 상황실의 상황병은 황급히 급전을 때렸다. 소록도갱생원 소요사태 발생, 긴급 병력 지원 바람, 이렇게 바람을 타고 날아간 무전으로 고흥경찰서에서 경찰관들이 득달같이 출동했다. 마사오와 병사들이 인영을 붙잡아 앞장세우고 방패 삼아 나타났다. 마사오는 총구를 인영의 머리에 겨누었다. 바다로 달아났던 사또는 모래펄에서 몽둥이를 들고 기다리는 환자들 때문에 꼼짝하지 못했다. 2개 소대의 고흥 경찰 병력이 긴급 투입된 이후 등대를 엄폐물 삼아 환사 무리와 대치했다. 환자들은 소록도에서 탈취한 총기로 대항했다. 그들은 목숨을 걸고 자혜의원 앞에서 총격전을 벌였다.

"총을 버리고 투항하지 않으면 이년 머리통을 날려버리겠다."

하고 마사오가 소리쳤다.

"내 걱정 말고 맘껏 싸워요."

인영은 병사들과 대치하고 있는 원생들을 향해 소리쳤다. 춘상이 쌍수 등을 향해 절박한 심정으로 소리쳤다.

"우리가 엄호할 테니까 네들은 뒤로 빠져 사또를 반드시 잡아라."

"대장, 걱정 마쇼."

쌍수와 광팔이 소리쳤다. 종희와 창옥 등이 엄호를 하자 쌍수와 광팔이 자혜의원 뒤쪽으로 달려갔다. 마사오는 인영의 뒤통수에 총구를 들이대고 더욱 발악을 하고 있었다.

"마사오! 인영 씨를 보내라."

마사오가 인영 씨를 놓아주었다. 춘상은 끝내 총을 버리고 투항하고 말았다. 더는 버틸 수도 살아나갈 방도도 없었다. 목숨에 구차한 미련을 두기도 싫었던 것이다. 춘상은 체포되어 소록도 감금실에 감금되었다. 춘상이 감금실에 처넣어질 때 간수가 말했다.

"이춘상, 너는 수호 원장 살해범이다!"

최일봉과 김민옥 등은 감금실에 갇혀 있다가 복도에서 들리는 소리에 깜짝 놀랐다. 총소리가 어지럽게 들려 심상찮은 일인 줄은 알았지만 수호 원장이 살해될 줄은 몰랐다. 더군다나 춘상이가 정말 수호를 살해할 줄은 몰랐던 것이다. 춘상은 최일봉 등이 갇혀 있는 바로 옆방 감금실에 갇혔다. 벽을 두드리며 최일봉이 말했다.

"춘상아, 심정이야 이해하겠지만 네 앞날도 생각했어야지."

춘상이 당당한 목소리로 벽에 대고 말했다.

"애시당초 나한테 앞날 같은 것은 없었소. 6천 나환자를 구하는 길이 내 목숨보다 소중하다 생각했으니까."

최일봉이 안타까운 심정을 담아 말했다.

"그 맘이사 장하제만, 큰 일 치른 대가를 우리가 어찌 감당하겠냐."

"성님, 뒷일 좀 부탁합니다. 인영 씨도 잘 챙겨 주소."

간수가 조용히 하라고 소리치는 바람에 일봉은 춘상의 말에 대응하지 않았다. 춘상은 쇠창살 너머로 귀를 쫑긋 기울이고 있었다. 어둠이 깔리면서 멀리 바닷가에서 파도 소리와 함께 하모니카 소리가 구슬프게 들리는 것 같았다. 춘상은 차가운 바닥에 등을 대고 가만히 드러누웠다.

밤이 깊었을 때 최일봉 등은 밖으로 귀를 기울이고 있었다. 수호 원장을 살해한 불똥이 어디로 튈지 모르는 일이었다. 복도에서 병사들의 투박한 구두 발자국 소리가 들렸다. 춘상을 데리러 온 병사들이었다.

"이춘상, 일어나라!"

최일봉 일행은 이제 춘상이와도 마지막이라는 것을 알았다. 눈물을 흘리면서 문틈으로 밖을 살펴보고 있었다. 춘상이 병사들에 끌려가고 있었는데 춘상의 머리에 죄인의 머리를 덮는 용수가 씌워져 있었다. 최일봉이 흐느끼는 소리로 말했다.

"춘상아, 잘 가라."

춘상의 대답은 들려오지 않았다. 춘상을 태운 지프차가 부릉하고 달리는 소리가 들렸다. 춘상은 자신을 태운 지프차가 구북리 해안을 천천히 달리고 있는 것을 알았다. 인영과 함께 맡았던 바다 냄새가 코를 간지럽게 했기 때문이다. 그리고 그의 귀에 들리는 소리는 분명 하모니카 소리였다. 인영과 함께 불렀던 '고향의 봄'이 달리는 지프차에 묻어 들리고 있었다. 용수 쓴 춘상의 턱 밑으로 뜨거운 눈물이 쭈룩 흘렀다.

춘상은 결국 출동한 고흥경찰서 경찰관에게 인계되었다. 춘상은 경찰관을 전혀 상대하지 않았다. 오직 검사의 심문에만 응하겠다면서 일체 함구해버렸다. 검사를 통해 일본의 만행을 널리 알리기 위함이었다. 춘상은 검사의 심문에 개인적 감정이 아니라 원생들을 노예처럼 취급하는 것을 보고 소록도 나환자들을 대신해서 저지른 분노에 의한 것이라고 당당히 밝혔다. 수호원장을 살해하여 조선 방방곡곡에 여론화시킬 목적이라고 태연히 진술했다.

1942년 8월 20일, 광주지방법원 형사부.

소록도 형무소에 마련된 그날의 법정에는 소록도의 여러 나환자 증인들이 참여하고 있었다. 그날따라, 창문 너머로 빗줄기가 떨어졌다. 흰 커튼으로 방청석의 절반을 가렸다. 뒤쪽 방청석에는 나환자들이 경청하고 있었다. 방청석의 앞쪽 반쪽은 일본인 및 관계자들이 앉았고, 다른 반쪽은 심산 김창숙, 고당 조만식, 만해 한용운 등 조선의 지식인들이 앉아 있었다. 그런데 특이한 것은 일본인 관계자 석에 윤치호가 마치 일본인처럼 당당히 앉아 있었던 것이다. 재판부가 법복을 입고 근엄하게 들어오고 곧장 심리가 시작되고 있었다.

"원고 측, 심리하세요."

하고 판사가 입을 열었다.

"피고 이춘상은 조선식 식도 1정으로 수호 원장의 오른쪽 흉부를 1회 찔러 폭 3센티미터 깊이 13.5센티미터의 자상을 입혀 살해의 목적을 달성하였습니다."

하야시 로메이 조선총독부 검사가 진술했다. 판사가 이춘상을 향해 물었다.

"피고, 살해의 동기는 무엇인가?"

이춘상이 용수를 쓴 채 아주 당당한 목소리로 대답했다.

"우리는 나라 잃은 조선에 환자이기 전에 한 인간이오. 하지만 수호는 우릴 오직 노예요 벌레처럼 취급했습니다. 소록도 감금실은 환자를 살해하기 위한 설비로 걸핏하면 거기 가두고 생체실험을 자행했으며 단종 수술마저 서슴지 않았습니다."

뒤에 참여한 방청석에서 웅성거리는 소리가 들렸다. 일본 병사가 천막을 열어젖히며 작은 소리로 말했다.

"조용히 하시오!"

방청석이 잠잠해지기를 기다려 춘상이 열변을 토했다.

"죽는 것도 모자라 시신은 반드시 해부를 당하고 화장되었으며, 수호 원장은 표본이란 핑계로 환자의 신체를 유리병에 보관하는 만행을 저질렀습니다."

일본인들마저 이 대목에서는 웅성거렸다. 심산 김창숙 등의 지식인들이 앉은 방청석에서 방청객이 일본인들을 향해 소리쳤다.

"일본은 당장 조선을 떠나시오! 조선을 떠나시오!"

일본인들이 앉아있는 틈에서 윤치호가 소리쳤다.

"재판장님, 저들을 퇴장시켜주시오."

윤치호의 말에 판사가 소리쳤다.

"저 자들을 당장 퇴장시키시오!"

순사들의 손에 조선의 지식인들이 이끌려 나갔다. 심산 김창숙이 안 나가려고 안간힘을 쓰면서 법정을 향해 소리쳤다.

"장하다 이춘상, 넌 조선의 영웅이야!"

한용운이 소리쳤다.

"윤치호 이놈!"

조만식이 윤치호에게 비아냥을 담아 뇌까렸다.

"저러니 연희전문에서 짤렸지."

순사들이 조만식을 붙들어 질질 끌고 복도 끝으로 사라졌다.

법정이 잠잠해지고 춘상이 열변을 토하고 있었다.

"수호 원장을 죽인 것은 개인에 감정이 아니라 의분에 의한 것이외다. 소록도 참상을 알리고 6천 나환자를 살리는 길이 이 방법밖에 없다고 생각했을 뿐이외다!"

변호인 권승렬이 말했다.

"피고가 신청한 동료 환자 최일봉은 증인석으로 나오시오!"

최일봉이 증인석으로 나왔다. 법정 안의 모든 눈이 그에게 향했다. 사또와 타다, 마사오 등의 시선이 특히 최일봉에게 날카롭게 꽂혔다. 사실 최일봉은 전날, 사또의 부름을 받고 증인석에서 춘상에게 불리한 증언을 하도록 강요당했던 것이다. 머뭇거리는 증인을 향해 판사가 소리쳤다.

"증인, 피고의 말이 사실인가?"

이윽고 작심을 한 듯 최일봉이 입을 열었다.

"이춘상의 말은 새빨간 거짓말이오!"

일봉의 말에 법정이 잠시 소란스러웠다. 춘상은 누구보다 실망했다. 가장 믿음이 있었기에 증인으로 신청을 했던 것인데 뜻밖의 진술에 깜짝 놀랄 뿐만 아니라 배신감마저 느꼈다. 춘상은 고함을 지르며 일어서다 저지당했다. 변호인이 재판장을 향해 입을 열었다.

"존경하는 재판장님, 피고 이춘상은 육체적 고통으로 신경이 쇠약한 점을 참작하여 형을 경감해 주실 것을 요청합니다!"

이에 판사가 판결문을 낭독하고 주문을 읽었다.

"사람이 걸어가다 벌레에 물려 죽었으면 그 벌레를 죽이는 것은 당연한 이치다! 주문, 형법 제 199조에 의거 피고 이춘상을 사형에 처한다!"

판사의 이러한 판결에 법정이 소란스러웠다. 항의하는 조선인들과 춘상이 동료들의 항의를 들을 새도 없이 법관들은 쏜살같이 퇴장했다. 춘상은 불의에 항거하는 의미에서 상고하였지만 제1심과 마찬가지로 사형이 판결되었고, 다시 총독부 고등법원에 상고하였으나 기각되어 사형이 확정되었다. 판사가 말했다.

"네 마지막 소원이 무엇이냐?"

춘상이 지그시 눈을 감고 대답했다.

"내 고향 성주 하늘 아래서 죽고 싶소."

판사가 대답했다.

"피고의 소원대로 대구형무소에서 사형을 집행토록 하라!"

이렇게 하여 춘상은 대구형무소로 이송되었다.

선착장 가는 길에 환자들이 늘어섰다. 그들은 안타까운 심정으로 손을 흔들어 전송했다. 법정에서 배신했던 최일봉을 비롯 종희, 창옥, 마순이, 명자, 미친 여자애들이 호송차를 보고 손을 흔들었다. 인영은 호송차에 용수를 뒤집어쓴 채 죽음을 맞으러 가는 춘상을 차마 쳐다볼 수가 없었다. 호송차가 인영의 곁을 지나갈 때 인영이 갑자기 호송차를 가로막았다. 일본 순사를 향해 춘상의 용수를 벗겨달라고 간절히 매달렸다. 순사는 호송차를 세우고 춘상의 머리에 뒤집어씌운 용수를 벗겨냈다. 춘상과 인영이 마주 보며 한참 동안 흐느끼고 있었다. 종희와 창옥이도 울음을 터뜨렸다. 춘상이 순간 최일봉을 뚫어지게 쳐다보았다. 최일봉은 따가운 춘상의 시선을 피해버렸다. 창옥이 소리쳤다.

"춘상아, 맘 놓고 가거라."

종희가 거들었다.

"여긴 걱정 말아라. 춘상이 억울한 한을 우리가 풀어줄 테니까 어이…"

춘상이 흐느끼는 소리로 입을 열었다.

"예, 성님…"

춘상은 인영을 쳐다보았다. 그의 어깨가 흔들리며 인영을 향해 떨리는 목소리로 말했다.

"인영 씨, 내 이름 한번 불러줄래요?"

인영이 명자의 부축을 받으며 겨우 몸을 가누면서 대답했다.

"춘상 씨, 춘상 씨, 절대 잊지 않을 게요."

"인영 씨, 고마워요. 그럼 됐어요."

하며 마지막이듯 당부 말을 흘렸다.

"성님들, 우리 인영 씨, 잘 부탁드립니다."

춘상의 머리에 다시 용수가 덜컥 씌어졌다. 춘상을 태운 지프차는 선착장을 향해 달리기 시작했다. 인영은 힘을 내어 선착장을 향해 뛰었다. 소록도의 동료들도 슬픔에 젖어 선착장으로 뛰었다. 춘상을 기다리던 통통배가 춘상을 태우고 길게 뱃고동을 울리며 육지를 향해 출발했다. 인영은 멀리 서서 멀어지는 통통배를 향해 손을 흔들어주고 있었다.

한편, 창옥과 종희는 춘상과 작별인사를 하고 쏜살같이 마을을 향해 뛰었다. 동생리 32호사에서 몽둥이를 치켜들고 대기하고 있었다. 춘상이를 배신한 최일봉 부락 대표를 몽둥이로 때려죽일 작정을 하고 가슴을 죄며 기다리고 있었다. 종희가 창옥을 향해 하소연하듯 말했다.

"내가 뭐라 하드냐. 놈들한테 속았다캤제."

창옥이 종희를 거들면서 말했다.

"우리한테 전라도 경상도 대빵 시킨 것도 편을 가를 심사였을 거여."

종희가 고개를 끄덕이며 뼈가 박힌 말을 뱉어냈다.

"창옥이, 오늘 일봉이 성님 잡고 헤엄쳐서 나가자."

창옥이가 빤히 종희를 쳐다보며 말했다.

"무슨 수로 저 드센 바다를 건널 거여. 그라고 바깥 세상 나가본들, 누가 우릴 반기겠느냐."

종희가 입을 놀려 맞장구를 쳤다.

"에이, 더러운 인생이다."

이 순간, 최일봉은 사또와 일본 직원들과 함께 원장실에 모여 앞으로의 일을 의논하고 있었다. 사또가 일봉을 향해 입을 열었다.

"거짓 증언 해줬으니 이제 네 소원을 말해봐."

사또의 말에 일봉이 거침없이 대꾸했다.

"사또 주임님, 김창옥과 권종희를 당장 퇴출시켜 주시오."

일봉의 요청에 사또가 섬뜩한 말을 했다.

"퇴출? 차라리 제거해버리는 것이 낫지 않을까?"

일봉이 고개를 저으며 말했다.

"그럼 일이 더 커질 것입니다. 내 맘도 편치 않을 것이고…"

사또가 대답했다.

"알았다. 당장 이놈들을 퇴출시킨다."

사또는 병사들을 데리고 동생리로 향했다. 일봉은 가슴을 죄면서 사또의 지프차에 타고 있었다. 사또 일행이 갑자기 동생리 32호사에 들이닥쳤다. 창옥과 종희는 무장한 사또 일행 탓에 몽둥이를 한 번도 휘둘러보지 못하고 포박당하고 말았다. 창옥과 종희는 지프차에 태워졌다. 사또의 지프차가 이들을 태우고 쏜살같이 동생리를 빠져나오고 있었다.

"우리를 어디로 데려가는 것이냐?"

창옥이가 사또에게 물었다.

"조용해 이놈들아, 네놈들이 예뻐서 살려 보내는 중 아냐?"

이들을 태운 지프차는 선착장으로 달리고 있었다. 창옥과 종희는 미리 대기하고 있던 통통배에 태워졌다. 일봉이 포획한 노끈을 풀어주며 말했다.

"네들 볼 면목 없다. 춘상이를 배신한 것은 내 뜻이 아녀."

창옥이 일봉을 향해 비아냥거리는 말을 흘렸다.

"성님, 목에 칼이 들어와도 일본 놈 앞잡이는 되지 말았어야지라."

"잔말 말고 어서 가 어서… 바깥세상 노래 불렀잖아, 이놈들아…"

종희가 울먹이는 소리로 말했다.

"몽둥이는 들었어도 성님 죽일 생각은 아니었어라."

"어여 가, 해 떨어진다. 사람답게 살아 이놈들아…"

창옥이가 울먹이며 대꾸했다.

"이런 몸을 해가지고 어데 가서 사람답게 살아갈 수 있을지 나 모르겠소."

"어떻든 귀한 목숨들이여 이놈들아, 잘들 살아…"

통통배가 속도를 내어 멀어지자 일봉은 선착장에서 주저앉아 울었다. 통통배에서 창옥과 종희가 희미한 모습의 일봉을 향해 손을 흔들어주었다. 사또가 일봉의 등을 두들겨주었다. 사또가 일봉을 위로하는 듯 입을 열었다.

"울지 마라, 최 대표. 이제 네 세상인데 왜 울어."

일봉은 순간 사또를 째려보았다. 하지만 그가 사또에게 할 수 있는 것은 아무 것도 없었다. 일봉은 사또의 지프차를 타고 동생리로 돌아왔다. 저녁부터 부슬부슬 비가 내리기 시작했다. 인영은 춘상과 이별한 이후 몸을 가누지 못할 정도였지만 정신을 번쩍 차렸다. 춘상과의 약속이 퍼뜩 떠올랐다. 밤이 깊어 사방이 어둠 속에 묻혀 있었다. 인영은 서낭당에 숨겨놓은 유리관을 품에 안고 구북리 한적한 바닷가로 뛰었다. 약속한 시간이 되어 불빛이 가물거렸다. 건장한 사내들이 통통배에서 내렸다. 사내들은 인영으로부터 상자를 받아들고 허리를 숙여 예의를 다했다. 인영이 떠나려는 사내들에게 말했다.

"일본인의 만행을 꼭 세상에 알려야 합니다."

사내들이 동시에 대답했다.

"걱정 마십쇼."

유리관을 싣고 통통배가 녹동항 선착장에 닿을 무렵 녹동항 앞바다에 한순간에 천둥번개가 쳤다. 우루루 쾅, 천둥소리와 함께 섬광이 번쩍였다. 녹동항 선착장에는 일본군 병사들 1개 소대가 바다를 향해 총부리를 겨누고 있었던 것이다. 일본의 만행이 담긴 유리관은 총소리와 함께 바다로 침몰했다. 생체실험에 대한 소록도 일본인들의 폭력과 만행의 증거물이 바닷속으로 사라진 비참한 순간이었다.

한편, 이날 새벽녘에 일봉은 술에 취해 있었다. 일봉은 부락에서 나와 사또에게로 향했다. 사또 역시 원장실에서 마치 자신이 원장이라도 되는 듯이 술을 마시고 있었다. 사또는 몸을 가누지 못할 정도로 술에 취해 있었다. 최일봉이 다른 때와 달리 호기를 부리며 사또에게 말했다.

"야, 사또! 어디 좀 가줘야겠다."

사또가 혀 꼬부라진 소리로 대답했다.

"이른 시간에 어딜?"

일봉이 입술꼬리를 말아 올리며 중얼거렸다.

"이르긴… 네놈한텐 늦었지."

"뭐?"

사태가 이상하게 꼬이고 있음을 알아차린 듯 사또가 퍼뜩 정신을 차렸다.

"저승 가는데 노잣돈은 있냐?"

비틀거리는 사또를 소파에 눕혀놓고 일봉은 거침없이 사또의 목을 누르기 시작했다. 일봉이 어찌나 팔에 힘을 주었는지 사또는 꽥 소리 한 마디 내지르지 못하고 숨이 꼴딱 넘어가고 있었다. 사또의 목숨이 끊어진 것을 확인하고 일봉은 미친 듯 밖으로 달려 나왔다.

비가 계속해서 내리고 있었다. 동이 뻔히 트고 있는데 인영은 검은 우산을 쓰고 어린 수철의 손을 잡은 채 만령당 문 앞에서 고개를 숙였다. 빗물이 인영의 이마에 흘렀다. 최일봉이 흠뻑 젖은 몸을 하고 비틀거리며 만령당 옆을 지나가고 있었다. 인영과 일봉의 시선이 잠깐 마주쳤지만 아무런 말도 오가지 않았다. 최일봉이 지나가는 소리로 소리쳤다.

"인영아, 잘 살아라!"

최일봉이 저만치 멀어져 갔을 때, 인영은 시선을 주지 않은 채 만령당 안쪽에 대고 말했다.

"순임 언니, 수철이 많이 컸지?"

인영은 눈물을 흘리며 처음 소록도에 입소할 때 도움을 주던 순임 언니의 모습을 떠올려보았다.

"엄마, 누구한테 말하는 거야?"

"아냐, 수철아… 네 이모…"

인영은 수철의 작은 손을 꽉 움켜잡았다. 순임 언니가 몰래 아이를 낳아 기르다가 죽음을 목전에 두고 애를 인영에게 부탁했었다. 순임 언니의 핏줄인 수철이가 이렇게 살아 있기 때문에 인영 역시 아직 살아야 하는 이유가 있었다. 수철에게는 힘든 삶을 물려주지 않아야 한다는 생각을 하면서 인영은 만령당에서 돌아섰다. 수철의 손을 잡고 천천히 구북리를 향해 걸음을 옮겼다. 구북리로 향하는 산모퉁이 숲길에 사람들이 에워싸고 웅성거리고 있었다. 그런데 미친 애들이 소란을 떨며 인영에게 소리쳤다.

"인영 언니, 저기 일봉이 아저씨다."

인영은 애들이 가리키는 손가락을 따라 시선을 돌렸다. 인영은 깜짝 놀라 저도 모르게 입을 벌리고 말았다. 최일봉이 아름드리 소나무 가지에 목을 매어버렸던 것이다.

일봉이 죽고 얼마 지나지 않아 춘상은 대구형무소에서 교수형을 받았다. 춘상의 목에 밧줄이 걸릴 때 춘상은 인영의 모습을 떠올려보았다. 이제 이승에서 마지막 떠올려보는 인영의 모습이었다. 인영이가 수철이와 행복하게 살기를 마지막으로 기도했다. 그는 자신의 목을 조여 오는 죽음을 자랑스럽게 받아들였다. 이런 이춘상의 죽음에 대해 조선에서는 아무도 입에 올리지 않았다. 다만 일본의 언론에서 이러한 기사를 실었다.

이춘상이 죽인 수호 마사스에는 조선 땅에서 조선인의 손에 죽은 일제의 관리 중 가장 직급이 높은 사람으로 〈안중근〉은 일본의 제1역적, 〈이춘상〉은 일본의 제2역적이다.

일본 731부대의 반인륜적 범죄

인간은 어디까지 악랄해질 수 있을까? 이에 대한 물음이 처참하게 죽어간 영혼들에게는 씻을 수 없는 결례를 범한 것은 아닌지 우려스럽다. 인간의 악랄성이라는 표현 자체도 그 인간이란 범주에 있어서 옳지 못할 수도 있다. 인간이란 대개 악랄함보다는 순수함 혹은 인간적 휴머니즘의 존재이기 때문이다. 따라서 보편적 인간이 아닌 민족적 개념에서 접근하는 편이 옳을 것이다.

민족적 개념으로 인간을 볼 때 당연히 그 악랄성의 주체는 일본이다. 민족적 우월주의에 제국의 패권주의로 무장한 일본은 지난 2차 세계대전(1939. 9~1945. 9) 중에 치욕적인 반인륜 범죄라는 패악을 저지르고 만다. 이미 어느 정도는 알려졌듯이 731부대의 횡포가 이를 반증하고 있다. 지난 일제강점기에 731부대의 잠입에 의한 조선의 소록도 섬에서 역시 나환자를 대상으로 하는 생체실험과 조선인에 대해 행해진 일본의 악행을 소설 속에 기록하였으나 그 미진함 탓에 장(章)을 할애하여 첨부하기로 한다.

일본의 731부대하면 생체실험을 했던 부대로 잘 알려져 있다. 하지만 그들이 얼마나 참혹하게 사람의 생명을 다루었는지 실상을 아는 사람은 드물다. 731부대는 원래 '검역급수부'라는 명목으로 설립되었다. 전염병을 예방하고 물을 공급한다는 의미로 신설된 부대다. 하지만 731부대 이시이 시로 부대장이 취임하면서 이는 다만 위장명칭에 지나지 않았다. 그들은 731부대를 실험실 삼아 인체실험을 하게 된다. 인체실험을 통해 생물학 무기를 개발하는 임무를 부여받은 것이다.

일제는 포획한 포로를 대상으로 잔혹한 실험을 한다. 희생자들은 전쟁포로가 대부분이었는데 부대가 중국의 하얼빈에 위치하기 때문에 중국인이 대다수를 이루었다. 하지만 몽골인, 조선인, 미군, 소련군 등의 연합군 포로까지 다양한 국적의 포로들이었다. 특히 조선인의 경우 독립운동가, 공산주의자, 범죄자 부류의 반체제 사람들이 잡혀 와 생체실험을 당하게 되었던 것이다.

731부대의 내규를 토대로 살펴보면 당시 일본인에 의해 얼마나 잔악한 범죄가 일어났는지 짐작할 수 있다. 포로 중에 품질이 떨어지는 수용자를 죽이고, 731부대 수용자는 어떠한 경우에도 살아나갈 수가 없었다. 실험을 받기 전에 사망한 포로는 무조건 실험자와 비교하기 위해 부검을 당해야 했다. 이는 소록도의 경우와 몹시 흡사한 대목이다.

일본제국이 패망한 후, 실험실에서 살아나간 생존자는 단 한 명도 없다. 그들은 태평양 전쟁 말기에 퇴각하면서 실험의 결과를 기록한 문서만 휴대하고 일본으로 도주했다. 실험대상자나 시설은 모두 폐기처분하였다. 일본의학계는 731부대의 실험관계자들에게 박사학위를 수여할 정도로 높이 평가하였는데, 이후 그들의 잔인한 행위는 전쟁범죄로 공표되었던 것이다.

일본 당국은 자신들의 참혹한 학살행위에 대해 전적으로 부정하였다. 하지만 분명한 것은 731부대의 생제실험은 생화학전술의 효과적인 운용을 목적으로 조직적으로 실시되었다는 점이다. 전쟁포로와 죄 없이 끌려온 사람들은 삼천 명을 넘는다고한다. 그들은 자신의 이름조차 불리지 못하고 통나무라는 의미의 '마루타'란 이름으로 취급당했다. 731부대는 일제의 만주침공부터 시작해 1945년 패전 직전까지 생체해부실험과 냉동실험을 자행하였다. 기록물에 의하면, 1940년 이후에는 해마다 6백여 명의 수용자들이 생체실험을 당했다. 731부대의 생체실험으로부터 희생당한 포로는 최소 3천 명에 육박한다는 것이다.

구체적 학살

731부대의 실험은 일제가 인간이기를 몸부림치며 거절한 것처럼 보인다. 실험의 내용을 하나씩 들여다보면 일본에 대해 누구나 천인공노(天人共怒)하게 된다. 총칼을 사용해 사람의 목숨을 끊어버리는 것은 어쩌면 인간적인 행동일지 모른다. 조선 땅에서도 3대 질병의 하나였던 매독 병균을 주사를 놓아 몸속에주입했다. 또한 엄동설한에 사람을 묶어 세워놓고 팔뚝에 찬물을 끼얹는다. 팔뚝을 동태처럼 얼게 만든 다음 김이 모락모락나는 뜨거운 물을 팔뚝에 부어 동상실험을 하였다.

산소실험은 상당히 과학적 근거를 요구한 것 같다. 밀폐된 공간에 사람을 가두고 공기를 진공상태로 줄여 압력을 높인다. 그런 상태에서 사람은 얼마 동안 버틸 수 있는지 실험을 했던 것이다. 또한 사람들을 실험실에 집어넣어 가스를 주입한 후 얼마나 버티는지에 대한 실험을 감행했다. 일본제국의 만행은 여기에서 끝나지 않는다. 남자와 여자의 생식기를 절단한 실험도 있었다. 생식기를 절단한 이유는 절단한 생식기를 각각 여자와 남자의 생식기에 바꿔서 붙이기 위함이었다. 즉 성전환 수술을 실험했던 것이다. 이러한 천인공노할 짓을 저지른 일본은 자기 민족이 소멸할 때까지 수없이 죄를 뉘우치고 용서를 구해야 할 것이다. 하지만 일본은 뻔뻔하게 증거를 대라는 식이니 염치가 없어도 분수를 넘은 행태로 보인다.

일본이 패전 이후 미국의 조사관이 일본의 도쿄에서 보고서를 작성했다고 한다. 그 보고서에 나타난 자료에 의하면, 731부대에서 실험을 위해 만든 인체의 표본 수는 엄청난 규모임을 알 수 있다. 페스트 표본-246점, 콜레라 표본-135점, 유행성 출혈열 표본-101점 등 매우 놀라운 규모임이 밝혀진 것이다. 사람을 산 채로 냉동을 하고 산 채로 원심분리기에 집어넣고 혈액이 어떤 상태로 빠져나오는지 관찰하고, 페스트균을 배양하여 실험을 거쳐서 중국의 여러 지역에 퍼뜨리는 일까지 자행했다.

일제는 소련군이 참전하면서 철수하였는데 이때 731부대의 만행이 알려질 것을 우려해 모든 부대시설을 파괴했다. 공병대라는 작업부대까지 투입하여 흔적을 없애는데 여러 날을 허비

하였다고 한다. 철거 당시에 생존해 있던 포로 즉 마루타들이 150여 명에 이르렀다고 하는데 일본은 이들을 과연 살려두었을까? 일제는 악랄하게도 그때까지 살아있던 나머지 포로들을 모두 처형해버렸다.

끔찍한 전쟁범 임에도 이들은 훗날 아무도 전쟁 범죄자로 기소되지 않았다고 한다. 여기에는 미국 역시 일정 부분 책임이 따른다. 왜냐하면 731부대의 인체실험 자료를 넘겨받는 조건으로 관련자들을 전원 석방했던 것이다. 미국과의 치욕스런 거래를 통해 731부대의 만행을 증빙할 자료가 사라졌던 셈이다.

하지만 의식 있는 일본인 작가에 의해 다큐멘터리 형식으로 일제에 의해 자행된 731부대의 만행이 만천하에 드러나게 되었다. 중국 또한 70여 년 전인 1950년 무렵 발굴한 731부대의 기록물을 60여 년이 지나서야 대대적으로 공개했던 것이다. 현재 이러한 만행을 기억하고자 인류는 731부대 유적지를 유네스코 세계문화유산에 등재하기 위한 노력을 기울이고 있다.

이런 세계의 노력 덕분에 일본 정부는 731부대의 실체를 부인해오던 것에서 태도를 바꿔 인정하기에 이른다. 하지만 구체적인 증거자료를 찾지 못하고 있다는 발뺌을 여전히 지속해 오고 있는 실정이다. 70년을 맞은 지난 2015년 일본에서는 양심있는 의사들에 의해 역사에 입각한 일본의 의사윤리의 과제에 관한 행사를 열었다. 731부대에서 근무한 생존자들의 증언과 관련 기록을 공개하기에 이른다. 하지만 정부는 이들 단체에게도 731부대의 자료를 공개하지는 않고 있는 실정이다.

난징대학살

　일제의 이런 잔인한 수법은 731부대에서 끝나지 않는다. 이른바 난징대학살의 만행이 이를 뒷받침하고 있다. 중일 전쟁 중 난징을 점령한 일본은 군대를 동원해 중국인을 무차별 학살한다. 대략 30만여 명이 희생된 것으로 알려져 있다. 난징학살은 1937년 12월부터 이듬 해 2월까지 대략 6주에 걸쳐 이루어졌다. 또한 학살이 끝난 이후에는 군부대를 신설하여 생체실험을 자행한다. 중국에서는 이를 '난징 대도살'이라는 이름으로 부르며 치를 떨고 있다. 일본에서도 난징사건으로 불리고 있으며, 서구에서는 '아시아 홀로코스트'라는 이름으로까지 불리고 있다.

　난징을 포위한 다음 일제는 중국군 사령관에게 항복할 것을 종용했다. 그러나 사령관은 항복하지 않았다. 주요 관리들과 부유층들은 재빠르게 난징 도시를 빠져나갔다. 하지만 100만 명이 넘는 대부분의 시민은 도시를 빠져나가지 못했다. 피난민들로 엉켜 난징은 아수라장이 되었다. 일본군은 12월 초, 항복하지 않으면 피의 양쯔강을 만들겠다며 최후통첩을 하였는데 중국군은 끝내 투항하지 않았고, 이에 일본군은 전면적인 공격을 감행한다. 피난 가지 못한 50~60만여 명의 난징 시민들과 군인들은 완전히 공황상태에 빠져들었다. 일본군에 의해 달포 가량 처참한 학살을 당하기 시작한 것이다.

학살의 현장

난징에서 일본이 가장 먼저 했던 작업은 백기를 들고 항복한 중국군 포로뿐만 아니라 청년들을 색출해서 외곽으로 끌어다 기관총 세례를 퍼부었던 일이다. 양쯔강이 피로 물든 날이었다. 수만여 명의 주민들이 일제의 총검 앞에 무자비하게 희생당했다. 일제는 사람을 죽이는 것으로도 부족하여 일본군의 총검술 훈련용 교보재로 사용하였다. 죽어가면서도 운이 없는 사람은 일본군의 목 베기 시합의 희생물이 되었다. 일제는 총알을 아낀다는 말로 명분을 만들려고 하였지만 포로들을 산 채로 생매장을 하거나 칼로 난도질을 하면서 짐승이기를 자인(自認)했던 것이다.

난징의 드넓은 광장에서는 차마 입에 올리기 힘든 상황이 벌어졌다. 천여 명이 넘는 시민들을 여러 개의 열로 나누어 세운 다음 이들의 몸뚱이에 석유를 쏟아부었다. 몸뚱이에 불이 붙어 펄쩍펄쩍 날뛸 때 기관총을 난사하였다. 시체 더미가 순식간에 산더미처럼 쌓였다고 한다. 이날 죽은 사람들 중에 어린아이들과 여자들도 많이 포함되어 있었다는 것이다. 심심하면 사람 죽이러 나가자고 하였다니 숨통이 막힌다. 산 채로 생매장해서 죽이는 것은 차라리 장작불에 태워죽이고 몽둥이로 때려죽인 것에 비하면 사치 같은 죽음이었다.

일본군은 사람 죽이는 일에 염증을 느꼈는지 새로운 데로 관심을 돌렸다. 바로 여자에게 눈을 돌린 것이다. 인간사냥의 뒤

끝에 축배를 들자며 여자 파티를 하기 시작했다. 집단윤간이란 미명하에 여자들을 닥치는 대로 바닥에 눕혔다. 미모가 빼어난 여자한테 줄을 섰고, 죽은 여자에게도 일본군은 덤벼들었다고 한다. 선간후살(先姦後殺)이라 하여 먼저 강간한 다음에는 반드시 여자를 죽였다. 더욱 참혹한 것은 일본군이 바닥에 눕힌 여자들은 10살 어린이에서 70이 넘는 할머니까지 대상을 가리지 않았다는 점이다. 그리고 경악할 일은 수녀와 비구니(여승)를 사람들이 보이는 데서 맘껏 능욕했다.

일본은 이러한 자신들의 짐승보다 추악한 짓거리에 대해 반성은커녕 사건 자체를 외면하고 있다. 당시에도 서방에서 난징에 들어와 있었던 외교관들의 입을 막기 위해 음식과 향응을 제공하며 매수하는데 급급했다는 기록이 있다. 미국인 외교관 중에는 당시의 옳지 못한 판단을 한 것에 대해 몹시 후회하며 자책을 하다가 그 후유증으로 고향으로 돌아간 다음 자살을 했다는 기록도 있다. 누가 일본도(日本刀)로 100명을 먼저 참살시키는지 겨루었다는 회고담이 난징대학살 시기에 오사카 마이니치 신문에 보도된 적도 있었다. 겨루기를 했던 그 군인들은 결국 난징에서 군사재판을 받고 총살되었다고 한다.

하와이 대학 정치학 교수인 R.J. 럼멜은 1937년~1945년 사이에 일본군이 중국에서 약 390만여 명을 살해했고, 서양 전쟁포로를 포함하여 대략 3백만 명~1천만 명 이상의 무고한 사람들을 살해했다고 보고했다. 중국인이 가장 많고 한국인, 말레이시아인, 인도네시아인, 필리핀, 인도차이나 사람들이 살해당했는데 전쟁 과정에서 대부분 무고한 민간인들이 1천 20만 명 정도 죽임을 당했다고 추측하고 있다.

구글에서 공개한 사진을 보면 당시 포로들 중에 굶어서 죽는 경우도 허다했다. 갈비뼈만 앙상한 몸이지만 마지막 죽음 직전에도 해맑게 웃는 모습을 보면 절로 울컥하고 설움이 치고 올라오는 것을 느낀다. 몸을 가릴 누더기조차 없이 앙상한 뼈를 드러내면서 마지막 초라하게 웃는 모습을 보면 누구나 죄스러움으로 숨고 싶어질 것이다. 그들은 죽음이 자신들 앞에 다가오는 것을 알고 있었을 텐데 그렇게 죽음을 기다리며 무슨 생각들을 했을지 아득한 느낌뿐이다.

일본군 병사의 총검 끝에 복부를 관통 당하고 절명한 어린아이의 모습을 보고 일본인들은 무슨 생각을 할지 궁금하다. 복부를 총검 끝에 관통 당해 죽어가면서 어린아이들은 말조차 할 수 없었을 것이다. 그런 어린 아기의 눈에 비친 무서운 일본군들의 웃는 모습은 전쟁을 하는 인간에게는 어떤 숭고함조차 느껴지지 않는다는 교훈을 인류에게 보여주고 말았다. 일본군은 그런데도 오직 자신들의 목표를 향해 돌진했다.

일본제국군은 생물학 전쟁을 통해 세계를 자신들의 수하에 넣으려는 방자한 희망을 품었던 것이다. 수십만 명에 달하는 중국인들이 일본군의 생물학전으로 죽었다. 페스트, 콜레라, 탄저균 등으로 속절없이 죽어갔다. 731부대 이시이 지로 부대장이 깜깜한 새벽을 틈타 은밀하게 전남 고흥의 소록도에 가방을 들고 방문한 것도 이처럼 세균을 매개로 인체실험을 하려는 제국주의 본성과 하나도 다르지 않았을 것이다.

일본은 인간실험을 위해 당시 완전히 미쳐있었다. 일본 규슈에서 발생한 미군 공군 B-29폭격기가 추락한 사건은 이들이 얼마나 생체실험에 미쳐있었는지 증명한다. 추락사고로 살아남은 승무원 9명 가운데 지휘관만 도쿄로 보내져 심문을 받았으며, 나머지는 후쿠오카의 규슈대학 해부학과로 옮겨져 생체실험의 도구가 되었고, 끝내 죽음을 당했던 것이다.

대신 사죄하며

731부대의 부대장이 생체실험을 위해 은밀히 소록도에 잠행한 것은 이들의 소행을 생각해 볼 때 엄청난 사건이다. 이런 끔찍한 역사를 후세들이 모르고 지나가는 것은 죽은 영령들에 대한 도리가 아닐 것이다. 일본군뿐만 아니라 전쟁에서 무고하게 죽임을 당한 사람들이 더는 우리 앞에 나타나서는 안 된다. 지구상에서 더는 인간의 존엄한 생명을 유린하는 짓은 용납될 수가 없다. 인류 모두가 목소리를 높여 악당 세력들을 성토(聲討)해야 한다.

어떤 이유로든 사람을 죽여서는 안 된다. 특히 정치적 이유에서는 더욱 그렇다. 살인은 어떤 말로도 옹호할 수가 없는 것이다. 쌓아놓은 시체를 보며 자신들의 업적을 칭찬하며 즐겼다는 일본군들은 한 마디로 짐승일 뿐이다. 죽은 아이의 시체를 붙들어 안고 하염없이 오열하던 여인의 눈물까지 비난하던 그들은 천 대를 이어 무릎 꿇고 사죄해도 부족하다.

학살의 현장에서 자신에게 돌아올 전리품을 생각하며 사진을 찍었던 일본군의 만행, 목을 베기 시합을 하고 목을 베는 기술을 자랑하던 일본군들, 강간한 여인들의 음부를 정확히 도려내며 자신들끼리 감탄을 했다는 치욕스런 소식은 우리가 인간이라는 사실이 부끄러울 뿐이다. 목이 잘린 수많은 영혼이 목을 짓눌러 온다. 소록도에서 생체실험으로 죽은 영혼들의 명복을 늦게나마 빌어볼 따름이다.

군도

문호준 장편소설

발 행 처 · 도서출판 청어
발 행 인 · 이영철
영   업 · 이동호
기   획 · 남기환
편   집 · 방세화
디 자 인 · 이수빈 | 김영은
제작이사 · 공병한
인   쇄 · 두리터

등   록 · 1999년 5월 3일
(제321-3210000251001999000063호)

1판 1쇄 발행 · 2022년 2월 10일

주   소 · 서울특별시 서초구 남부순환로 364길 8-15 동일빌딩 2층
대표전화 · 02-586-0477
팩시밀리 · 0303-0942-0478

홈페이지 · www.chungeobook.com
E-mail · ppi20@hanmail.net
I S B N · 979-11-6855-011-7(03810)